btb

Sie ist dreißig Jahre alt und heißt Kiều, so wie das Mädchen im berühmtesten Werk der vietnamesischen Literatur. Doch sie nennt sich lieber Kim, weil das einfacher ist für ihre Freunde in Berlin. 1968 waren ihre Eltern aus Vietnam nach Deutschland gekommen. Für das, was sie zurückgelassen haben, hat sich die Journalistin nie interessiert. Im Gegenteil: Oft hat sie sich eine Familie gewünscht, die nicht erst deutsch werden muss, sondern es einfach schon ist.

Bis zu jener Facebook-Nachricht. Sie stammt von ihrem Onkel, der seit seiner Flucht in Kalifornien lebt. Die ganze Familie soll sich zur Testamentseröffnung von Kiềus Großmutter treffen. Es wird eine Reise voller Offenbarungen – über ihre Familie und über sie selbst.

»Wo kommst du her? Zum ersten Mal denke ich, dass man diese Frage auch anders begreifen könnte. Nicht als Frage, die nur der Name eines vermeintlichen Ursprungslandes beantworten kann. Sondern als Suche nach all denen, die vor mir kamen und ihre Spuren auf sichtbare und unsichtbare Weise auf dem Weg in die Gegenwart hinterlassen haben.«

Khuê Phạm gehört zu den wichtigsten Stimmen einer neuen Generation von deutschen Autorinnen und Autoren. Sie wurde 1982 in Berlin geboren und studierte in London am Goldsmiths College und an der London School of Economics. Nach ihrer Ausbildung an der Henri-Nannen-Journalistenschule fing sie 2009 als Redakteurin bei der ZEIT an. Für ihre journalistische Arbeit wurde sie mehrfach ausgezeichnet. 2012 veröffentlichte sie mit Alice Bota und Özlem Topçu »Wir neuen Deutschen«, das von Einwandererkindern und ihrem Platz in Deutschland handelt. »Wo auch immer ihr seid« ist ihr Debütroman – eine literarische Annäherung an ihre eigene Familie, deren Lebensweg sie über fünf Jahrzehnte nachzeichnet. Khuê Phạm lebt in Berlin.

Khuê Phạm

Wo auch immer ihr seid

Roman

btb

In diesem Roman sind die Namen der vietnamesischen Protagonisten, Gerichte und Kleider mit vietnamesischen Akzenten geschrieben. Bei historischen Persönlichkeiten und Städten wurde die deutsche Schreibweise gewählt.

Für Phương und Thoại,
die einen viel weiteren Weg gegangen sind als ich

KIỀU

Ich muss diese Geschichte mit einem Geständnis beginnen: Ich kann meinen eigenen Namen nicht aussprechen.

Solange ich mich erinnere, war es mir unangenehm, mich anderen Menschen vorzustellen. Waren sie Deutsche, konnten sie die melodischen Laute nicht verstehen. Waren sie Vietnamesen, hatten sie Probleme mit meinem harten Akzent. Die Deutschen umgingen das Problem, indem sie mich gar nicht ansprachen. Die Vietnamesen fragten: »Wie schreibt man das?«

Einer sagte: »Bist du dir sicher?«

Ich erinnere mich an meine kindlichen Versuche, mit meinem Problem umzugehen. Gingen wir zu Karstadt, fuhr ich in die Spielzeugabteilung und suchte unter den bedruckten Bleistiften nach meinem Namen. Gingen wir zum Baumarkt, setzte ich meine Hoffnungen auf die bunten, langen Schlüsselanhänger. Wenn ich meinen Namen nur finden würde, dachte ich, wäre das der Beweis, dass alles richtig war mit mir. Hunderte Bleistifte und Schlüsselanhänger durchsuchte ich. Ich fand »Katrin«, »Kristina« und einmal – da hüpfte mein Herz – »Kira«.

»Kiều« fand ich nicht.

»Kiều« existierte nur in der Welt meiner Familie und auf

dem Titel eines Buches, das in dem Kellerregal meines Vaters stand: »Truyện Kiều, das Mädchen Kiều«. Ein Werk, das für die vietnamesische Literatur so wichtig war wie »Die Leiden des jungen Werther« für die deutsche.

Natürlich konnte ich es nicht lesen.

Immer wenn mein Vater aufräumen musste, holte er dieses Buch hervor und sagte: »Weißt du eigentlich, dass du nach einer berühmten jungen Frau benannt bist? Jeder Schüler hat diesen Roman gelesen! Du bist in ganz Vietnam bekannt!«

Und weil ich meinem Vater als Kind alles geglaubt habe, glaubte ich ihm auch das und stellte mir vor, wie ich durch Vietnam laufen und von allen möglichen Leuten angesprochen werden würde. Unzählige Male würde ich mich vorstellen und meinen Namen aussprechen müssen. Unzählige Nachfragen würden darauf folgen.

Als ich sechzehn war, nannte ich mich um, weil ich glaubte, mit einem besseren Namen bessere Chancen zu haben, in Jeanettes Clique aufgenommen zu werden. Als ich zwanzig war, ließ ich meinen Pass ändern, weil ich endlich so etwas wie Macht über mein Schicksal verspürte.

Seit zehn Jahren bin ich eine andere. Die Deutschen sagen »Kimm« zu mir, die Vietnamesen »Kihm«. Es ist nicht richtig, aber es ist einfacher so. Der Verlust meiner Vergangenheit hat mir nichts ausgemacht, wirklich nicht.

Bis ich diese Nachricht erhielt.

*

Die Nachricht erreichte mich über Facebook und war auf Englisch geschrieben, ein gewisser »Sơn Saigon« hatte mich kontaktiert.

»Bist du es, Kiều? Es gibt etwas, das du und dein Vater wissen müsst!«

Es gibt nicht viele Leute, die meinen wahren Namen kennen, man kann den Kreis der Eingeweihten auf meine große, nebulöse Verwandtschaft beschränken. Auf der Seite meiner Mutter gibt es einen vietnamesischen Zweig, der laut und kinderreich ist; jedes Mal, wenn die Verwandten Fotos schicken, bin ich überrascht, lauter neue Cousins und Cousinen darauf zu entdecken, deren Namen ich mir nicht merken kann, obwohl – oder weil – sie nur aus zwei Buchstaben bestehen. Von der Familie meines Vaters erinnere ich vor allem eine gehörlose Tante. Soviel ich weiß, sind seine Geschwister nach Kriegsende aus Vietnam geflohen und schließlich in Kalifornien gelandet, vielleicht als Boatpeople, vielleicht auch nicht.

Dann gibt es noch eine Großtante in England, die als Anwältin der Cannabis-Mafia reich geworden ist, und einen angeheirateten Cousin, der Dichter war und nach dem Krieg vom PEN-Club aus Vietnam nach Kanada ausgeflogen wurde. Außerdem eine junge Cousine in Frankreich, die in dieser kitschigen Musik-Show aufgetreten ist, zu der meine Eltern so gerne Karaoke singen: »Paris by Night«.

All diese Leute kenne ich nur aus Erzählungen. Sie sind für mich so unwirklich wie die Geister der verstorbenen Ahnen, für die ich am vietnamesischen Neujahr ein paar Räucherstäbchen anzünde und ein Gebet simuliere. Einmal im Jahr schweben sie in mein Leben hinein, um sich nach einem kurzen Gruß wie Qualm zu verziehen.

Wer also ist Sơn?

Das Profilfoto seiner Facebook-Seite zeigt einen Mann mit buschigen Augenbrauen und einer geraden Nase, die mich an die meines Vaters erinnert. Vietnamesische Bekannte haben sie oft für ihre hohe, elegante Form bewundert, deswegen fällt sie mir bei Sơn als Erstes auf. Seine Augen sind ungewöhnlich rund, sodass sein Gesicht trotz der faltigen Stirn wie das eines Jungen wirkt. Offenbar lebt er in Westminster, Kalifornien, und führt ein Import-Export-Geschäft namens »Made in America«. Er muss der zweite Bruder meines Vaters sein. Der, der in der Schule so schlecht war und im Kartenspielen so gut.

Ich versuche, mich an die Familie meines Vaters zu erinnern, so wie man versucht, sich an Einträge aus Geschichtsbüchern zu erinnern. Vor fünfzehn Jahren habe ich meine Verwandten einmal getroffen – wir machten in Vietnam gerade Heimaturlaub und erfuhren zufällig, dass auch sie zu Besuch waren. Warum wir nie zu ihnen nach Kalifornien geflogen sind, weiß ich nicht. Als ich meine Mutter einmal fragte, ob es irgendein Zerwürfnis gegeben habe, überlegte sie erst, dann schüttelte sie den Kopf. »Eigentlich«, sagte sie und dehnte das Wort ganz eigenartig, »ist alles in Ordnung. Aber Papas Familie ist schwierig, es ist besser, wenn wir uns auf unser Leben konzentrieren und sie sich auf ihres. Wir schicken Geld, wir müssen sie nicht auch noch in Kalifornien besuchen.«

Dann war wieder alles husch-husch, und ich traute mich nicht, weiter nachzufragen.

Es gibt etwas, das ihr wissen müsst!

Was will dieser Mann von mir?

Ich klappe den Laptop zu, um hinauszugehen in meinen Berliner Alltag, der deutsch, geordnet und frei von transkontinentalen Familienproblemen ist. Fünfzehn Jahre hat mein Onkel nicht mit mir gesprochen, ob ich ihm später antworte – oder auch nie –, macht doch keinen Unterschied.

*

Zweieinhalb Wochen später fahre ich zu dem hellblauen Haus, in dem meine beiden Geschwister und ich aufgewachsen sind. Es ist Weihnachten, und wie jedes Jahr versetzt mich das in eine seltsame Stimmung. Ich kehre nicht nur nach Hause, sondern auch in die Deplatziertheit meiner Kindheit zurück.

Meine Eltern haben dieses Fest gelernt, so wie sie die deutsche Grammatik gelernt haben – als etwas, das man vollführt, um Teil von diesem Land zu sein. Den Tannenbaum im Wohnzimmer haben sie mit einem Weihnachtsmann-Kuscheltier, selbst bemalten Holzfiguren, kitschigen Glitzerkugeln und zwei Lichterketten in verschiedenen Farben geschmückt. Fehlt eigentlich nur noch der Kunstschnee.

Ich setze mich an mein altes Klavier und spiele das Präludium in C-Moll von Bach aus dem Wohltemperierten Klavier. Das Hämmern der Töne vermischt sich mit dem Klappern aus der Küche, wo meine Mutter wie immer mit ihren Töpfen hantiert. Wie oft habe ich mich mit ihr wegen meiner Klavierstunden gestritten und heulend auf diesem schwarzen Hocker gesessen. Wie oft habe ich mir gewünscht, in einer Familie aufzuwachsen, die nicht erst deutsch werden musste, sondern es einfach schon war.

Die Skiausrüstung im Keller, die BMWs in der Garage, die gerahmten Familienporträts aus Ibiza, Paris und der Bucht von Halong bebildern eine Geschichte, die sich alle immer gern erzählt haben: *Schaut euch diese Familie an! Sind zwar Ausländer, haben es aber trotzdem geschafft!* Irgendetwas hat mich immer gestört, wenn uns »die Deutschen« – so nannten wir sie, wie ein fremdes, fernes Volk – zu der Karriere meines Vaters, dem »Fleiß« meiner Mutter oder dem »hervorragenden Deutsch« von meinen Geschwistern und mir gratulierten. Während sich der Stolz auf den Gesichtern meiner Eltern ausbreitete, fühlte ich mich jäh verletzt.

Ich greife daneben, meine Hände bleiben auf dem schrägen Akkord liegen. Als die Geräusche aus der Küche verstummen, schließe ich den Deckel der Tastatur. Über dem Klavier hängt ein Schwarz-Weiß-Foto, das mein Vater vor vielen Jahrzehnten von seiner Mutter gemacht hat: Schmal und anmutig sitzt sie in einem Taxi. Ihre Haare sind in Locken zur Seite gesteckt, ihr vietnamesisches Seidenkleid, das *Áo dài*, ist mit goldenen Blumen bestickt. Er hat das Foto vor vielen Jahren in Saigon geschossen, kurz bevor er zum Studium nach Deutschland ging. Obwohl meine Großmutter mit einem breiten Lächeln und aufgerissenen Augen in die Kamera sieht, liegt etwas Wehmütiges in ihrem Blick.

Mein Vater hat mir einmal gesagt, dass ihn mein Gesicht an ihres erinnere. Ich sehe die Ähnlichkeit vor allem in der hohen Stirn, die ich mit wechselnden Pony-Frisuren kaschiere. Ich bin nicht ganz so dünn wie sie, etwas größer vielleicht, und natürlich trage ich nie *Áo dài*, sondern immer nur schwarze Hosen zu monochromen Oberteilen. Weil ich finde, dass Asiaten mit Brille so streberhaft aussehen, trage ich trotz meiner fünf Dioptrien ausschließlich Kontaktlinsen. Bei meinem letzten Vietnambesuch haben mich viele für eine Ausländerin gehalten, nicht für eine Vietnamesin. Ich muss gestehen, das hat mich gefreut.

*

Als die Dunkelheit durch die bodentiefen Fenster hereinbricht, setzen meine Geschwister und ich uns an den Esstisch, den meine Mutter zur Feier des Tages mit dem schweren

Rosenthal-Porzellan gedeckt hat, das sie sonst ausschließlich für deutsche Gäste aus dem Schrank holt. Sie hat sich sogar eine weiße Seidentischdecke aus dem KaDeWe geleistet, obwohl sie dort so selten hingeht und aus Prinzip nur heruntergesetzte Produkte kauft. Sie lebt zwar schon Jahrzehnte in Deutschland, hat die vietnamesische Angewohnheit, immer sparen zu wollen, aber nie abgelegt. Sie war als Kind sehr arm und kann dieses Gefühl auch als Erwachsene nicht abschütteln; weder der BMW noch das große Haus kommen dagegen an.

»Hundert Euro! Ich habe echt lange überlegt«, zärtlich streicht sie über das schimmernde Tuch, »ich dachte, dass einer von euch sie später erben kann.«

Was wir heute essen würden, haben wir in den vergangenen Wochen ausgiebig diskutiert – am Ende haben wir uns auf Hummer geeinigt, wie auch in den drei Jahren davor. Keiner von uns mag Meeresfrüchte, aber Hummer sind festlich und schmecken nicht so fischig, einmal im Jahr gönnen wir sie uns. Auf einer Platte leuchten fünf Tiere unschuldig und orange-rot vor sich hin. Mein Vater greift zu einer Gartenzange, die er beim vorletzten Mal behelfsmäßig gekauft hat und dann so praktisch fand, dass er sie seitdem immer wieder verwendet hat.

Im Schlafzimmer klingelt das Telefon.

»Nicht abnehmen«, befiehlt meine Mutter und erhebt sich, um Salat zu servieren. In ihren Augen blitzt ein Ärger auf, den ich von unzähligen Auseinandersetzungen aus meiner Schulzeit kenne: der Ärger darüber, dass jemand es wagt, das heilige Beisammensein der Familie zu stören.

Das Läuten verstummt und beginnt nach einer kurzen Pause erneut.

»Unverschämt«, schimpft meine Mutter und sticht mit ihrer Gabel in den Salat. Mein Vater, wie immer solidarisch mit ihr, schneidet seinem Hummer eine Zange ab.

Stille, dann klingelt es wieder.

Ich springe von meinem Stuhl hoch. Vielleicht ist es ja ein Notfall. Oder, was ich nicht hoffe, mein alter Schulfreund Thomas, der weder Familienrituale noch Feiertagsruhe kennt. Ich renne zum Telefon, so wie ich als Schülerin oft zum Telefon gerannt bin, um zu verhindern, dass meine Mutter ihn an den Hörer bekommt und beschimpft.

»Ja?«, ich klinge unhöflich. Ich *will* unhöflich klingen.

Eine unbekannte Männerstimme antwortet. Auf Vietnamesisch fragt sie, wer am Apparat sei.

»Kim hier«, antworte ich. Ich habe seit unserem letzten Vietnam-Urlaub vor fünf Jahren kein Wort Vietnamesisch gesprochen und ärgere mich, die Sprache ausgerechnet jetzt mit diesem Unbekannten üben zu müssen.

»Wer?«

Vielleicht ist er einer meiner Verwandten, offenbar kennt er meinen deutschen Namen nicht. Ich versuche es noch einmal.

»Hier ist Kiều!«, ich spreche etwas lauter und dehne die Silbe.

»Ich habe den Namen immer noch nicht verstanden. Wer?«

»Kiều!«, wiederhole ich noch einmal. »Die Tochter von Minh!«

»Ach so, *Kiều*! Warum hast du das nicht gleich gesagt?«

Das Gespräch ist keine dreißig Sekunden alt und hat mich schon in die dunkle Kammer meiner beschämendsten Erinnerungen zurückversetzt. Plötzlich sehe ich wieder vor mir, wie ich bei meinem letzten Besuch in Saigon versuche, mich radebrechend verständlich zu machen. Ich hatte diese Erinnerung lange verschlossen; nun fällt mir ein, warum.

Vielleicht sollte ich einfach wieder auflegen.

»Hier ist dein Onkel Sơn aus Kalifornien«, sagt der Mann am anderen Ende. »Ich hatte schon versucht, dich über Facebook zu erreichen, wahrscheinlich hast du meine Nachricht nicht gesehen.«

Er macht eine Pause, es scheint ihm schwerzufallen zu sprechen. Weil ich nicht weiß, ob oder wie ich mich jetzt entschuldigen soll, schweige ich. Irgendetwas rauscht in der Leitung. Die Verbindung ist sehr schlecht.

»Es geht um deine Großmutter«, sagt er schließlich, »sie liegt im Sterben. Ich muss unbedingt mit deinem Vater reden.«

In einer anderen Situation – in einer anderen Sprache – hätte ich jetzt gerne etwas gesagt. *»Ich wünschte, ich hätte sie besser kennengelernt. Jetzt ist es zu spät dafür«*, wäre zum Beispiel gut gewesen. Aber da ich offenbar nicht mal in der Lage bin, meinen eigenen Namen zu kommunizieren, murmele ich nur »okay« und rufe, den Hörer mit einer Hand abdeckend, nach meinem Vater.

Deine Großmutter liegt im Sterben. Das war es also, was uns Onkel Sơn sagen wollte. Ich fühle mich plötzlich schuldig, ihm nicht auf seine Nachricht geantwortet zu haben; hochmütig in meiner Annahme, er belästige mich mit Belanglosigkeiten, wo er mich doch nur über eine ernste Familienangelegenheit informieren wollte. Ich hole mein Handy, sinke wieder auf meinen Platz und tippe darauf am Esstisch herum, obwohl ich sonst die Erste bin, die andere deswegen ermahnt.

Die Fotos, die er in den letzten Monaten auf seiner Facebook-Seite hochgeladen hat, erzählen die Geschichte eines langsamen Dahinsiechens. Dutzende Male hat er meine Großmutter fotografiert, mit jeder Bilderserie scheint ihr Körper schmaler zu werden. Mir war nie klar gewesen, wie sehr Menschen schrumpeln können, nun sehe ich es im Internet. Dunkle Flecken breiten sich auf ihrer Haut aus wie Wasserlachen. Ihre Haare werden immer drahtiger, ihre Augen immer trüber. Auch die Gesichter der anderen verändern sich: Auf den früheren Fotos sieht man meine Großmutter noch mit tapfer lächelnden Verwandten. Am Ende scheinen auch deren Mienen seltsam entleert. So, als ob die Krankheit nicht nur das Leben aus der Patientin saugen würde, sondern auch die Hoffnung aus ihrer Familie.

Ich betrachte die Bilder mit der Distanz einer Zuschauerin, die einen Stummfilm in Schwarz-Weiß ansieht. Ihr Leiden wirkt auf mich wie eine Handlung, die sich in weiter Ferne vollzieht. So traurig die Fotos auch sind, so unwirklich scheinen sie. Kalifornien ist neun Zeitzonen und eine Lebenswelt entfernt; was dort geschieht, berührt weder meinen Alltag noch – ich sage es ganz ehrlich – mein Herz.

Mein Vater kehrt mit einer Flasche Rotwein zurück an den Tisch. Er trägt die Frisur, die gefühlt alle asiatischen Männer seiner Generation tragen: Das Haar ist dicht und schwarz, hinten und an der Seite kurz geschoren. Nur vorne, über der Stirn, hat er es in einem Seitenscheitel nach rechts gekämmt. Selbst mir kommen die Fotos von Versammlungen des chinesischen Nationalkongresses so vor, als sei ein einzelner Funktionär per Photoshop geklont und hundertfach neu eingesetzt worden; immer, wenn ich sie ansehe, rechne ich halb damit, meinen Vater in einer dieser Reihen sitzen zu sehen. Dabei ist er doch gar kein chinesischer Politiker, sondern ein deutsch-vietnamesischer Herzchirurg, der manchmal, wenn wir in die Philharmonie gehen, von anderen Konzertbesuchern mit »Herr Professor! Wie schön, Sie hier zu sehen!« angesprochen wird.

In der Hand hält er einen teuren Bordeaux, garantiert ein Geschenk von einem seiner Patienten.

»Und, wie war's?« Ich versuche, beiläufig zu klingen.

Er schaut mich über den goldenen Rand seiner Brille an.

»Was denn?«

»Tu doch nicht so! Was hat er über Oma gesagt?«

Ich halte ihm mein Weinglas hin. Konzentriert hebt er die Flasche in die Halbsenke, um langsam einzugießen. Das Plätschern der Flüssigkeit untermalt die Stille seiner Gedanken.

»Er hat gesagt, dass sie seit zwei Wochen künstlich beatmet wird. Ihre Nieren und ihr Kreislauf haben mittlerweile versagt. Die Ärzte wollen wissen, ob sie die künstliche Beatmung fortsetzen sollen oder nicht. Sơn hat mich angerufen, weil er meinen medizinischen Rat wollte.«

Er spricht so nüchtern, als würde er einem seiner Patienten den Verlauf der bevorstehenden OP erklären.

»Ich fürchte, bei einer Frau in ihrem Alter kann man nicht mehr viel machen. Sie hat seit fünf Jahren Alzheimer und musste ins Krankenhaus, weil sie eine schwere Lungenentzündung hatte. Jetzt ist ihr Immunsystem zusammengebrochen.«

Mein Vater ist schon immer rational gewesen, selbst als sein ältester Freund an Krebs erkrankte (und es überlebte), hat er seine Gefühle nicht gezeigt. Ich hatte mir seine Sachlichkeit stets als eine professionelle und eigentlich nützliche

Deformation erklärt; dass er sie auch jetzt bewahrt, wo seine eigene Mutter im Sterben liegt, überrascht mich aber doch.

»Und was sagen deine Geschwister dazu?«, frage ich weiter.

Mein Vater zuckt die Schultern.

»Sơn klang am Telefon sehr aufgelöst. Sie stehen an ihrem Krankenbett und machen sich gegenseitig nervös. Sie wissen nicht, wie sie damit umgehen sollen, sie sind sehr emotional. Bevor sie mich angerufen haben, haben sie eine Stunde lang gestritten.«

Er setzt das Weinglas an seine Lippen, setzt es dann aber ab, ohne zu trinken.

»Eigentlich ist es wie früher.«

Fast könnte man meinen, die Zankerei seiner Geschwister mache ihm mehr zu schaffen als die Frage nach den lebenserhaltenden Maßnahmen für seine Mutter. Vielleicht ist sein Stoizismus aber auch seine Art, damit umzugehen; immerhin ist er der älteste Sohn. Sein Blick wandert zu dem Foto, das sie in ihrem Seidenkleid zeigt, und bleibt dort einige Sekunden lang hängen.

»Was war denn dein Rat?«, fragt mein Bruder Tuấn, der Medizin studiert und auch Arzt werden will.

»Sie sollen es sein lassen«, antwortet mein Vater.

»Echt?«, das Gesicht meines Bruders weitet sich in Staunen. »Du willst deine eigene Mutter sterben lassen?«

»Aber Tuấn, du bist doch Mediziner!«, verärgert schiebt mein Vater sein Weinglas zur Seite. »Ich habe am Telefon kurz mit dem Arzt gesprochen, der hat mir ihren Zustand beschrieben. Die Chance, dass sie wieder gesund wird, liegt fast bei null. Es ist besser, die Therapie zu beenden, statt ihr Leiden zu verlängern. Manchmal muss man eben Entscheidungen treffen, die hart sind.«

»Und manchmal sind Menschen eben emotional, wenn es um ihre Familie geht«, erwidert meine Schwester Lan und wirft Tuấn und mir diesen Blick zu, mit dem wir uns früher oft gegen unsere Eltern verschworen haben. »Wann wird die Maschine denn abgestellt?«, fragt sie.

»Jetzt.«

»Du meinst, sie stirbt in diesem Moment?«

»So ist es.«

Mein Vater rückt seinen Stuhl am Kopfende des Tisches ein Stück zurück und schaut ruhig in die Runde. Sein Gesicht hat inzwischen die Farbe der Hummer angenommen, was wahrscheinlich an seinem asiatischen Enzymmangel liegt, vielleicht aber auch an etwas anderem. Er räuspert sich, als würde er zu einer Rede ansetzen, schweigt dann aber.

Stumm pulen wir an unseren Hummerteilen herum. Es ist seltsam zu wissen, dass an einem anderen Fleck dieser Welt gerade die Person stirbt, ohne die es uns alle nicht geben würde.

Was tut man in so einer Situation?

Was *fühlt* man in so einer Situation?

Ich horche in mich hinein, aber da ist nichts. Keine Trauer, kein Schock und erst recht kein Bedürfnis, mit irgendjemandem über diese Frau zu sprechen, die ich nur einmal in meinem Leben getroffen habe. Vor ein paar Monaten ist die alte polnische Nachbarin gestorben, die mir manchmal Kuchen vorbeibrachte; die Vorstellung, dass ich ihr nie wieder im Hausflur begegnen würde, hatte mir die Tränen in die Augen getrieben. Ihr Tod brachte meinen Alltag in Unordnung, doch der meiner Großmutter lässt alles beim Alten.

Ich registriere Durst, greife zur Wasserflasche und stoße sie um. Die weiße Seidentischdecke saugt sich voll.

»Ach Kiều! Dass du immer alles kaputt machen musst!«

Meine Mutter springt auf und eilt in die Küche, um einen Lappen zu holen. Mein Malheur unterbricht die bedrückende Stille, diese emotionale Invasion unseres Familien-Festmahls. Mit ruckartigen Bewegungen reibt sie über die Nässe, so stark, dass die Tischdecke sich wellt und der Stoff unter ihrem Schaben aufreißt.

*

Am Abend vor Silvester sehe ich Dorian endlich wieder. Er war über Weihnachten in Frankreich Snowboarden und trägt den gelben Wollpullover, den ich ihm vor seiner Abreise als Geschenk mitgegeben habe. Mit seinem Alpen-Teint und den braunblonden Haaren sieht er so gut und gesund aus, dass ich einen seltsamen Besitzerstolz verspüre. Er steht hinter der Theke der »Neuen Heimat« und belegt eine Abendbrotplatte.

Als er mich sieht, erhellt sich sein Gesicht. Mit weichen Lippen küsst er mich und erzählt, wie pulverig der Tiefschnee gewesen sei, nächstes Mal müsse ich unbedingt mitkommen. Scheppernd stellt er mir einen Teller mit etwas Baguette und selbst gemachter Wasabi-Butter auf den Tresen. Ein paar Stammgäste sitzen in der Ecke ganz hinten, ansonsten ist der Laden leer. An der Wand hängen grobkörnige Schwarz-Weiß-Porträts von Freunden; die Fotografie gehört neben dem Kochen zu den Dingen, die sich Dorian selbst beigebracht hat, nachdem er sein Mathematik-Studium geschmissen hat. Er ist einer dieser Menschen, die für viele Dinge begabt sind; ich beneide ihn nicht nur um seine Talente, sondern auch um die Leichtigkeit, mit der er damit umgeht.

»Und wie ist das so, wenn die Oma an Weihnachten stirbt? Wahrscheinlich ziemlich beschissen, oder?«

Er streicht mir über die Haare. Ich schließe die Augen und bette meinen Kopf auf meine Arme.

»Was sollte es für einen Unterschied machen, ob sie am 24. Dezember oder am 24. Januar stirbt?«, antworte ich. »Tot ist tot.«

»Ich meine ja nur. Als meine Oma vorletztes Jahr gestorben ist, hat es uns alle ziemlich mitgenommen. Es war kurz vor Ostern, und als ich über die Feiertage nach Hause gefahren bin, war die Stimmung echt düster.«

Ich denke darüber nach, ihn darauf hinzuweisen, dass christliche Feiertage, erstens, für meine Familie keine tiefere Bedeutung haben und dass meine Oma mir, zweitens, völlig fremd war, lasse es dann aber bleiben. Meine Kollegen beim »Monocle«-Magazin, für das ich als Restaurantkritikerin arbeite, waren auch so schrecklich mitfühlend. Großmütter haben in anderen Familien offenbar einen besonderen Stellenwert. Sie sind der wärmende Ofen, an dem sich ihre Nachfahren versammeln, um sich Familiengeschichten zu erzählen.

Mehr zu mir als zu ihm sage ich: »Die ganze Sache ist einfach seltsam. Jahrelang hören wir nichts von unseren Verwandten in Kalifornien, *nichts*! Dann stirbt meine Oma, und mein Onkel schreibt, dass mein Vater in ihrem Testament erwähnt wird und nach Kalifornien kommen soll. Sie hat irgendwas für ihn hinterlassen. Ich will ja nicht schlecht über Tote reden, aber hätte ihr das nicht fünf oder zehn Jahre früher einfallen können?!«

Er lacht trocken.

»So schlimm?«

Ich zucke die Schultern.

»Vielleicht wäre es gut, ein paar Probleme anzusprechen und auszuräumen«, sagt er aufmunternd.

»Vielleicht wäre es besser, die Probleme einfach zu begraben und ruhen zu lassen«, entgegne ich.

»Dein Vater wird schon wissen, wie er sich von seiner Familie abgrenzt. Alt genug ist er ja.«

»Genau deshalb wird es einen Grund geben, warum er sich dagegen sträubt. Ich kenne unsere Verwandten in Kalifornien kaum, deswegen weiß ich nicht, was da kaputt ist. Aber mein Vater ist der pflichtbewussteste Mensch, den ich kenne, und jetzt schiebt er lauter Entschuldigungen vor, um nicht hinfahren zu müssen. Es ist wirklich unheimlich.«

»Wahrscheinlich verdrängt er seine Trauer. Schließlich ist seine Mutter gerade gestorben.«

Trauer, bei meinem Vater? Ich glaube, ich habe den Mann in meinem ganzen Leben nicht einmal weinen sehen.

»Ich bin nicht sicher, ob er so tickt«, murmele ich. »In unserer Familie laufen die Dinge etwas anders als bei anderen.«

Dorian greift nach einem Weinglas neben der Spüle und trocknet es mit einem Geschirrtuch ab, obwohl es eigentlich sauber ist. Er hat jetzt diesen wohlmeinenden, aber ernsten Blick drauf, den er immer aufsetzt, wenn er mir seine Einsichten in meine Seele mitteilen will.

»Ehrlich gesagt habe ich manchmal das Gefühl, dass du überempfindlich bist, wenn es um deine Familie geht«, sagt er vorsichtig. »Ich glaube, du machst dir da zu viele Gedanken. Jede Familie hat ihre Dramen. Meine doch auch.«

Er sieht mich so treuherzig an, dass ich davon ablasse, ihm den kleinen Unterschied zwischen seiner Bodensee- und meiner vietnamesischen Verwandtschaft zu erklären. Weil seine Eltern so liberal sind, kann er sich nicht vorstellen, wie autoritär meine waren. Sie wirken doch so nett. Sie lächeln doch so freundlich. Selbst als meine Mutter bei dem ersten Treffen mit ihm kokett seufzte und erzählte, wie viele Hoffnungen sie einst für meine Zukunft hatte (*»Du weißt, dass sie ein Abitur von 1,0 gemacht hat, oder?! Das beste Abitur von ganz Berlin!«*), selbst da hatte er es nicht verstanden und mich erst überrascht und dann stolz angeguckt. Auch seine Eltern, erzählte er, hätten immer an ihn geglaubt. Dafür liebe er sie so.

Liebe, dachte ich, was für ein klischeehaftes Wort, um die Beziehung zwischen Eltern und Kindern zu beschreiben. Habe ich es je in Bezug auf sie benutzt? Oder sie in Bezug auf mich?

Nein, wahrscheinlich nicht.

Seitdem verschone ich Dorian damit, ihn in die Codes unserer Familie einzuweihen. Keine der Erwartungen meiner Eltern könnte er auch nur ansatzweise verstehen, keine der Arten und Unarten, wie wir unseren emotionalen Haushalt regeln, könnte ich ihm irgendwie begreiflich machen. Obwohl ich jeden Freitag mit meinen Eltern und Geschwistern essen gehe, nehme ich Dorian nur an Geburtstagen mit. Er ist deutsch, ich will ihm nicht zu viel zumuten. Sind wir zusammen, tue ich, als gäbe es diese Krümmung meiner Seele nicht: kein Hineinpassen in etwas größeres Ganzes, keine Pflicht- und Schuldgefühle.

Ich lächele ihn an.

»Wahrscheinlich hast du recht. Ich mache es nur schlimmer, als es ist.«

Ich ziehe das frisch geputzte Weinglas zu mir herüber und

halte es ihm auffordernd entgegen. Schwungvoll dreht er sich um seine Achse, um eine Flasche aus dem Kühlschrank zu holen. Mit einem Plopp öffnet er sie und gießt ein. Der Wein ist trüb wie Apfelsaft, samtig läuft er mir die Kehle hinunter.

»Ein neuer Orangener, den ich in Frankreich in einem Restaurant getrunken habe. Du wirst ihn lieben!«

Ich denke daran, wie wir uns vor zwei Jahren auf dieser Berlinale-Party begegnet sind, er stand in der Büffetschlange vor mir und machte Witze über das viel zu milde Thai-Curry. Als er mir sagte, wo er arbeitete, wusste ich sofort, wovon er sprach; ich hatte die »Neue Heimat« schon mehrmals besucht und auf meine Liste für zukünftige Kritiken gesetzt (*»Eine Bar, in der man mit Fremden gut über die neueste Serie auf Netflix diskutieren kann, während man hervorragenden Whisky aus Japan trinkt.«*). Natürlich erzählte ich ihm das nicht, sondern spielte ihm die Unwissende vor, während er direkt erklärte, ein großer Fan meiner Kolumne zu sein.

Er fragte, ob ich allein da sei, und als ich »Ja« sagte, rief er »Fantastisch! Ich auch!«, obwohl zwei seiner Freunde in der Ecke standen. Er trug ein weißes T-Shirt, das beim Hochrutschen ein Wappen auf seinem Oberarm entblößte; ich fand ihn umwerfend unbekümmert und nicht so vorhersehbar wie die anderen Männer, die mich mit ihren Schwärmereien über Asien so nerven. Als mir am Dessert-Tisch das Weinglas aus der Hand rutschte und ein Dutzend Schälchen Mousse au Chocolat vernichtete, zog er mich lachend beiseite und hielt mich davon ab, mich bei einem der Kellner sofort und inbrünstig für das Unglück zu entschuldigen. Wir verbrachten den Abend auf einem kleinen Balkon in der oberen Etage und machten Witze über die Leute, die unter uns umherflanierten und sich selbst zu wichtig nahmen. Er erzählte mir von seinem Traum, ein eigenes Restaurant zu eröffnen, und stellte mir in sechs Stunden keine einzige Frage zu meiner Herkunft. Das gefiel mir an ihm.

*

Wir verlassen die »Neue Heimat«, als der Mond schon hoch am Himmel steht und die Luft so trocken und eisig ist, dass ich zu husten beginne. Eingepackt in wattige Daunenjacken, in denen wir wie gepolsterte Riesenkäfer aussehen, stapfen wir am Ufer des Landwehrkanals entlang. Drei Jungs mit Goldkettchen und Trainingshosen hocken frierend auf den Bänken; sie zischen uns an, wenden sich aber schnell wieder ab, als Dorian den Kopf schüttelt: Er raucht nur Gras, das er selbst anbaut und mit Spezialdünger behandelt.

Während wir durch die Nacht laufen, überbieten wir uns darin, den Berliner Winter zu beschimpfen; ich töne, dass meine DNA nicht für diese Klimazone gemacht sei, er kontert, dass auch er viel lieber in Asien leben würde als hier.

»Ich meine es ernst«, sagt er.

Er bleibt stehen, zieht seine Kapuze herunter und nimmt meine Hand in seine, sodass mir der seltsame Gedanke kommt, dass er mir gleich einen Heiratsantrag machen könnte.

Obwohl mir Heiraten offiziell egal ist, spüre ich eine ungeahnte Aufregung in mir; ich hatte auf diesen Moment gewartet und nicht gewartet; ich habe Angst vor meiner Antwort und sehne mich gleichzeitig danach, gefragt zu werden. Mein Rachen kribbelt, ich huste wieder laut und heftig.

»Tschuldigung, was wolltest du sagen?«

Er lacht.

»Ich wollte sagen, dass ich in den letzten Wochen viel über die Zukunft nachgedacht habe. Ich weiß, das ist ein großes Wort, aber wenn man da oben auf den Bergen steht, sieht das eigene Leben plötzlich so klein aus. Die Zeit fühlt sich so anders an.«

»Ja? Und was hast du da gesehen?«

»Ich bin jetzt fast vierzig, ich kann nicht ewig so weitermachen. Es ist ja schön und gut, das Leben zu genießen und einen Job zu haben, der quasi ein Hobby ist. Aber ich muss etwas anderes machen. Etwas Größeres. Es ist Zeit dafür.«

Ich warte darauf, dass er endlich zum Punkt kommt, bemühe mich aber, nicht ungeduldig oder unromantisch zu sein.

»Und an was hast du da gedacht, Schatz?«

Er wird ganz ernst.

»Es klingt vielleicht verrückt, aber ich überlege, für eine Weile nach Tokio zu ziehen.«

»Nach *Tokio*?«

Überrascht vom Ausmaß meiner eigenen Enttäuschung schnappe ich nach Luft. Wie kam ich nur auf die lächerliche Idee, dass er mir einen Antrag machen würde? Und wie kommt er nur auf die lächerliche Idee, dass er in Tokio leben könnte?

»Du kannst doch gar kein Japanisch! Du warst doch noch nicht mal da!«

»Aber es ist die kulinarische Hauptstadt der Welt!«

»Na und?!«

Wenn Dorian nach Tokio ziehen will, bedeutet das, dass er Berlin verlassen will. Und wenn er Berlin verlassen will, bedeutet das, dass ich in seiner Zukunft nicht vorkomme. Oder habe ich da was falsch verstanden?

»Wie stellst du dir das vor?«, frage ich, obwohl ich in Wahrheit natürlich meine: Wie stellst du dir das *mit uns* vor?

»David will da ein Restaurant aufmachen und sucht nach einem Partner. Er ist schon im Gespräch mit einem Investor. Irgendein Nachfahre der Toyota-Familie; ein junger Typ, aber steinreich. Wenn es klappt, wäre es eine einmalige Chance!«

Natürlich. Er hängt sich an David ran. An David, der die ganze Arbeit macht, so wie ich zu Hause immer aufräume und alle gemeinsamen Reisen buche, damit Dorian locker, leicht und mit lauter Träumen durchs Leben gehen kann.

»Hättest du denn etwas dagegen?«, fragt er.

Ich ziehe meine Schultern hoch, als wäre ich eine Aufziehpuppe. Dass er mir diese Frage überhaupt stellen muss, ist eigentlich schon eine Antwort an sich.

»Wenn es dir wichtig ist, werde ich dir nicht im Weg stehen«, erwidere ich stolz.

»Cool«, seufzt er erleichtert. »Ich hatte gehofft, dass du mich unterstützen würdest.«

Er tritt an mich heran, nimmt mich in seine Arme und legt seine Wange an meine. Sie ist kalt, dann weich, ich spüre seine Wärme in der eisigen Luft.

»Vielleicht könntest dir mal eine Auszeit nehmen und mich für ein paar Monate besuchen, hm?«

»Ich schaue mal«, sage ich kühl.

Er merkt jetzt doch, dass etwas nicht stimmt, und küsst mich sanft auf meinen Mund. Leise spricht er in mein Ohr.

»Ich werde dich da sehr vermissen, Kim! Aber ich würde nur für ein Jahr hingehen, maximal zwei, dann komm ich zurück. Du weißt doch, dass ich von so was immer geträumt habe!«

Wir setzen uns wieder in Bewegung, und er redet weiter von diesem Toyota-Erben und Zeitplänen, die David schon aufgestellt hat, und Wohngegenden, die David empfiehlt. Von den vielen Sterne-Restaurants und echtem Wasabi, von japanischen Toiletten und der richtigen Art, einen Shinkansen zu besteigen. Er klingt wie ein Reiseführer, und das nervt mich und überrascht mich zugleich.

Er redet, während ich schweige; entweder ignoriert er meine Enttäuschung absichtlich, oder er hat nicht bemerkt, wie groß sie ist, und das wäre auch nicht viel besser. Den ganzen Fußweg nach Neukölln hindurch warte ich, ob in diesem Redeschwall irgendwann die Frage fällt, die ich von ihm hören will. Als wir vor unserer Haustür stehen, weiß ich, dass er sie mir nicht stellen wird.

*

Mitten in der Nacht bin ich plötzlich hellwach. Licht dringt von außen durch den weißen Stoff der Fensterblende und schwebt durch den Raum. Ich höre ein Hämmern und begreife: Es ist mein Herz. Obwohl es kalt ist, schwitze ich, als sei ich einen Marathon gerannt. Mein Wecker zeigt 4:37 Uhr, neben mir hebt und senkt sich Dorians Körper mit ruhiger Gleichmäßigkeit. Wie immer, wenn wir uns streiten, haben wir so lange gekifft, bis uns das Problem egal war und wir uns in einen nebligen Versöhnungssex fallen lassen konnten. Jetzt fühle ich mich dunkel, als hätte jemand in mir das Licht ausgemacht.

Ich erhebe mich aus dem Bett, um in die Küche zu schlurfen. Ohne Erwartungshaltung öffne ich den Kühlschrank und werde trotzdem enttäuscht: eine Flasche Sancerre, eine

Packung Eier, ein gelblicher Brokkoli. Nichts, was ich mir einfach in den Mund stecken kann.

Ich ziehe einen Küchenstuhl heran und steige hinauf. Meine Hand tastet sich durch das oberste Fach des Küchenschranks, dort, wo ich die ungesunden Lebensmittel gelagert habe. Plastik raschelt, als ich die Instantnudeln finde, die salzige Sorte mit Shrimps-Geschmack. Ich reiße die silberne Folie auf und entnehme das helle Brikett. Eigentlich müsste ich jetzt Wasser aufsetzen, um Suppe zu machen, aber Wasserkochen ist anstrengend, wenn es halb fünf ist und man die Dunkelheit nur irgendwie füllen will.

Ich greife nach meinem Telefon.

Am Abend, als ich noch in der »Neuen Heimat« saß und meinen orangenen Wein trank, hatte mir mein Vater per WhatsApp ein Foto geschickt. Zu sehen war eine hagere Frau mit drahtigen Locken, die Farbe ihres *Áo dài* hatte das Weißgrau ihrer Haare. Ihre Falten zogen sich wie Flussadern durch das Gesicht, ihre eingefallenen Wangen waren mit Rouge betupft. Sie lag auf einem weißen, schimmernden Kissen und strahlte diesen universellen Look der Toten aus: friedlich, wächsern und schon halb entschwebt.

»Sie war als junge Frau sehr schön«, schrieb mein Vater, ein für seine Verhältnisse regelrecht sentimentaler Satz.

Ich beiße in die trockene Nudelmasse und spüle sie mit dem Sancerre herunter. Auf meiner Zunge spüre ich, wie die Nudeln von einem harten Zustand in den weichen wechseln, wie sie matt werden und zerfließen. Würziger Glibber bildet sich in meinem Mund. Er schmeckt nicht nach Shrimps, aber im Dunkeln sind meine Ansprüche bescheiden. Kauend schlurfe ich zu dem Ledersofa im Wohnzimmer und sinke in die Horizontale, damit mich die Nacht auffressen kann.

»Was ist mit der Beerdigung?«, hatte ich meinem Vater geschrieben. »Willst du nicht doch hinfliegen?«

Ich weiß nicht, ob es an Dorians Worten lag oder meinem Gefühl, dass diese Familiensache meinem Vater näher ging als gedacht. Seit Tagen war er sehr zerstreut, ständig schrieb er mit Onkel Sơn hin und her.

»Ich muss nächste Woche einen Kongress leiten«, hatte er entgegnet. »Aber ich habe Geld geschickt.«

»Verstehe.«

»Die Beerdigung wird ziemlich groß, außer mir werden alle Geschwister kommen. Ich habe Sơn gebeten, alles zu filmen und mir zu schicken. Sie finden es sehr schade, dass wir nicht dabei sein können.«

Wieso *wir*?, hatte ich gedacht.

»Und wenn du mit Mama nächsten Sommer nach Kalifornien fährst?«, hatte ich ihm dann vorgeschlagen. »Ihr könnt dort doch Urlaub machen!«

»Ich glaube nicht, dass sie das will.«

Er hatte etwas gezögert und dann eine weitere Nachricht hinterhergeschickt. Sie bestand aus einer Frage, die ich nicht hören wollte, nicht von ihm jedenfalls.

»Willst du nicht mitkommen?«

»Ich? Was soll ich denn da?«

»Wenn du mitkommst, muss ich deine Mutter nicht groß überreden. Du weißt doch, wie sie ist. Wir können die Verwandten gemeinsam besuchen, sie haben schon nach dir gefragt.«

Ich wusste, dass er recht hatte; wenn ich mitfahre, fährt sie auch mit. Und wenn sie mitfährt, ist der Verwandtenbesuch auch für ihn nicht so schlimm. Trotzdem hatte ich mit der Antwort gezögert. Einen Chatwechsel lang wollte ich glauben, dass es sich bei uns um eine Familie wie jede andere handelt; eine Familie, in der jeder seine Angelegenheiten selbst regelt und Kinder im Alter von dreißig Jahren Erwachsene sind.

Bing. Auf dem Handy geht eine neue Nachricht von meinem Vater ein. Offenbar kann er auch nicht schlafen.

»Es würde den Verwandten viel bedeuten, wenn du mitkommst. Es ist gerade keine leichte Zeit für sie. Vielleicht kannst du ja Lan und Tuấn überreden.«

Seit wir die Ära der Strafen und Drohungen hinter uns gelassen haben, versucht es mein Vater auffällig oft mit Appellen an meinen Familiensinn. Zu meinem eigenen Ärger bin ich empfänglich dafür. Ich bin das älteste Kind.

»Ich würde mich wirklich freuen, Kiều! :-) :-) :-)«

Fremd und fordernd starrt mich seine Nachricht in der Dunkelheit an. Smileys hat mein Vater noch nie benutzt.

Die Geschichte meines Vaters

TEIL I

MINH

Saigon, 1967

An seinem 17. Geburtstag bekam Minh ein T-Shirt mit einem großen, gelben Smiley geschenkt, *Don't worry, be happy* stand darauf. Einer der amerikanischen Stammkunden seiner Mutter hatte es in der Schneiderei vorbeigebracht, stolz hatte Minh es entgegengenommen, um es sogleich anzuziehen. Nun saß er damit in einem weißen Plastikstuhl wie ein König auf seinem Thron und bedauerte ein wenig, dass es schon so dunkel war und ihn die anderen Gäste des Gartencafés nicht besser sehen konnten.

Das Lokal lag auf einer Halbinsel, um die sich der Saigon-Fluss in einer großen Umarmung schlang. Hohe Palmen und Bambushalme säumten den Weg zum Ufer, der Wind fuhr durch ihre Blätter und ließ sie laut rascheln. Das Blauschwarz des Abends wurde nur durch ein paar Laternen erhellt. Minh hörte Grillen zirpen und Frösche quaken, es fühlte sich nicht an, als sei er in der Stadt. Links von ihm saß seine Mutter. Rechts von ihm Sơn, der mit den Zwillingen Karten spielte.

Ein Mann mit einem dicken Schnurrbart und gelben Shorts schob einen Essenskarren an sie heran, auf der linken Seite stand ein großer Suppentopf, auf der rechten ein durchsichtiger Kasten, der voll mit Fleischbällchen war. Er verkaufte die Nudelsuppe *Hủ tiú bò viên*, und als er hörte, dass

Minh heute Geburtstag hatte, lachte er mit einem lauten »Oho!« auf.

Er kramte drei Würfel aus seiner Hosentasche hervor und hielt sie vor Minhs kleines Gesicht mit der großen Brille.

»Spielst du gern?«

Minh nickte.

»Dann spielst du gegen mich.«

Die Regel war einfach und schwierig zugleich: Jeder Spieler durfte einmal mit den drei Würfeln werfen. War ein Pasch darunter, wurden die betreffenden Würfel zur Seite gelegt und die Augen des dritten als Punktzahl gezählt. Runde um Runde wurde verglichen. Der Clou war, dass Minh in der ersten Runde zwei Fleischbällchen gewinnen konnte, in der nächsten vier und in der übernächsten acht. Der Gewinn verdoppelte sich jedes Mal. Warf er allerdings keinen Pasch, war alles verloren.

»Einverstanden?«, fragte der Mann.

Minh war sofort klar, dass er nichts zu verlieren hatte. Entweder er gewann ein paar kostenlose Fleischbällchen, oder er bezahlte sie wie jeder andere. Eine Gelegenheit, zu der er nicht Nein sagen konnte.

Der Mann zog sich einen roten Plastikhocker zum Sitzen heran und stellte einen weiteren Hocker als Tisch zwischen sie in die Mitte.

Minh warf zuerst: 4, 4, 3.

Der Mann warf 5, 2, 5.

Zwei Fleischbällchen hatte er schon mal sicher.

Auch die zweite Runde gewann er. Seine jüngeren Geschwister, die sich im Halbkreis hinter ihm aufgestellt hatten, feuerten ihn an wie bei einem Fußballturnier. Der Mann hatte seine Beine aufgestellt und sich weit vorgebeugt, jedes

Mal, wenn er warf, lugte seine Zunge aus dem Mundwinkel hervor. Minh war wie im Rausch, aber hochkonzentriert. Aus vier Fleischbällchen wurden acht. Dann sechzehn. Offenbar brachte ihm das T-Shirt mit dem Smiley Glück.

»Ein letztes Mal noch«, rief er.

Er ließ die Würfel in seiner offenen Hand rollen und warf sie so sanft, als würde er ihnen nur einen kleinen Schubs geben. Als die Zahl vor ihnen lag, zischten seine Geschwister.

2, 2, 1.

Wenn der Mann jetzt einen Pasch warf, hatte Minh verloren. Er drückte seinen Rücken durch und atmete flach. Klirrend fielen die Würfel auf den Tisch.

6, 5, 4.

Minh sprang auf, als habe er bei einer Meisterschaft das entscheidende Tor geschossen. Seine Geschwister tanzten um ihn herum. Er riss seine Arme in die Luft.

»Zweiunddreißig Fleischbällchen! Unglaublich!«

Gutmütig klopfte ihm der Mann auf den Rücken. Von der Seite des Karrens holte er einen dicken Draht hervor, dann öffnete er die Tür des durchsichtigen Kastens. Bällchen für Bällchen reihte er auf dem Draht auf, weil es so viele waren, formte er eine große Schnecke daraus. Am Ende war der Karren bis auf vier Bällchen leer. Minh hielt die Schnecke mit den Fleischbällchen wie eine Trophäe über seinen Kopf.

Er war siebzehn Jahre alt, und alles, was er sich wünschte, würde ihm gelingen, das spürte er ganz deutlich.

Minh hatte zwar noch das glatte, unschuldige Gesicht eines Kindes, aber schon den Selbstbehauptungsdrang eines Mannes. Seinen schmalen Körper hatte er durch jahrelanges Taekwondo in sehnige, aber ausdefinierte Muskeln verwandelt. Seine Haare trug er buschig und zur Seite gelegt. Weil er stark kurzsichtig war, brauchte er eine dicke Brille. Vor Kurzem hatte er in einem Fernsehbeitrag den großen französischen Philosophen Jean-Paul Sartre mit einem Modell aus schwarzem Horn gesehen, das hatte er sich dann auch gekauft. In der Schule sah man ihn oft mit einem Buch durch die Flure eilen, das weiche Gesicht voller Wichtigkeit, denn gleich würde er sich wieder mit seinen älteren Freunden treffen, um im Café über französischen Existentialismus zu diskutieren und heimlich zu rauchen.

Er war der älteste Sohn einer siebenköpfigen Familie aus Saigon, die es mit einer Maßschneiderei zu einem gewissen Wohlstand gebracht hatte. Dank ihrer guten Beziehungen zu einem einflussreichen Geschäftsmann, der sich von ihnen oft Anzüge im westlichen Stil nähen ließ, hatten sie ein Haus im Zentrum ergattert. Die Allee war von üppigen Tamarindenbäumen gesäumt, früher hieß sie Rue Catinat, nach dem Sieg gegen die französischen Kolonialherren war sie in *Đường Tự Do* umbenannt worden, Straße der Freiheit.

Mit seiner weißen französischen Fassade und den hellgrünen Fensterläden reihte sich das Haus nahtlos in die eleganten Geschäfte, Restaurants und Hotels der Nachbarschaft ein. Im Erdgeschoss lockte das Geschäft mit den auf Puppen drapierten Anzügen und *Áo-dài*-Kleidern, die aus feinster Seide waren und den Kundinnen passgenau auf den Körper geschneidert wurden: der Kragen so aufrecht, dass er den Hals verlängerte, das hochgeschlitzte Kleid so eng, dass jede Frau darin schlank und anmutig erschien, die Hose so weit, dass sie die Beine weich umflatterte.

Im ersten Stock befand sich das Wohnzimmer mit dem breiten Balkon. Im zweiten Stock teilten sich Linh und Sơn das größere Zimmer, weil sie mit dreizehn und sieben Jahren die nächst älteren Geschwister waren. Die beiden Zwillinge Hồng und Hùng, die erst fünf waren, schliefen in dem kleineren Zimmer. Oben im dritten Stock lag Minhs Zimmer auf der linken Seite, das Schlafzimmer seiner Eltern auf der rechten.

Die Tatsache, dass ihn seine vier Geschwister mit »älterer Bruder« ansprechen mussten, verhalf Minh früh zu einem Selbstbewusstsein, das den anderen fremd war. In der Familie war er der Einzige, der Taschengeld bekam. Er stellte Regeln für seine Geschwister auf und holte den Rohrstock hervor, wenn sie ihm nicht gehorchten. Außerdem durfte er das Moped seines Vaters benutzen, seit der als Oberst der südvietnamesischen Armee nach Zentralvietnam geschickt worden war. Dorthin, wo Krieg herrschte.

*

Einige Wochen später, das Jahr des Affen war gerade angebrochen, wurde Minh durch das dumpfe Geräusch einer Explosion aus dem Schlaf gerissen. Benommen öffnete er die Augen. Es war der erste Tag des Neujahrsfests *Tết*, mit seinen Geschwistern hatte er lange auf dem Balkon gestanden und auf die herausgeputzte, knatternde Straße geguckt. Herr Giang von nebenan hatte ihnen eine Kette mit chinesischen Böllern geschenkt und sich lachend neben seinen Vater gestellt, beide überglücklich, dass sie Heimaturlaub bekommen hatten und die Feiertage zu Hause verbringen durften.

Schlaftrunken fragte sich Minh, was draußen los war. War das Feuerwerk etwa immer noch nicht vorbei?

Er legte sich auf die Seite und zog das Kissen über den

Kopf. Der Ventilator summte leise neben dem Bett und blies frische Luft in das blaue Moskitonetz. Er fiel in den Schlaf, wurde aber nach einigen Minuten wieder herauskatapultiert.

Bumm! Da war das Geräusch wieder, lauter und bedrohlicher als vorhin. Ein Grollen wie bei einem heftigen Gewitter, nur dass es kürzer und tiefer klang.

Er setzte sich auf.

Sein Vater stürzte mit nacktem Oberkörper in Minhs Zimmer. Seine Rechte umklammerte eine Pistole.

»Irgendwas stimmt da draußen nicht. Schnell!«

Minh sprang auf, griff nach seiner Brille und rannte nach unten, um seine Geschwister zu holen. Sie eilten ins Wohnzimmer und stellten sich zu ihrer Mutter, die sich an die Balkontür drückte.

Minh sah Scheinwerfer in der dunklen Nacht aufblitzen. In der Ferne hörte er schnelles Knattern, ähnlich dem Geräusch der Böllerkette von vorhin, nur dass es immer wieder verstummte. Dazwischen dumpfes Dröhnen. Mal kam es von Norden. Dann von Westen.

Waren das etwa Bomben? Hier in Saigon?

»Stell das Radio an!«, flüsterte seine Mutter. Minh lief zu dem Gerät auf der Wohnzimmerkommode und drehte den Lautstärkeregler auf. Der vietnamesische Sender spielte seltsamerweise nur Beatles-Lieder. Die Männerstimme bei »Voice of America« klang aufgeregt.

… eine überraschende Offensive in verschiedenen Städten. In Saigon haben Kämpfer des Vietcong den Flughafen angegriffen und die amerikanische Botschaft infiltriert, es wird gekämpft und geschossen. Die Redaktion des vietnamesischen Rundfunks ist besetzt, offenbar wollten die Kommunisten eine

Aufnahme des nordvietnamesischen Präsidenten Ho Chi Minh abspielen, was ein Mitarbeiter des Senders glücklicherweise verhindern konnte. Einzelne Kämpfer sind bis zum Präsidentenpalast vorgedrungen …

»Wie können sie es wagen, während der Feiertage anzugreifen!«, schimpfte sein Vater. »Drei Tage Waffenruhe waren ausgehandelt! Verdammte Barbaren!«

Das Adrenalin schoss Minh durch die Adern. Obwohl es draußen tiefschwarz war, fühlte er sich plötzlich hellwach. Das Gefühl, dass in diesem Moment etwas Gefährliches passierte, machte ihn ganz kribbelig vor Angst und Neugier. Einen Kommunisten hatte er noch nie gesehen. Ob diese Leute wirklich so wild und grausam waren, wie seine Mutter immer sagte?

Mit seinen Armen schob er seine Geschwister beiseite, um die Balkontür einen Spaltbreit zu öffnen. Kuhl schlug ihm die Nacht entgegen. Das Zischen der anderen ließ ihn nur mutiger werden. Er trat einen Schritt hinaus. Dann noch einen, bis er das Geländer erreicht hatte und die Straße unter ihm gut erkennen konnte. Sie war von den roten Fetzen der verbrauchten Böller übersät, aber ansonsten so leer, dass man mit einem Besen hätte durchfegen können. Die schwarzen Stromkabel, die zwischen den hohen Masten hingen, schaukelten sachte in der Luft. Weit hinten in der Ferne stieg eine graue Rauchwolke aus dem Häusermeer nach oben.

»Hier ist niemand«, sagte er und hörte eine leise Enttäuschung aus seiner Stimme heraus. »Alles ruhig. Ihr könnt wieder schlafen gehen.«

Sein Vater trat hinter ihm auf den Balkon und zündete sich eine Zigarette an. Seit er vergangenes Jahr zum Oberst befördert worden war, schien er um Jahre gealtert zu sein. Obwohl er gerade mal vierzig war, hatten sich tiefe Falten in seine Stirn gegraben. Weiße Haare sprossen zwischen den schwarzen hervor. Er hatte abgenommen, seine Wangenknochen zeichneten sich hoch im Gesicht ab und ließen ihn noch dünner erscheinen als sonst.

Was sein Vater in Zentralvietnam genau machte, wusste Minh nicht. Seine Eltern hatten es nie direkt ausgesprochen, aber er spürte, dass der Krieg ein Thema war, das es auszuschweigen galt. Es war schlimm genug, dass ihnen die Kommunisten keine Ruhe ließen. Nichts, was man dazu sagen könnte, würde irgendetwas daran ändern.

Aus den seltenen, kurzen und schwer zu entziffernden Briefen seines Vaters war Minh nie richtig schlau geworden. Zusammengefasst enthielten sie stets dieselben zwei Botschaften: Die erste lautete, dass der Feind verschlagen, aber unterlegen war. Die zweite, dass die älteren Kinder keinesfalls ihre Hausaufgaben vernachlässigen durften, nur weil in den unzivilisierten Teilen des Landes gekämpft wurde.

Sein Vater riss ihn aus seinen Gedanken.

»Und, wie geht es deinen Geschwistern?«

Er klang so beiläufig, als würde er sich nach dem Wetter der letzten Woche erkundigen. Immer wenn sie sich sahen, fragte er Minh über seine jüngeren Geschwister aus, schließlich war der in seiner Abwesenheit der Mann im Haus.

»Du kannst zufrieden sein, sie hören zu, wenn man ihnen etwas sagt«, antwortete Minh. »Linh habe ich ein bisschen Lesen beigebracht, und Sơns Noten haben sich etwas verbessert.«

»Und deine eigenen Noten? Schaffst du ein gutes Baccalauréat? Du weißt, dass deine Mutter und ich auf dich zählen!«

Minh hasste diese Frage. Obwohl er seine Geschwister mit einem gewissen Ehrgeiz kontrollierte, konnte er es selbst nicht leiden, über seine schulischen Leistungen zu sprechen. Er war gut, aber nicht sehr gut; mit Talent, aber auch mit Arroganz gesegnet. Oft erschien es ihm banal, die Daten vietnamesischer Dynastien oder englische Redewendungen auswendig zu lernen. An seinem französischen Gymnasium, dem renommierten *lycée*, gab es daher einige, die besser waren als er. Mit dieser Information wollte er seinen Vater allerdings nicht unnötig verärgern.

»Um mich musst du dir keine Sorgen machen. Die Abschlussprüfungen sind in einem halben Jahr, bis dahin ist noch viel Zeit zu lernen.«

»Dann ist es ja gut. Ich habe nämlich einen Plan, wie es danach für dich weitergeht.«

Sein Vater blies den Rauch seiner Zigarette in die dunkle Nacht hinaus. Sehnsüchtig schaute Minh dem Qualm hinterher. Das Gespräch machte ihn nervös, er hätte alles darum gegeben, eine rauchen zu können.

»Ich habe da oben einen tüchtigen Arzt kennengelernt«, erzählte sein Vater. »Ein bewundernswerter Mann, ständig im Einsatz. Sehr respektiert!«

»Einen Arzt?«

Minh dachte daran, wie er mit fünf Jahren einen Arzt holen musste, weil Linh tagelang unter schweren Fieberkrämpfen gelitten hatte. Der Mann hatte ihr eine Spritze gegeben und gesagt, dass es sich um ein neues Medikament aus China handele, das sehr stark sei. Tatsächlich verschwand ihr Fieber danach – ihre Fähigkeit zu hören allerdings auch. Weil sie damals erst ein Jahr alt gewesen war, hatte sie nie sprechen gelernt. Und weil sie nicht sprechen konnte, würde sie nie eine Schule besuchen, nie eine Arbeit finden. Noch heute, zwölf Jahre später, erinnerte sich Minh mit einem Schaudern daran, wie der Mann seine Spritze aufgezogen und an den weichen Oberschenkel seiner Schwester gesetzt hatte.

»Er ist Chirurg, um genau zu sein«, fuhr sein Vater fort. »Er empfiehlt, dass du Medizin studierst und später eine eigene Klinik eröffnest. Es ist nicht einfach, aber wenn du es schaffst, könnte die ganze Familie davon profitieren: Deine Geschwister könnten dich als Assistenzärzte unterstützen, Linh könnte Krankenpflegerin werden. Um Menschen zu pflegen, muss man ja nicht sprechen können. Das wäre perfekt, oder?«

Erwartungsvoll sah er seinen Sohn an.

»Mit Ärzten hat unsere Familie keine guten Erfahrungen gemacht«, erinnerte Minh ihn.

»Das war ein schwarzes Schaf! Gar nicht zu vergleichen mit Professor Xanh! Es ist ein *sehr* guter Beruf mit einer *sehr* guten Perspektive. Denk doch mal darüber nach: Egal, ob Krieg herrscht oder Frieden – krank werden die Menschen immer!«

»Ich bin nicht sicher, ob das meinen Interessen entspricht«, entgegnete Minh vorsichtig. Er wusste, dass er seinem Vater nicht widersprechen sollte, aber er musste es noch einmal versuchen. Es gab keinen Berufsstand, den er so verachtete wie den der Ärzte. Er hielt sie für Pfuscher, die anderen Menschen in ihrer Not falsche Versprechen machten, um ihnen ihr Geld abzuknöpfen.

Sollte er wirklich einer von ihnen werden und sein Leben an einem Ort verbringen, der nach Medikamenten und Siechtum roch? Der Gedanke gruselte ihn.

»Was ist denn das für eine Einstellung, Minh!«, die

Stimme seines Vaters wurde tiefer und bekam einen drohenden Klang. »Du kannst froh sein, wenn wir dich bei deinem Studium unterstützen. Denk daran, dass es hier nicht nur um dich geht. Mindestens einer von euch fünf *wird* Arzt werden. Du bist der älteste Sohn, also wirst du mit gutem Beispiel vorangehen!«

*

Nachdem die kommunistischen Kämpfer getötet, die eigenen Toten beerdigt und die Trümmer weggeräumt waren, kehrte die Stadt in den Wochen danach zu ihrem alten, friedlichen Leben zurück. Die Zeitungen beschrieben die *Tết*-Offensive als schwere Niederlage für den Feind: Allein in Saigon hätten die Kommunisten weit höhere Verluste erlitten als die südvietnamesische und amerikanische Seite zusammen. In Hue, schrieben die Kommentatoren, hätten sie Tausende Menschen abgeschlachtet und damit ihr mörderisches Gesicht gezeigt. Breitbeinig liefen die grün uniformierten südvietnamesischen und amerikanischen Soldaten durch die Straßen und versicherten der geschockten Bevölkerung, dass sie die Rebellen in den Norden zurückgedrängt hatten.

Minh interessierte das Thema wenig. Wer wo gegen wen kämpfte, verfolgte er nur flüchtig. Der Auftrag seines Vaters lastete wie eine schwere Bürde auf ihm, er wusste, dass er sich dem kaum entziehen konnte, haderte deswegen aber umso mehr damit. Solange er seine Abschlussprüfungen bestand und zum Studium zugelassen wurde, würde er nicht in die Armee eingezogen werden. Das war das Einzige, das ihm wichtig erschien.

Kurze Zeit später trat Herr Bảy, der Geschäftsmann mit

der Vorliebe für westliche Anzüge, an seine Mutter heran: Hatte sie vielleicht Interesse, ein Zimmer an einen Amerikaner zu vermieten? Der Mann gehörte zu der Wachtruppe an der amerikanischen Botschaft und hatte auf dem Gelände gelebt. Nun musste er ausziehen, weil das von Granaten getroffene Gebäude renoviert werden sollte. Er war bereit, gut zu bezahlen, und hatte nur eine Bedingung: Er brauchte einen Kühlschrank. Geschäftstüchtig, wie sie war, bot sie sogleich Minhs Zimmer an. Es war das größte von allen, und sie konnte dafür den höchsten Preis verlangen.

*

Drei Tage später war der Amerikaner da. Minh hatte damit gerechnet, dass er so aussehen würde wie die hellhäutigen, blonden Schauspieler, die er aus den ausländischen Kinofilmen kannte. Zu seiner Überraschung war der Mann schwarz. Mit einem Seesack aus dunkelgrünem Stoff stand er vor der Schneiderei und rauchte eine Zigarette. Er war vielleicht zwanzig und überragte Minh um anderthalb Köpfe, sein Körper war stämmig, aber muskulös und sportlich. Seine Haare waren millimeterkurz geschoren, seine Augen wach und von geschwungenen Brauen betont. Aus seinem dunkelgrünen, ärmellosen Hemd lugten zwei Ketten hervor: an der einen hing eine abgegriffene Soldatenmarke, an der anderen ein Jesuskreuz.

Seine Mutter, die ein Bündel Dollarscheine in der Hand hielt, winkte Minh zu sich heran. Sie hatte ihre Haare in Locken gelegt und trug die hellgrüne Seidenbluse, die so gut zu ihren Ohrringen aus Jade passte. »Da haben wir aber Pech gehabt«, sagte sie. »Die weißen Amerikaner sind ja schon so fremd, wie soll man da den schwarzen trauen? Aber Geld ist Geld.«

Minh war sich nicht sicher, ob es an den bevorstehenden Mietzahlungen oder dem Schock der *Tết*-Offensive lag, aber seine Mutter verfolgte neuerdings einen Plan. Sie hatte ein Konto bei der französischen Bank im ersten Bezirk eröffnet, um darauf Geld für sein Studium einzuzahlen. Er sollte dafür allerdings nicht in Vietnam bleiben, sondern ins Ausland ziehen. So wäre er sicher, falls die südvietnamesische Regierung eines Tages doch Studenten in die Armee einziehen sollte.

Minh gefiel die Idee. Der Gedanke, den Krieg hinter sich zu lassen und die Welt zu sehen – er dachte dabei an das schöne Paris oder, alternativ, an irgendeine moderne Stadt in Amerika –, versüßte ihm die Aussicht auf das leidige Medizinstudium. Freundlich lächelte er den Amerikaner an.

»*Chào em*«, grüßte ihn der Mann.

»Sie sprechen die Sprache?«, antwortete Minh auf Vietnamesisch.

»*Hell no!*« Der Amerikaner lachte. »Ich kann nur ›Guten Tag‹ und ›Was kostet das?‹ sagen. Mein Name ist John, freut mich, dich kennenzulernen!«

Minh schüttelte ihm die Hand. Was machte es schon für einen Unterschied, ob er schwarz oder weiß war? Immerhin hatte er sich die Mühe gemacht, zwei Sätze auf Vietnamesisch zu lernen. Er lotste John durch den hinteren Ausgang des Geschäfts in die Küche und von dort auf die steinerne Treppe, die nach oben führte. Hinter sich hörte er den Amerikaner fluchen – mit seinem breiten Körper stieß er immer wieder rechts und links gegen die Wände. Das Stapfen seiner Stiefel war im ganzen Haus zu hören.

Sie erreichten Minhs altes Zimmer mit den hellgrünen

Wänden und den schwarz-weiß gemusterten Fliesen. Er betrachtete es mit einer gewissen Wehmut: Es war deutlich größer als das fensterlose Kabuff, das er sich von nun an mit Sơn teilen musste, während Linh zu den Zwillingen zog.

An der Wand hing das »Beatles«-Poster, auf das er so stolz war. In dem Regal standen die französischen Romane, die er für viel Geld auf der Bücherstraße gekauft hatte: »La Peste«, »L'Étranger«, »Le Petit Prince«. Neben dem Bett stand der kleine Kühlschrank, den er gestern zwei Stockwerke hochgeschleppt und vorsorglich mit dem Lieblingsgetränk aller vietnamesischen und amerikanischen Männer gefüllt hatte.

»Bier?«

Er öffnete die Kühlschranktür.

»Unbedingt!« John nahm eine Bierdose und trank einen tiefen Schluck. »Was ist mit dir?«

Minh zögerte. Einerseits hätte er gern ein Bier getrunken. Andererseits würde seine Mutter bestimmt gleich nachkommen, um zu sehen, ob alles in Ordnung war.

Er schüttelte den Kopf.

Mit einem Wumms ließ John seinen Seesack auf das Bett fallen. Er schnürte seine Stiefel auf und begann, seine Sachen auszupacken. Alles, was er ausbreitete – die Jeans, die Turnschuhe, das schwarze Notizbuch –, erkannte Minh als teuer.

»*Where are you from?*«, fragte Minh, wobei ihm auffiel, dass er den älteren Amerikaner durch das englische »*you*« einfach nur mit »du« anredete. Im Vietnamesischen hätte er ihn als »großer Bruder« adressieren müssen, denn die Sprache unterschied zwischen Älteren und Jüngeren. Das Englische hingegen machte alle gleich, und das fand Minh zwar befremdlich, aber auch angenehm.

»Ich komme aus Kalifornien«, antwortete John. »Ich wäre

gern mit einem Basketball-Stipendium aufs College gegangen, war aber zu klein für das Team. Jetzt bin ich also hier.«

Er lachte. Er war ganz anders als die vietnamesischen Männer, die Minh kannte. Viel lockerer.

»Wie ist es in Kalifornien?«, fragte Minh. Den Zusatz »so wie in den Filmen?« verkniff er sich.

»Schön. Schöne Strände, schöne Mädchen, das Wetter ist ungefähr so wie hier. Nur dass es keinen Monsun gibt.«

»Und wie findest du Vietnam?«

»Soll ich ehrlich sein? Ich find's beschissen. Saigon ist okay, aber für die Jungs, die in den Dschungel gehen, ist es die Hölle. Am Anfang haben sie uns gesagt, dass wir hier die Freiheit verteidigen. Aber, ehrlich, die haben keine Ahnung, was hier abgeht! Ich habe zwei Kumpel verloren, als sie an Neujahr die Botschaft angegriffen haben. Die Kämpfer vom Vietcong sind gestorben wie die Fliegen, aber das ist denen egal. Die schicken auch tausend weitere in den Tod, und dann noch mal tausend mehr! Ich weiß nicht, *was* wir hier machen, aber mit Freiheit hat das Ganze wenig zu tun!«

Er schüttelte den Kopf. Seine Nase glänzte. Alles, was er sagte, klang ganz anders als das, was die vietnamesischen Zeitungen schrieben. Minh rückte näher.

»Und du?«, fragte John. »Willst du auch kämpfen?«

Minh errötete. »Eigentlich will ich lieber studieren.«

»*Smart boy!*«

John zündete sich eine Zigarette an. Er inhalierte tief, blies den Rauch aber nicht aus, wie Minh es tat, wenn er mit seinen Freunden rauchte und sie sich an ihren philosophischen Diskussionen versuchten. Nein, John formte seine Lippen zu einem O und entließ graue Ringe aus Qualm aus seinem Mund. Wie ein Schornstein stieß er sie aus. *Pöff. Pöff. Pöff.*

Er hielt ihm seine Schachtel hin. Es waren echte amerikanische Zigaretten von Pall Mall. Minh zog sich eine heraus.

Sie unterhielten sich über den Unterschied zwischen westlichen und vietnamesischen Frauen, wobei die Unterhaltung eher darin bestand, dass John erzählte und Minh ab und zu nickte, als wisse er, wovon die Rede war. Abgesehen von einer gehörlosen Freundin von Linh, mit der er einmal spazieren gegangen war, waren seine Erfahrungen auf dem Gebiet mehr als bescheiden. Er staunte nicht schlecht, als John erzählte, dass die Vietnamesinnen in bestimmten Bars wie Katzen um einen herumschlichen und Anzüglichkeiten schnurrten, die so deutlich waren, dass sich Minh nicht mal traute, sie in seinem Kopf zu übersetzen.

»Hier, ich muss dir was zeigen.«

John angelte ein Notizbuch zwischen seinen Sachen hervor und schlug es auf. Seit er in Vietnam war, erzählte er, führe er ein Tagebuch, um nichts von all den unglaublichen Dingen zu vergessen, die er hier erlebte. Zwischen den eng beschriebenen Seiten fiel ein Polaroid-Foto heraus: Es war auf der Dachterrasse eines teuren Hotels aufgenommen worden, John tanzte darauf mit einer vietnamesischen Frau in einem langen roten Kleid. Ihre Haare fielen ihr in Wellen den Rücken herunter, ihr Gesicht war sorgfältig geschminkt. Sie war viel eleganter und moderner als die vietnamesischen Frauen, denen Minh auf der Straße heimlich hinterhersah; sie erschien ihm unerreichbar, eine Frau für Ausländer.

»Ist sie nicht umwerfend? Die beste Sängerin, die ich je getroffen habe. Ich war wahnsinnig verliebt in sie, aber was sie dachte, hat sie mir nie gesagt. Vielleicht mochte sie vor allem mein Geld. Nicht dass ich davon so viel hätte, aber hier in Vietnam ist man ja schon mit hundert Dollar ein König. Als sie sich nicht mehr gemeldet hat, habe ich sie zwei Wochen lang gesucht. In jeder Bar habe ich nach ihr gefragt. Irgendwann habe ich eine Freundin von ihr gefunden. ›Wo ist Kim?‹, habe ich gefragt. Weißt du, was mir ihre Freundin gesagt hat?«

Er legte das Foto zwischen die Seiten und klappte das Notizbuch wieder zu.

»Sie hieß gar nicht Kim! Die Frau, in die ich so verliebt war, hatte mir nicht mal ihren echten Namen gesagt!«

*

Am nächsten Tag fuhr Minh in die Bücherstraße und kaufte sich ebenfalls ein schwarzes Notizbuch, die Seiten waren allerdings dünner als die in dem Buch von John. Vor seinem inneren Auge sah er sich schon die Skizze eines Romans entwerfen, der in Saigon begann und in Paris endete.

Doch die Zeit verging so schnell, dass er es nicht schaffte, jeden Tag etwas aufzuschreiben, manchmal vergingen Wochen zwischen seinen Einträgen. Er musste für seine Abschlussprüfungen lernen – und dieses Mal strengte er sich wirklich an –, an den Abenden besuchte er Sprachkurse in Französisch und Englisch. Außerdem wollte er noch etwas Zeit mit seinen Freunden verbringen, die mit einer Mischung aus Stolz und Neid auf seinen bevorstehenden Abschied sahen. Keiner von ihnen hatte das Geld oder die Beziehungen, um ins Ausland zu gehen. Einige waren sogar in die Armee eingezogen worden und erzählten von Kameraden, die im Kampf gefallen waren.

»Ich habe keine Angst vor dem Ausland«, schrieb er in sein Tagebuch, »aber diese letzte Zeit zu Hause ist wahrscheinlich wie der Moment vor dem Tod, in dem man noch einmal das eigene Leben betrachtet und feststellt, wie sehr man daran hängt. Gestern bin ich mit Sơn zu ›Flugzeug-Phở‹ gefahren und habe ihm eine extragroße Portion spendiert. Natürlich war der Ventilator kaputt, und dauernd kamen Straßenkinder herein. Aber hat die Brühe je so würzig geschmeckt? Kam mir das Fleisch je so zart vor? Sogar die Einkäufe auf dem Markt mit Mutter kann ich plötzlich genießen. Die Frau, die so laut gackert wie die Hühner, die sie verkauft, der Mann, der auf meine Honda aufpasst – sie alle werden das Land nie verlassen oder den reichen Westen sehen. Wenn ich eines Tages zurückkomme, werden sie noch immer an ihren Ständen stehen und auf die Mopeds der Einkäufer aufpassen. Wie werde ich dann auf sie blicken? Werde ich Vietnam noch so lieben, wie ich es jetzt liebe, kurz vor dem Abschied?«

*

An seinem letzten Tag packte er seinen Koffer so sorgfältig, als wäre es nicht das erste, sondern das letzte Mal. Mit seiner Mutter hatte er ein braunes Modell mit goldenen Schnallen in dem Chinesenviertel Cholon gekauft. Er legte den hellen Sommeranzug über den dunklen Winteranzug, daneben stapelte er seine sechs weißen Hemden und die zwei karierten Pyjamas.

Drei Wochen hatte die Lieblingsschneiderin seiner Mutter an seiner Ausstattung genäht, eine weitere Woche hatte die Arbeit an dem dunkelblauen Wintermantel gedauert, der aus dem dicksten Stoff bestand, den sie auf dem *Bến-Thành*-Markt auftreiben konnten. Er packte die Plastiktüte mit dem selbst gebrannten Fleisch und den hausgemachten

Reiskuchen ein und stellte seine zwei Wörterbücher hochkant daneben: das eine war für Vietnamesisch-Englisch, das andere für Englisch-Deutsch. Die Sprache auf diese Art zu lernen war zwar umständlich, aber er hatte in ganz Saigon kein Wörterbuch für Vietnamesisch-Deutsch finden können.

Dass er nach Deutschland und nicht nach Frankreich oder Amerika gehen konnte, hatte er seinen Abschlussnoten zu verdanken. Wie ihm der Beamte im Büro für Auslandsstudien mitgeteilt hatte, waren diese Plätze besonders begehrt und schon an Abiturienten vergeben, die eine höhere Punktzahl erzielt hatten als Minh. »Deutschland kann ich dir aber anbieten«, hatte der Beamte gesagt. »Man muss dort nicht mal vorher einen Sprachtest bestehen.«

Minh hatte sofort zugesagt, die drittbeste Option war ihm immer noch lieber als keine Option. Er konnte sich nichts Schlimmeres vorstellen, als sich und allen anderen einzugestehen, dass er mit seinen Auslandsplänen gescheitert war, bevor er überhaupt begonnen hatte. Er wusste zwar nichts über dieses Land, aber so schlecht konnte es nicht sein, schließlich war doch auch Einstein Deutscher gewesen. Außerdem meinte er sich vage zu erinnern, dass es nicht weit entfernt von Frankreich lag. Was machte es schon für einen Unterschied, ob er in diesem oder jenem Teil von Europa war?

Sein Bruder Sơn trat ein und fragte, ob er Hilfe beim Packen brauche. Er trug seine blau-weiße Schuluniform und war beim Friseur gewesen. Der Pony fiel ihm schräg über die runden Augen, seine Kinderstimme bebte.

»Meinst du, du kriegst in Deutschland auch Schnee zu sehen?«

»Bestimmt! Im Winter wird es dort ja sehr kalt, wahrscheinlich schneit es dann auch.«

»Kannst du mir dann etwas davon schicken?«

Minh lachte.

»Ich glaube, das ist nicht so einfach.«

»Weil es so teuer ist, ein Paket nach Vietnam zu schicken?«

»Weil der Schnee auf dem Weg hierher schmelzen wird.«

»Echt? Schnee schmilzt?«

Sơn setzte sich auf das Bett und überlegte laut, was ihm Minh stattdessen aus Deutschland schicken könnte. Vielleicht Süßigkeiten oder Spielzeug. Obwohl er in die Einzelheiten des Plans nicht eingeweiht war, verstand er mit seinen sieben Jahren schon, dass Minh ins Ausland ging, um der Familie Ruhm und Reichtum zu bringen. In den vergangenen Wochen hatte er seine gesamte Schule darüber informiert, dass sein großer Bruder in ein echtes Flugzeug steigen und nach Europa reisen würde; die vielen Gratulationen und Komplimente hatte er entgegengenommen, als gälten sie ihm selbst.

Minh legte die letzten Sachen in den Koffer, klappte ihn zu und schlüpfte in seine neuen Lederschuhe. Zur Feier des Tages trug er seine beste Kleidung, einen schwarzen Anzug zu einem weißen Hemd. Der Pass steckte in der Jacketttasche, das Flugticket in der Hosentasche. Fast fühlte er sich, als würde er einen Job antreten. Einen Managerposten.

Er atmete tief durch und hob seinen braunen Koffer an, um nach unten in das Wohnzimmer zu gehen, wo die anderen auf ihn warteten. Sein Blick fiel auf einen Stapel Bücher, den er gestern aus Johns Zimmer geholt hatte: sein Camus, sein Sartre, sein wertvollster Besitz. Natürlich wollte er nicht ohne seine europäischen Bücher nach Europa ziehen. Aber sein Koffer war schon mit Anzügen und Reiskuchen voll.

Von unten rief seine Mutter nach ihm. Das Taxi würde gleich hier sein, um ihn zum Flughafen zu bringen.

»Sơn, du musst mir helfen!«

Sein Bruder gluckste.

»Soll ich mit dir mitfliegen, damit du nicht alleine bist?«

»In deinen Träumen! Du sollst hierbleiben und für mich auf etwas aufpassen. Auf etwas Wichtiges!«

Er sah sich in ihrem kleinen Zimmer um und hob den Karton seiner neuen Schuhe vom Boden hoch. Er war aus schwarzer Pappe und gerade groß genug, um die Bücher darin zu verstauen. Mit schnellen Bewegungen reihte er sie mit ihrem Rücken nach oben nebeneinander auf, weil am Ende noch etwas Platz übrig war, stellte er nach einigem Zögern auch sein Tagebuch hinein. Es würde schon niemand lesen. Er legte den Deckel obenauf, klebte den Karton mit Paketband zu und schrieb seinen Namen mit einem schwarzen Filzstift darauf: »MINH«.

»Kannst du diesen Karton für mich irgendwo verstecken, wo ihn niemand findet? Wenn ich zurückkomme, will ich ihn wiederhaben.«

»Warum lässt du ihn nicht einfach bei John im Zimmer?«

»Weil ich nicht möchte, dass er oder irgendjemand anderes in meinen Sachen herumwühlt. Tu mir den Gefallen, ja? Du kannst dafür mein T-Shirt mit dem Smiley haben!«

Sơn nahm den Schuhkarton und umschlang ihn mit beiden Armen. Mit wichtiger Miene versicherte er Minh, dass er sich ganz auf ihn verlassen könne. Dann bückte er sich und schob den Karton unters Bett. Er sah zu seinem Bruder hinauf. »Jede Nacht«, sagte er feierlich, »werde ich deine Bücher bewachen wie ein Hund.«

Im Wohnzimmer standen seine Geschwister mit John wie Gäste einer Hochzeitsgesellschaft beisammen; festlich in ihrer Kleidung und voll Aufregung über das bevorstehende Glück. Sein Vater, der für den Tag extra angereist war, hielt eine kurze Rede, aus der Minh vor allem das Wort »stolz« in Erinnerung blieb. Zu seiner Überraschung schenkte er ihm eine schwere, schwarze Spiegelreflexkamera. An ihrer rechten Seite hatte sie eine Delle, an den Ecken war die Farbe abgeschabt. Doch Minh erkannte, dass es sich um ein gutes Modell handelte; er hatte es in den Händen der Kriegsfotografen gesehen.

»Diese Kamera wirst du in Deutschland gut gebrauchen können«, sagte sein Vater, während er sie ihm überreichte. »Mach viele Fotos, und schick sie uns!«

Minh bedankte sich verlegen und lächelte seine Geschwister an; aus purer Gewohnheit ermahnte er sie ein letztes Mal, in der Schule ordentlich zu lernen. Leichtigkeit durchspülte ihn: Einerseits trat er seine Reise im Auftrag der Familie an. Andererseits fühlte er sich befreit von all den Pflichten, die er als ältester Sohn hatte. In Deutschland würde er in einem Wohnheim mit anderen Studenten seines Alters leben, niemand würde ihn beäugen, kritisieren oder nach Hilfe bei den Hausaufgaben fragen. Zum ersten Mal in seinem Leben würde er allein sein. Frei. Er würde nicht nur sein Studium beginnen, er würde eine neue Welt betreten. Eine Welt, die fremd, modern und friedlich war.

Als er sich von John verabschiedete, drückte der ihm ein Magazin mit einem orangefarbenen Rand in die Hand. »Der Spiegel« stand in weißen Lettern darauf, der Titel zeigte ein Bild von Vietnam. »Das haben mir Freunde an der deutschen Botschaft besorgt«, sagte John. »Dann hast du im Flugzeug gleich was zu lesen! Obwohl, du kannst die Texte ja noch gar nicht verstehen – guck dir einfach die Bilder an.«

Minh registrierte das Winken seiner Geschwister und Johns traurigen Blick, als das Taxi die Straße der Freiheit verließ und sich auf den Weg zum Flughafen machte. Seine Eltern saßen in ihren feinen Kleidern auf der Rückbank und hielten sich an den Händen. Seine Mutter sah so schön aus, wie er sie nur selten gesehen hatte: Ihre Haare waren in Locken zur Seite gesteckt, sie trug ein rotes *Áo dài* mit goldener Stickerei.

Vom Beifahrersitz drehte er sich nach hinten und richtete seine Kamera auf sie. Mit einer Mischung aus Glück und Wehmut lächelte sie ihn an. *Klick,* machte der Auslöser. Zweimal drückte er ab.

Wenn ich jetzt gehe, fragte er sich, wann komme ich dann wieder?

Die Sonne hatte sich schon halb in den Abend verabschiedet, als er noch einmal am Fenster die Stadt vorbeiziehen sah. Wie würde er diese laute Lebendigkeit vermissen: den würzigen Duft der Garküchen und das aufgeregte Feilschen der Händler, den Lärm der hupenden Mopeds und das Geschnatter der Menschen. Das Taxi schlängelte sich durch das Gedränge, überquerte den großen, dreckigen Kanal und fuhr schließlich in das Niemandsland vor dem Terminal ein.

Eines Tages würde er an diesem Flughafen wieder zurückkehren, aber er würde nicht mehr Minh, der Schüler, sein, sondern Minh, der Arzt. Sein Herz klopfte.

Als er sich am Flugsteig von seinen Eltern verabschiedete, schimmerten die Augen seiner Mutter vor Freude und Trauer. Er drückte sie kurz und ließ sich von seinem Vater noch einmal den Rücken tätscheln. Weil sie keine Worte für ihre Gefühle fanden, schwiegen sie sich an. Als er sich umdrehte, hörte er seine Mutter zaghaft rufen: »Vergiss nicht, wo du herkommst!« Er drehte sich nicht nach ihr um.

Vor Minh lagen vier Stopps und fünfundzwanzig Stunden Reise: Bangkok, Karachi, Paris, München. Er hatte sein Land noch nie verlassen, doch er spürte keine Angst, nur Eile. Mit schnellen Schritten stieg er die Treppe zum Flugzeug hinauf, das Ticket in der rechten, den »Spiegel« in der linken Hand.

KIỀU

In der Nacht vor unserem Abflug nach Kalifornien sehe ich mich eine Flugzeugtreppe hinuntersteigen, schmal und steil geht es nach unten. Der graue Beton des Rollfeldes kontrastiert mit dem Türkis des Meeres, dessen Wellen gegen die Landebahn branden. Eine salzige Brise umweht mich, die Sonne steht hoch am Himmel und wärmt die Luft. Ich erreiche die unterste Stufe und betrete amerikanischen Boden. Eine glänzende schwarze Limousine wartet auf mich, ein Auto, wie man es aus dem Fernsehen von Besuchen des amerikanischen Präsidenten kennt. Die Tür öffnet sich, ein Bein erscheint, dann ein zweites. Ein Mann mit schwarzen Haaren entsteigt dem Wagen, der Rücken etwas rund, das Gesicht von einem Cowboyhut verdeckt. Mit der Rechten nimmt er ihn ab.

»*Chào chú Sơn.*«

Der Gruß gehört zu den einfachen Sätzen, die mir aus dem Vietnamesischen noch geläufig sind. Ich versuche, ihn auszusprechen, doch die Worte bleiben in mir verschlossen. Hohl hallen sie in meinem Kopf. Kein Laut dringt nach außen.

Ich setze noch einmal an.

»Onkel Sơn, ich hoffe, es geht Dir gut!«

Wieder höre ich den Satz laut und deutlich in meinem inneren Ohr, doch Onkel Sơn bleibt regungslos.

Ich reiße meinen Mund auf und beginne zu rufen, wieder und wieder, doch es ist, als habe man mir den Ton abgestellt. Mein Onkel steht direkt vor mir, aber meine Worte erreichen ihn nicht. Irgendwas stimmt nicht mit meinem Mund, er muss verwachsen oder verschwunden sein. Panisch fasse ich mir ins Gesicht, greife nach meinen Lippen und ziehe sie auseinander, hart stoßen meine Knöchel gegen die Zähne.

Ich beiße zu.

Der Schmerz katapultiert mich aus dem Schlaf in den Wachzustand, ich schrecke hoch. Meine Augen tasten sich durch die Schatten meines Zimmers und finden die vertraute Silhouette von Dorian, der auf seiner rechten Seite liegt und mir den Rücken zugewandt hat. Sanft hebt sich die Bettdecke im Rhythmus seines Atems. Benommen stütze ich mich auf und schalte die kleine Lampe auf meinem Nachttisch an. 2:42 Uhr.

In drei Stunden muss ich aufstehen, um den Flug nach Amerika zu erreichen. Ich wische mir mit der Rechten die Haare aus der Stirn und bleibe hängen an meiner eigenen Hand. Auf der Haut zeichnet sich rot und eingedrückt das Relief meiner Vorderzähne ab.

*

Der Flughafen Berlin-Tegel strahlt trotz seiner BRD-Haftigkeit – dem achteckigen Wachturm, dem hellen Linoleumboden, den schwarz-gelben Infotafeln – das Versprechen aus, die Berliner aus ihrem grauen Alltag zu befreien. Die Abflughalle brummt. Weil ich so müde bin, hat sich mein Gehirn in eine Landschaft aus Watte verwandelt; die Reisenden mit ihren hellen Kleidern und ihrer aufreizenden Vorfreude verwandeln sich in grobkörnige Farbstreifen. Meine Arme, die einen weißen und einen blauen Trolley hinter sich herschleifen, fühlen sich ausgeleiert an. Ich verspüre einen dumpfen Neid: Die anderen fliegen ihrer Erholung entgegen. Ich meinem Alptraum.

»Kiều! Hier drüben sind wir!« Die gellende Stimme meiner Mutter übertönt den Soundteppich der Sommerreisenden. Auch sie trägt ein luftiges Kleid, es ist schwarz und mit rosa Rosen bedruckt. Weil ihr Name Blume bedeutet, liebt sie solche Sachen. Sie löst sich aus der Schlange am Gate A15 und winkt mir auf diese eigenartige Art zu, die für vietnamesische Frauen so typisch ist: Hand vorwärts nach unten fallen lassen, Finger leicht gespreizt. Wie die Queen.

»Hast du die Geschenke dabei?«, fragt sie anstelle einer Begrüßung.

Ich zeige auf den blauen Trolley: »Der ist voll damit.«

Vor dieser Reise hatten wir lange Telefonate zu diesem Thema geführt. In asiatischen Familien gehört das Geschenkeverteilen zu einem Familienbesuch wie der Tannenbaum zu einem deutschen Weihnachtsfest; es ist eine Mischung aus Tradition, Freude und Qual. Man schenkt nicht nur, weil es eine nette Geste ist; man zeigt damit auch, dass man sich um die Verwandten kümmert und es im Ausland zu etwas gebracht hat. Bei vier Onkeln und Tanten samt Partnern und Kindern durften die Mitbringsel nicht zu teuer sein. Gleichzeitig kam es darauf an, Qualitätsware aus Deutschland mitzubringen.

Ursprünglich wollte meine Mutter – so wie sie es bei unseren Verwandtschaftsbesuchen in Vietnam immer macht – Schmuck vom Shoppingkanal sowie Portemonnaies, Sonnenbrillen und Badeanzüge mitbringen, die sie bei Karstadt im Sonderangebot gefunden hatte. Ich hatte es ihr verboten: Im

Gegensatz zu Vietnam ist Amerika kein Entwicklungsland, wir sollten uns nicht mit allzu günstigen Geschenken blamieren. Die Diskussion endete damit, dass ich bei Nivea Anti-Aging-Tagescremes, Männershampoos und Seren mit Hyaluronsäure für 400 Euro kaufte. Die Verkäuferin bemühte sich, gelassen zu bleiben, doch ich sah ihrem erstaunten Gesicht an, dass mein Rieseneinkauf alles andere als normal war.

Meine Mutter runzelt die Stirn. »Meinst du, das reicht?«

Ich erspare mir den Kommentar, dass dieses Geschenkeverteilen etwas von Kolonialverhalten hat, und stelle mich neben meinen Vater. Er trägt einen dieser Anglerhüte, die ich so peinlich finde, und Sandalen mit Klettverschluss. In seiner rechten Hand biegen sich drei Flugtickets von Lufthansa nach Frankfurt, dort steigen wir in die Maschine nach Los Angeles um. Leise summt er vor sich hin. Als ich bemerke, dass der Geschenkewahn zeige, wie ungleich unsere Großfamilie sei, hält er seine linke Hand in die Luft.

»Die Mitglieder einer Familie sind wie Finger. Die einen sind länger, die anderen kürzer.« Er bewegt seine Finger auf und ab, als würde er auf einem unsichtbaren Klavier spielen. »Alles hat seine natürliche Ordnung, mach dir keine Gedanken darum.«

Seine Hand senkt sich wieder auf die genoppte Oberfläche seines grauen Hartschalenkoffers, seine Finger trommeln auf dem TSA-Schloss herum. Wie unterschiedlich wir doch sind. Denke ich an unsere Verwandten, fühle ich mich schuldig, mit den Privilegien des Westens aufgewachsen zu sein. Er hingegen käme gar nicht auf die Idee, dass alle gleich oder gleichberechtigt sein sollten.

*

Als ich im Flugzeug neben meinen Eltern sitze, rufe ich noch einmal die Facebook-Seite von »Sơn Saigon« auf. Meine mentale Vorbereitung auf diese Reise bestand vor allem aus Verdrängung. Aufgrund der höflichen, aber hartnäckigen Bitten meines Vaters hatten wir Anfang des Jahres beschlossen, zu fünft einen Familienurlaub in Kalifornien zu verbringen. Zu Ostern schickte meine Schwester dann jedoch eine Mail aus München, wo sie als Eventmanagerin arbeitet: Ihr Chef habe ihr die Leitung eines Filmfestivals übergeben, leider könne sie im Sommer nicht freinehmen. Einige Wochen später rief mein Bruder an: Eine seiner PJ-Stationen war ihm weggebrochen, er musste sich nun bei anderen Krankenhäusern um einen Platz bewerben und seinen Sommerurlaub streichen. Nur ich hatte keine Ausrede und stimmte matt zu, als meine Mutter für den August drei Flüge nach Los Angeles buchte. Zwei Wochen Urlaub mit meinen Eltern. Schlimmer noch: zwei Wochen Urlaub mit meinen Eltern bei den fremden Verwandten.

Wie wir dort eigentlich die Zeit füllen würden, haben wir ebenso wenig besprochen wie den ominösen Brief, der dem Testament meiner Großmutter beilag. Warum musste mein Vater unbedingt dabei sein, um ihn zu öffnen? Was könnte meine Oma darin aufgeschrieben haben, das sie der Familie nicht erzählen konnte, als sie noch lebte? Ich weiß inzwischen, dass meine Verwandten als Flüchtlinge nach Amerika gekommen sind. Wie und wann, haben mir meine Eltern allerdings nicht gesagt. Sie blieben da sehr vage, so als ob ihnen das Thema unangenehm sei.

Ich scrolle mich durch Onkel Sơns Timeline, um ein wenig zu recherchieren. Ich sehe Strandaufnahmen aus Kalifornien, übersättigte Bilder von vietnamesischen Gerichten, unzählige Hunde-Porträts. Dann ein Beitrag, mit dem ich nicht gerechnet habe.

Zu sehen ist ein Video von Donald Trump nach seiner Wahl: Er neben Melania und Ivanka auf der Bühne, die Hand zum Siegesgruß erhoben. Es ist der Morgen des 9. November 2016, in meiner Erinnerung der dunkelste Moment des vergangenen Jahres. Onkel Sơn jedoch hat das Video mit einem lachenden Smiley versehen, darunter hat er geschrieben: »Endlich!«

Ich scrolle weiter. Ich finde: einen schwärmerischen Breitbart-Artikel über eine Trump-Rallye in Kalifornien. Eine vernichtende Analyse über Hillary Clinton. Ein Video von CNN, versehen mit dem Kommentar »Fake News«.

Mein Onkel, ein Trump-Anhänger?

Ich sinke in meinen Sitz zurück, während über mir das Anschnallzeichen aufleuchtet. Ich habe noch nie einen Trump-Anhänger getroffen und hatte auch nicht vor, Bekanntschaft mit einem zu machen. Alle meine Freunde und Kollegen sind sich einig in ihrer Verachtung für den amerikanischen Präsidenten. Sie vertreten diese Meinung mit derselben Selbstverständlichkeit, mit der sie Frauen die gleichen Rechte zugestehen wie Männer und es für falsch halten, Kinder zu schlagen. So wie man weiß, dass die Sonne im Osten aufgeht, so weiß man, dass Trump eine Gefahr für die Demokratie darstellt. Nur mein Onkel in Amerika, der scheint es nicht zu wissen.

Zum hundertsten Mal bereue ich, der Reise zugestimmt zu haben. Warum habe ich es nicht wie meine Geschwister gemacht und etwas anderes vorgeschoben? Warum kann ich zu meinen Eltern nie Nein sagen?

Durch das Fenster sehe ich das Grau der Startbahn vorbeiziehen, dann neigen wir uns in die Schräge und lösen uns vom Boden. Mein Vater drückt mit den Fingern auf seine Ohren, sein Kiefer malmt, um den Druck auszugleichen. Wir stechen in das schwerelose Blau des Himmels und gleiten durch Wolken, die wie Zuckerwatte vor uns schweben.

Ein perfekter Start. Wir steigen.

»Weißt du eigentlich, dass dein Bruder Donald Trump gut findet?«, raune ich in die Stille hinein.

Keine Antwort.

Die Lider meines Vaters sind geschlossen, sanft blähen sich seine Wangen auf. Seine Nase kräuselt sich, weitet sich und stößt einen Laut aus. Sein Schnarchen steigt von unserer Reihe nach oben und durchquert die halbe Economy-Klasse, doch es scheint niemanden zu stören; jeder ist mit sich und seinen Urlaubsgefühlen beschäftigt.

*

Nachdem auch meine Mutter eingeschlafen ist, krame ich aus meinem Rucksack die kleine Tüte aus der Apotheke hervor. Ich hatte meinen Eltern vorhin erzählt, dass ich noch schnell einen Reiseführer kaufen wollte, war aus der Wartehalle herausgerannt und hatte den Schwangerschaftstest heimlich besorgt. Ich kann mir nicht wirklich vorstellen, schwanger zu sein – vielleicht sollte ich ehrlicherweise sagen: Ich *will* es mir nicht vorstellen –, aber meine Tage sind jetzt seit zwei Wochen überfällig, und irgendwann muss man sich als erwachsene Frau ja der Tatsache stellen, dass Sex zu Babys führen kann.

Mit der Tüte in der Hand steige ich über die Sitze meiner Eltern hinweg und laufe den Gang zur Bordtoilette hinunter.

Die Kabine ist so eng, dass sogar ich mich darin kaum bewegen kann. Ich reiße die rosa Verpackung auf – warum werden eigentlich alle Frauenprodukte in dieser hässlichen Farbe angeboten? –, entnehme einen gefühlt 2-Millimeter dünnen Streifen und frage mich, wie ich den beim Pinkeln bloß treffen soll. Laut Gebrauchsanweisung muss man ihn in einen Behälter mit Urin halten, ich könnte also auch eine Stewardess nach einem Pappbecher fragen. Aber will man das, aus dem Klo heraus und mit so einem verdächtigen Ding in der Hand?

Ich setze mich auf die Toilette, klemme meine Hand zwischen die Beine und versuche, konzentriert und gerade nach unten zu pinkeln. Warm schießt der Strahl auf meine Finger. Vor der Tür höre ich einen Mann aufgeregt mit einer Frau sprechen. »Tut mir wirklich leid, die andere Toilette ist verstopft«, sagt sie, wahrscheinlich eine Stewardess. »Ich bin sicher, dass die Dame gleich fertig sein wird.« Woraufhin er ruft: »Können Sie sich beeilen, bitte?! Ich habe Magenkrämpfe!«

Auch das noch.

Ich hole den Streifen wieder hervor, halte ihn gegen das Licht und beginne aus Reflex, damit zu wedeln. Drei Minuten soll es dauern, bis das Ergebnis angezeigt wird. Ich tupfe mich ab, ziehe meine Jogginghose hoch, traue mich aber nicht zu spülen, da ich draußen vor der Toilette keine Erwartungen wecken will. Als ich wieder auf den Test schaue, sehe ich, dass sich in seiner Mitte zwei rote Streifen gebildet haben. Ich greife nach der Gebrauchsanweisung und lese zweimal nach.

Positiv.

Es ist einer dieser Momente, in denen die Realität mit voller Wucht zuschlägt, so dass man aus seinem eigenen Körper heraustaumelt und sich von außen betrachtet.

Ich sehe mich wieder wie bescheuert mit dem Streifen wedeln; sehe, wie ich ihn gegen das Licht halte, weil der eine Balken doch verfärbt sein könnte. Aus irgendeinem Grund scheine ich davon auszugehen, dass ungeplante Schwangerschaften nur anderen Frauen passieren, nicht mir. Ich sehe, wie ich mir die Hände vor das Gesicht schlage, auf die Klobrille sinke und meine Beine hochziehe, sodass sich meine Füße auf der vorderen Hälfte des Ovals abstützen. Ich schlinge meine Arme um meine Beine und lege meinen Kopf auf meine Knie. Ich schließe meine Augen.

Ich denke daran, wie ich mit Dorian kurz vor Silvester am Landwehrkanal entlanggelaufen bin, wie er meine Hände in seine nahm und von seiner bescheuerten Tokio-Idee redete. Die Enttäuschung von damals steigt wieder in mir auf, doch dieses Mal hat sie einen bitteren Beigeschmack. Dorian gehört so gar nicht zu der Sorte Mann, die man sich mit einem Baby und all der Verantwortung, die damit einhergeht, vorstellen kann. Er ist einer, der sich gerne mitreißen, aber auch treiben lässt, nichts hasst er mehr als Pflichten und Festlegungen. Ich wiederum wollte nie Mutter werden, weil ich nichts schlimmer finde als die allgemeine Aufforderung an Frauen, Kinder zu kriegen, um so ihre Bestimmung zu erfüllen. Nie wollte ich mein Leben gegen das Klischee eines Frauenlebens eintauschen; ich hatte andere Ziele, als einen Mann zu finden, der mich heiraten, schwängern und versorgen würde.

Oft haben Dorian und ich über die jungen Eltern in unserem Bekanntenkreis gelacht, die nach dem ersten Kind in ihr Heimatdorf zurückzogen, um dort ein Spießerleben zu führen, das dem ihrer Eltern ganz ähnlich war. So wollten wir ganz bestimmt nicht enden, schworen wir und sahen uns über unsere Weingläser hinweg in die Augen. Wie *unsere* Zukunft eigentlich aussehen könnte, besprachen wir nie. Wir waren zu jung und frei, um uns die Laune von Erwachsenenproblemen verderben zu lassen. Wir tänzelten darüber hinweg, als gäbe es kein Morgen.

Nun aber halte ich einen Streifen mit zwei rosa Balken in der Hand.

Ich spüre, wie mir übel wird und das Brötchen, das ich in der S-Bahn zum Flughafen heruntergeschlungen hatte, nach oben drückt. Meine Spucke wird säuerlich, ich knie mich vor das Klo und kneife meine Augen zusammen. Draußen wird der Mann mit den Magenkrämpfen ungeduldig, er pocht zweimal gegen die Tür und fragt, wie lange ich noch brauche. »Mir ist übel!«, ruft er, woraufhin ich am liebsten aufgesprungen wäre, um mit aller Wucht zurückzuhämmern. Leider fehlt mir die Kraft dazu. Ich höre meinem Herzen einige Sekunden beim Klopfen zu und flüstere der Wand dann entgegen: »Mir auch.«

Langsam atme ich ein, langsam atme ich aus. Der Druck in meinem Magen ebbt ab, beim Blinzeln spüre ich, wie nass und klebrig meine Wimpern sind. Als die Spucke in meinem Mund wieder normal schmeckt, erhebe ich mich. Der Test gleitet mir aus der Hand und fällt in die Kloschlüssel. Labberig schwimmt er in der hellgelben Flüssigkeit herum. Entkräftet von mir und meinem Körper drücke ich die Spülung. Mit einem Rauschen schluckt sie den Streifen herunter.

*

Die Dunkelheit hat sich bereits über Kalifornien gesenkt, als wir nach achtzehn Stunden Flug und zwei Stunden Flughafenlogistik endlich in unserem Mietauto sitzen und die riesigen Buchstaben L-A-X hinter uns lassen. Der Chevrolet brummt, als mein Vater auf die Autobahn beschleunigt, links auf die »Carpool«-Spur wechselt und ein paar abschätzige Bemerkungen über die Qualität amerikanischer Autos macht. Grüne Schilder leuchten vor uns auf, »Los Angeles 18 mi« steht da, aber Los Angeles ist nicht das Ziel.

Nach einer halben Stunde dirigiert uns das Navigationsgerät von der Autobahn auf eine breite Straße, die von hohen Palmen gesäumt ist, aber trotzdem die Tristesse eines Vorortes ausstrahlt. Flache Häuser mit breiten Garagen. Ladenketten, die sich um Parkplätze gruppieren. Tankstellen, Supermärkte, Bestattungsinstitute. Das also ist Little Saigon. Eine Betonlandschaft mit Palmen.

Als das Navi verkündet, dass wir das Ziel erreicht haben, stehen wir vor einer breiten Einfahrt mit einem Neonschild »Motel«. Links erkenne ich einen abgezäunten Swimmingpool. Rechts einen gelben zweistöckigen Bau mit braunen Türen, der auch ein Gefängnis beherbergen könnte.

»Das ist unser Hotel?«, mein Vater hält den Wagen an. Ich checke die Mail auf meinem Handy in der Hoffnung auf eine Verwechslung, stelle aber fest, dass ich dieses Motel tatsächlich für uns gebucht und schon zwei Wochen im Voraus bezahlt habe. Auf Tripadvisor hatte es doch so gute Bewertungen.

Enttäuscht schleppen wir unsere Koffer auf das Zimmer hinauf: ein brauner Teppich, eine beigefarbene Wand, zwei geschmacklose Bilder über den zwei Betten. Die Klimaanlage hat den Raum auf gefühlt zehn Grad heruntergekühlt.

Welcome to America.

Ich falle auf das linke Bett und krieche unter die Decke. Meine Laune liegt so tief unter dem Gefrierpunkt, dass ich am liebsten in einen Winterschlaf fallen und in einer anderen Realität aufwachen würde. All die schlechten Nachrichten seit unserem Abflug würden sich als *Fake News* erweisen. Alles wäre gut und wie gestern.

Gedämpft höre ich das Handy meines Vaters klingeln.

»Ah, Sơn! Wie geht's? Wir sind gerade angekommen.«

(…)

»Es ist okay«, er lacht, »sehr amerikanisch.«

(…)

»Ihr habt *Phở* gemacht? Großartig! Ich spreche mit ihnen.«

In dunkler Vorahnung schlage ich die Decke nach unten und sehe in das erwartungsvolle Gesicht meines Vaters. Die ganze Verwandtschaft sei bei Onkel Sơn zu Hause, erklärt er. Meine Tanten hätten eine Nudelsuppe gekocht und möchten mit uns zu Abend essen.

»Wollen wir noch kurz vorbeifahren?«, fragt er.

»Jetzt?«, meine Mutter schießt die Frage wie einen Vorwurf heraus. »Es ist …«, sie schaut auf ihre Uhr und beginnt, die Zeit umzurechnen. »… fast zehn!«

»Sie haben seit sieben auf uns gewartet«, erklärt er.

»Aber wir waren doch gar nicht verabredet!«, entgegnet sie.

»Er dachte, wir kommen auf jeden Fall vorbei, und hat alle zusammengetrommelt. Hùng ist extra mit seinem Kind aus San Diego gekommen!«

Hùng, denke ich, wer ist schon wieder Hùng?

Vor meinem geistigen Auge sehe ich lauter fremde Menschen aufgereiht auf einem Sofa sitzen. Sie haben ihren Kindern die besten Kleider angezogen und ihnen eingeimpft, zu den Verwandten aus Deutschland ja nett zu sein. In freudiger Erwartung haben sie uns eine Suppe gekocht. Weil wir bestimmt vom langen Flug müde sind. Weil mein Vater sie zum ersten Mal in Kalifornien besucht. Weil mich einige von ihnen zuletzt als fünfzehnjähriges Mädchen gesehen haben und andere noch nie. Ich ahne: Sie wären bitter enttäuscht, wenn wir ihnen nicht den kleinen Gefallen täten, jetzt zu ihnen zu fahren und eine Schale *Phở* zu essen. Es ist das Lieblingsgericht meines Vaters. Sie haben sich etwas gedacht dabei.

Mein Vater scheint meine Gedanken zu lesen, er wendet sich mir zu: »Was meinst du?«

Ich sehe in seine hoffnungsvollen Augen und in das sich zu einem Kompromiss lockernde Gesicht meiner Mutter. Wenn ich gehe, geht sie auch. Und wenn wir gehen, sind alle happy. Dies ist einer der Momente, in denen aus einer kleinen Geste eine große wird. Ich denke an die Facebook-Einträge meines Onkels und an das Telefonat an Weihnachten. *Wer? Ich habe den Namen nicht verstanden.*

»Ich bin echt müde«, höre ich mich sagen. »Können wir sie nicht morgen besuchen?«

Ich bin dreißig Jahre und noch immer ein Kind. Zu bockig, um mich heute Nacht noch einmal für die wartenden Verwandten zusammenzureißen. Zu egoistisch, um meine eigenen Gefühle zum Wohle aller hintanzustellen. Mein Vater schaut mich einige Sekunden schweigend an, seufzt dann und spricht wieder in sein Telefon hinein.

»Sơn? Es gibt noch ein Problem mit unserem Zimmer, das müssen wir jetzt erst mal klären.«

(...)

»Ich glaube, dann ist es echt zu spät. Ihr wartet doch schon so lange. Esst einfach ohne uns.«

(…)

»Mach dir keine Gedanken, wir haben im Flugzeug gegessen. Außerdem sind wir total fertig, in Berlin standen wir zwei Stunden lang auf der Startbahn, der Flug war verspätet.«

(…)

»*Alright.* Wir gehen morgen essen, ja?«

Mein Vater versucht, die Enttäuschung in seinem Gesicht zu verbergen, und kneift seine Lippen zusammen. Ich drehe mich auf die Seite, um ihn nicht ansehen zu müssen. Ich höre, wie er sein Handy auf den Nachttisch legt, kurz darauf rauscht die Dusche im Badezimmer.

MINH

Ebersberg, 1968

Drei Tage nach seiner Ankunft in Deutschland betrat Minh in seinem besten Anzug das hellrosa gestrichene Haus einer Kinderärztin, die ihn zu einem »Willkommensessen« eingeladen hatte. Ihre braunen, schon leicht ergrauten Haare hatte sie in einem Knoten zusammengesteckt, an ihrem Hals hing ein Perlenband mit einer drahtigen Brille. Zu ihrer hellen Bluse trug sie einen weiten, beigefarbenen Rock und Sandalen mit breiten Riemen aus Leder. Ihre rundliche Figur verlieh ihr etwas Gemütliches. Wären sie in Vietnam, hätte er sie »Großmutter« oder »Tante« genannt, doch es fiel ihm schwer, das Alter von Europäern einzuschätzen, und er traute sich nicht zu fragen. Ihr Name war so kompliziert, dass er beschloss, sie einfach nicht anzusprechen: Frau Schmidt.

Die Befangenheit stieg in ihm auf, als er ihr durch das Wohnzimmer folgte und nicht nur ein braunes Klavier entdeckte, sondern auch lauter gerahmte Fotos von hellhäutigen, blonden Menschen, die ihre Verwandten sein mussten. Alles an ihrem Haus kam ihm vornehm vor: das gemaserte Holz an den Decken und Böden, der grün gekachelte Kamin, der rot-weiß karierte Stoff vor den Fenstern. Durch die frisch geputzten Scheiben war eine Hügellandschaft zu sehen, in der weiße Häuser mit roten Dächern zwischen grünen Feldern verschwanden. In der Ferne schimmerten die gezackten Umrisse der Alpen. Die Septembersonne schien kräftig, ohne die brennende Hitze zu verbreiten, die er aus seiner Heimat kannte.

Wie schön dieses Land war.

Er fühlte sich noch immer schummrig von der langen Reise, war aber gleichzeitig aufgeputscht von dieser fremden, neuen Welt. Nachts konnte er wegen der Zeitverschiebung nicht schlafen (wieso hatte ihn niemand vorgewarnt?), tagsüber hatte er das Gefühl, als laufe er durch einen Traum. Ebersberg, eine Kleinstadt in Bayern mit einer Kirche und lauter Bauernhöfen, sah aus wie eine Postkarte. Alles war so niedlich, sauber und ruhig, dass es ihm fast unwirklich vorkam. Von seinem Zimmer im ersten Stockwerk des Goethe-Instituts konnte er auf einen See hinunterschauen, in dem eine silberne Rutsche stand. Die Luft roch nach Heu und war warm und trocken. In drei Tagen hatte er bereits zwei Rollen Film verschossen.

Als er die Küche betrat, sah er eine junge Frau mit einem runden Gesicht und einer flachen Nase am Esstisch sitzen. Ihre schulterlangen schwarzen Haare hatte sie hinter ihre Ohren gesteckt. Als er ihr vorgestellt wurde, schien sie sich zu freuen; sofort begann sie zu erzählen. Auch sie stammte aus Vietnam, ihr Name war Hoa. In ihren Ohrläppchen steckten zwei kleine, silberne Stecker in Blumenform, wahrscheinlich eine Anspielung auf ihren Namen.

Hoa war ein Jahr jünger als er, lernte aber schon seit drei Monaten in Ebersberg Deutsch. Anders als er war sie mit einem Stipendium der südvietnamesischen Regierung hier und lebte zur Untermiete bei einem blinden Mann, dem sie im Haushalt half. Da sie in Vietnam bereits mit dem Sprachunterricht begonnen hatte, konnte sie schon ganze Sätze sagen und verstand auch sonst einiges von diesem Land. Mit ihrer Schlaghose aus Jeans und der bestickten Hippie-Bluse wirkte sie modern und lässig auf ihn. Minh sah an sich und seinem schwarzen Anzug hinab: Hatte er es mit seiner förmlichen Aufmachung vielleicht übertrieben?

Die Ärztin sagte etwas Unverständliches in dieser fremden, harten Sprache und bedeutete ihm, neben Hoa auf der Sitzbank Platz zu nehmen. Sie stellte zwei Gläser auf den Tisch, goss kalte Milch ein und schüttete zwei Löffel von einem dunkelbraunen Pulver hinein, das er für eine helle Kaffeesorte hielt, bis er das ungewöhnlich süße Aroma roch.

Wieder sagte sie etwas, das er nicht verstand, dem Tonfall nach hatte sie ihm eine Frage gestellt. Weil ihm nichts anderes einfiel, sagte er die ersten deutschen Wörter, die ihm aus dem heutigen Unterricht einfielen: »Sehr gut!«

Die Augenbrauen der Ärztin fuhren nach oben. Fragend sagte sie etwas zu Hoa, die etwas antwortete, das entschuldigend klang. Die Sätze der beiden ratterten in schneller Unverständlichkeit an ihm vorbei. Seine Bewunderung für das hell hervorgebrachte Deutsch seiner Sitznachbarin steigerte sich ins Grenzenlose, als er mitbekam, wie sich eine von Lachen gespickte Konversation zwischen den beiden entspann und er aus Hoas Mund die Worte »Aber Frau Schmidt!« vernahm.

Wie ein Zuschauer saß er daneben und nippte an seinem Getränk. Dass die Ärztin immer wieder versuchte, ihn durch kurze Fragen in das Gespräch einzubeziehen, machte die Sache nicht besser. Er antwortete ihr nie direkt, sondern wandte sich stets Hoa zu, seiner neuen Bekannten und Übersetzerin.

Das bedeutet es also, fremd zu sein, dachte er sich. Man fühlt sich plötzlich so überflüssig und klein.

Zu seiner Erleichterung erhob sich die Ärztin wieder, um den Tisch zu decken. Von seiner Mutter wusste er, dass sie manchmal zwei Tage lang in der Küche stand, wenn Besuch kam; für Gäste, sagte sie immer, durfte es nur das Beste sein. Er konnte es daher kaum erwarten zu sehen, was Frau Schmidt gekocht hatte. Neugierig beobachtete er sie dabei, wie sie zwei Teller aus dem Kühlschrank holte und auf den Tisch stellte: Auf dem einen wölbten sich Scheiben von rosa Fleisch, auf dem anderen Scheiben von gelbem Käse. Sein Magen zog sich zusammen, als ihm der Geruch in die Nase stieg.

»Kannst du ihr sagen, dass ich heute nicht sehr hungrig bin und von der Vorspeise nur wenig essen werde?«, bat er Hoa. »Ich will nicht, dass sie denkt, ich sei unhöflich.«

»Was meinst du mit Vorspeise?«, fragte sie zurück.

»Na, diese kleinen Speisen aus dem Kühlschrank!«

Hoa lachte hell auf. »Du hast echt keine Ahnung, oder? Die Deutschen essen am Abend das Gleiche wie am Morgen. Nur dass sie es morgens Frühstück und abends Abendbrot nennen.«

Ungläubig schüttelte Minh den Kopf.

»*Das hier* ist das Abendessen? Ein paar kalte Scheiben Wurst und Käse?«

»So wie ich das bisher beobachtet habe, scheint es den meisten gut zu schmecken. Wir sind es gewohnt, zwei- oder dreimal am Tag gekochtes, warmes Essen zu uns zu nehmen. Aber sie kennen es nicht anders, daher vermissen sie es nicht.«

Hoa zuckte die Schultern. Drei Monate in diesem Land, und sie wirkte schon so abgeklärt, als hätte sie die Deutschen studiert. Sie schüttete noch etwas Pulver in ihre braune Milch.

»Glaub mir, älterer Bruder, sie sind ganz anders als wir. Es wird dir nicht leichtfallen, dich an sie zu gewöhnen.«

Für einen kurzen, quälenden Moment dachte Minh an die gegrillten Schweinespieße, die sie zu Hause mit Reisnudeln und frischen Kräutern aßen, und an die zarten Rinderstücke, die sie in der *Phở*-Suppe gar werden ließen, seinem Lieblingsgericht. Dann zwang er sich zurück in die Gegenwart. Er war nun in einer anderen Kultur zu Gast, er würde die Gewohnheiten der Deutschen ausprobieren und sich mit ihnen arrangieren.

»Okay?« Frau Schmidt zeigte auf die Teller und erhob ihre rechte Hand zu dem universellen Zeichen, das sogar er verstand: Daumen und Zeigefinger zusammen, die anderen Finger gespreizt.

Er nickte ein wenig zu heftig. »Sehr gut«, sagte er.

Nach einem weiteren Gang in die Küche kehrte Frau Schmidt mit einem Korb zurück, in dem ein zerschnittenes, dunkles Brot lag. Die Scheiben waren groß wie seine Hand, aber halb so schmal wie seine Finger. Körner, viel gröber und größer als Sesam, waren darin verbacken. Hoa erklärte ihm, dass es sich um Schwarzbrot handele und dass man daran die Qualität eines Abendmahls erkenne. Dieses Schwarzbrot stamme von dem Bäcker am großen Brunnen und sei um Welten besser als das luftige, geschmacklose Baguette, das sie in Vietnam aßen.

Minh beugte sich vor und schnupperte. Tatsächlich, das Brot roch würzig. Nussig und kräftig; anders als alles, was er kannte.

Die Ärztin fragte, wie viele Scheiben er wolle. Er sah auf

das Brot und das dünne, rosa Fleisch. Wie sollte er von dieser kargen Mahlzeit nur satt werden?

Er hob seine Hand und spreizte fünf Finger in die Luft.

*

In der Fremde wurde Minh klar, wie sehr er an der vietnamesischen Sprache hing. In ihr hatte er sich auf festem Boden bewegt, nun fühlte er sich wie im freien Fall. Deutsch zu lernen fiel ihm unerwartet schwer, oft kam er sich dumm und unbeholfen vor. Da das Deutsche mit dem Vietnamesischen nichts gemein hat, war er ungelenk darin, Sätze oder unbekannte Buchstaben wie die Umlaute oder das »ß« abzuschreiben. Auch die Grammatik verstand er nicht: Im Vietnamesischen verändern sich weder Verben noch Substantive, daher musste er erst mühsam die Bedeutung von Konjugationen und Deklinationen lernen.

Am schlimmsten waren die drei Artikel: Warum hieß es »die Küche«, aber »das Wohnzimmer«? Warum »die Welt« und »die Erde«, aber »der Globus« und »der Planet«?

Einen deutschen Satz zu bilden – einen deutschen Satz *auszusprechen* – kam ihm vor wie der Versuch, mit bloßen Händen eine Felswand zu erklimmen. Das Risiko abzurutschen war weit größer als die Wahrscheinlichkeit, unbeschadet oben anzukommen. Meist zog er es daher vor zu schweigen.

Die Sprache, die ihm im Vietnamesischen erlaubt hatte, aus seinen Gedanken die kühnsten Theorien zu spinnen, versperrte ihm nun den Weg zu den einfachsten Dingen des Alltags. Alles war plötzlich so mühsam: den Weg zur Bushaltestelle zu finden, eine Fahrkarte zu kaufen, die Abfahrtszeit zu verstehen, an der richtigen Haltestelle auszusteigen, den Weg zurückzufinden. Außerhalb der behüteten Welt, die das Goethe-Institut mit seinen Klassenräumen und Einzelzimmern war, fühlte er sich orientierungslos und verloren. Er, der es immer verstanden hatte, andere mit seinen Geschichten und Ideen zu beeindrucken, wusste nicht mehr, wie er sich verhalten sollte.

Waren Deutsche in der Nähe, traute er sich kaum, seinen Mund aufzumachen. Ihre großen Körper überragten ihn, die Selbstverständlichkeit, mit der sie sich laut und lachend Sachen erzählten, schüchterte ihn ein. Obwohl er westliche Studenten in Vietnam immer bewundert hatte, zog er es nun vor, ihnen aus dem Weg zu gehen. Nicht, weil er sie nicht kennenlernen wollte. Er wollte nur nicht sein Gesicht verlieren.

Hoa, die um einiges unbefangener war als er, zog ihn öfter damit auf. »Du und dein dummer Stolz«, sagte sie, »du wirst die Sprache nie lernen, wenn du dich nicht traust, Fehler zu machen!«

Seit ihrem ersten Treffen sahen sie sich fast jeden Tag. Manchmal besuchten sie gemeinsam Frau Schmidt, um sich bei Abendbrot und Kakao Klagen über ihren Sohn Werner anzuhören, der in Berlin studierte und sich nur selten meldete. Manchmal liefen sie an den Seen entlang zu den bayerischen Wirtshäusern, in denen weißhaarige Männer Schafskopf spielten. Dort teilten sie sich, zur Verwunderung der Einheimischen, oft eine Portion Schweinsbraten.

Es war für Minh leichter, mit ihr zusammen zu sein als mit jedem anderen Menschen; er hatte keine Scheu, er selbst zu sein, und erzählte ihr das, was er in sein Tagebuch geschrieben hätte, wenn seine gesamte Disziplin nicht von dem

Deutschlernen aufgebraucht wäre. Manchmal fragte er sich, ob ihre Vertrautheit nur mit ihrer gemeinsamen Herkunft zu tun hatte oder ob da noch etwas anderes war. Es gab Momente, da sah sie ihn so seltsam an.

Nach den ersten Wochen, in denen er sich mehr oder weniger schweigend durch Ebersberg bewegt hatte, schlug ihm Hoa eine Mutprobe vor. Sie würde ihm eine Reissuppe kochen, wenn er sich trauen würde, in das kleine Geschäft am Marktplatz zu gehen und die Zutaten einzukaufen.

Den Laden hatte er öfter beim Spaziergang durch die Stadt gesehen: Er bestand aus vier Gängen, an der Kasse saß eine Frau mit Schürze. In seinem Verdruss über Käse, Gulasch und Weißwurst stimmte Minh sofort zu. Bestimmt, sagte er sich, würde man nicht so viel reden müssen wie in Vietnam, wo kein Einkauf ohne längere Feilscherei vonstatten ging. In den Tagen vor seinem Besuch übte er immer wieder den einen, entscheidenden Satz: »Wie viel kostet das?«

»Kos-tet«, sagte er vor seinem Spiegel und ließ seine Zunge gegen die Innenseite seines Mundes schlagen – wie konnte man nur so ein schwieriges Wort erfinden?

Das Geschäft war in einem weißen Gebäude mit einem hellroten Dach und schwarz-weiß gezackten Fensterläden untergebracht. MÜLLERS MARKT stand in großen Kupferbuchstaben über der gewölbten Eingangstür. Als er eintrat, läutete ein Glöckchen. Die Frau an der Kasse sah auf, und für einen kurzen, schrecklichen Moment kam ihm der Gedanke, dass sie ihn ansprechen und fragen könnte, was er denn brauche. Er aber hatte doch nur diesen einen Satz geübt; außer Cola konnte er keines der gewünschten Lebensmittel benennen.

Glücklicherweise trat in dem Moment eine Mutter mit zwei Kindern an die Kasse, ihr Einkauf war groß und nahm die gesamte Aufmerksamkeit der Kassiererin in Anspruch. Leise, wie um sich aus ihrem Sichtfeld herauszuschleichen, setzte Minh seine Beine in Bewegung und verschwand hinter den hohen Regalen.

Der Anblick der Lebensmittel entspannte ihn, bald wanderte er wie ein Tourist durch die Reihen. Wie sauber aufgereiht die Dosen und Gläser vor ihm standen. Wie hygienisch die weißen Joghurtbecher und Milchflaschen in dem großen, surrenden Kühlschrank wirkten. Wie ordentlich die Etiketten mit den Preisen aufgeklebt waren. Alles war so anders als in Saigon, wo man auf lauten, wuseligen Märkten einkaufte, die weder Eisfächer noch feste Preise kannten.

Nachdem er viermal durch die Gänge spaziert war, legte er ein tiefgefrorenes Suppenhuhn, zwei Zwiebeln, eine Packung Reis, eine Pfefferdose, eine Packung Salz, Gummibärchen und zwei Flaschen Cola in seinen roten Einkaufskorb. Klopfenden Herzens näherte er sich der Kassiererin. Sie hatte ihre dünne Brille in ihre kurzen braunen Haare hochgeschoben und wirkte nun besonders streng auf ihn. Er sah sich um und entdeckte einen Mann mit einem großen weißen Hund vor dem Konservenregal, an der Kasse aber war er der einzige Kunde.

Sein Körper straffte sich.

»Grüß Gott!«, sagte die Kassiererin, ohne ihren Blick zu heben.

In einer übergangslosen Bewegung holte sie jedes Lebensmittel aus seinem Korb, tippte den Preis in die Kasse und legte alles in ein dünnes Netz aus beigefarbenem Stoff. Wie ein Wunderwerk der menschlichen Effizienz hatte sie seinen Einkauf so rasch abkassiert, dass die kritische Situation schneller vorbei war als die grüne Phase einer Ampel. Ohne etwas zu sagen, zeigte sie auf den Betrag, der auf der Kasse mit einem »Ping« angezeigt wurde: 8,38 DM.

In dem Versuch, genauso schnell wie sie zu sein, ließ Minh seine Münzen fallen, scheppernd landeten sie auf dem Boden. Gebückt wartete er darauf, dass die Kassiererin ihn mit ihren schroffen, deutschen Worten ermahnen würde, doch sie blieb wort- und regungslos.

Er zahlte, atmete aus und ärgerte sich. Einerseits war er erleichtert, dass sie ihn nicht angesprochen hatte. Andererseits hatte er sich mal wieder vor einem Wortwechsel mit einer Deutschen weggeduckt. Beim Hinausgehen ballte er seine Faust und sagte laut und demonstrativ »Danke«.

Überrascht sah sie auf.

»Schönes Wochenende, junger Mann!«, rief sie.

*

Je kälter und windiger es wurde, desto mehr drängte es ihn, die kleine Welt von Ebersberg zu verlassen. Nach drei Intensivkursen war sein Deutsch ordentlich genug, um sich an sein Studium zu trauen. Seine Wahl fiel auf Berlin, denn die dortige Universität war an eine große Klinik angeschlossen und hatte einen guten Ruf. Damit er sich dort nicht einsam fühlte, verpflichtete Frau Schmidt ihren Sohn Werner, ihn bei seiner Ankunft abzuholen.

Die Stadt empfing Minh mit rauer Härte und einem Schwarm Menschen, die ihn am Bahnhof Zoologischer Garten mit ihrem Lärm und ihrer Geschäftigkeit sogleich verschluckten. Eine halbe Stunde wartete er oben am Gleis, dann schleppte er seinen Koffer nach unten und rief Werner von einer Telefonzelle aus an. Der sprach mit hektischer Stimme von einer »Krisensituation« und versprach, Minh bald auf ein Bier einzuladen. Den Weg zu seinem Studentenwohnheim werde er sicher ohne Probleme finden, es sei ganz einfach. »Du musst nur eine Station mit der S-Bahn fahren«, rief Werner eilig in den Hörer, ohne Minhs zögerliche Frage, was S-Bahn denn sei, noch abzuwarten.

Nun stand Minh auf dem Vorplatz des Bahnhofs wie ein Paket, das nicht abgeholt worden war. Es nieselte, er klappte den Kragen seines Wintermantels hoch. Er fühlte sich so verlassen wie an jenem Tag, an dem er Hoa in Ebersberg zum Zug gebracht hatte. Sie war Anfang September für ihr VWL-Studium nach Heidelberg gezogen; als sie sich zum Abschied unbeholfen umarmt hatten, hatte sie ihn angesehen, als warte sie auf ein Wort oder eine Geste von ihm. Aber da er mal wieder unsicher war, hatte er sie nur an die Schulter gefasst und den dämlichen Satz »Streng dich beim Lernen an!« gesagt.

Er sah sich um. Im Vergleich zu Saigon wirkte Berlin relativ ruhig. Frauen in bunten Mänteln und Männer mit schulterlangen Haaren liefen rauchend an ihm vorbei und bogen in eine große Straße ein, die von Geschäften gesäumt war. Ein Bus mit zwei Etagen, höher als alle Fahrzeuge, die er je gesehen hatte, brauste die breite Fahrbahn herunter und verschwand unter einer Brücke, auf der oben die Züge einfuhren. Sein Blick fiel auf ein Kino mit einem meterhohen Filmplakat und eine Kirche, deren hellgrünes Dach zertrümmert war. Sie erinnerte ihn an die zerstörten Gebäude, die er in den Tagen nach der *Tết*-Offensive gesehen hatten. Nun fiel ihm ein, dass er im Goethe-Institut von einem großen Krieg in Europa und einem mächtigen, mörderischen Reichskanzler namens Hitler gehört hatte.

Wie seltsam, dass die Deutschen diese kaputte Kirche immer noch nicht repariert hatten. Vielleicht waren sie doch nicht so ordentlich, wie er angenommen hatte.

Aus seiner Manteltasche zog er den Zettel, auf dem er die Adresse seines Studentenwohnheims notiert hatte. »S Tiergarten« stand darauf, aber er hätte genauso gut eine Notiz auf Russisch in seinen Händen halten können, so kryptisch war ihm die Bedeutung dieser Worte.

Ein Mann in einer blauen Uniform näherte sich, er trug eine dunkle Kappe und einen Schlagstock an seinem Gürtel. Minh klopfte seine Manteltaschen ab: Wo hatte er noch mal seinen Pass mit seinem Visum für Deutschland eingepackt? Wo sein Portemonnaie? Er war sich nicht sicher, ob auch die deutschen Polizisten Straßenkontrollen durchführten, um Bestechungsgelder einzusammeln, wollte aber für alle Fälle vorbereitet sein.

»Kann ick Ihnen helfen, junger Mann?«, fragte der Beamte. Seine Stimme war tief und von einem Dialekt gefärbt, der ganz anders klang als der von Frau Schmidt.

»Ich komme aus Vietnam und bin in Deutschland, um zu studieren«, antwortete Minh. Zum Glück hatten sie diesen Satz im Goethe-Institut so oft geübt, dass er ihm geschmeidig von der Zunge ging. »Ich habe ein Visum.«

»Und wo wollense jetzt hin?«, fragte der Mann weiter.

Minh hielt ihm seinen Zettel hin. »Ich muss zu S Tiergarten«, sagte er. »Ich weiß den Weg nicht.«

Der Polizist sah auf die Adresse und trat einen Schritt zurück. Sein Blick wanderte von Minhs Sartre-Brille zu dem maßgeschneiderten Wollmantel zurück zu diesem weichen, knabenhaften Gesicht. Mit einem Ruck wandte er sich Richtung Bahnhofseingang und bedeutete Minh, ihm zu folgen.

Mit großen Schritten stiefelte der Mann voran, sie traten wieder in den Bahnhof, stiegen die Treppen hoch, dann standen sie an einem Gleis, das genauso aussah wie das, an dem Minh vor einer Stunde ausgestiegen war. Was hatte der Polizist vor? Würde er Minh auf eine Wache bringen und dort verhören?

Schnatternde Leute standen in kleinen Grüppchen neben ihnen und warteten. Die Bahnhofshalle hallte vom Lärm der Menschen und Maschinen wider. Ein gelber Zug hielt vor ihnen und stieß einen heulenden Signalton aus. Seine Türen öffneten sich automatisch, die Menschen neben ihnen setzten sich in Bewegung.

»Hier einsteigen und in einer Station wieder aussteigen, ja?«, sagte der Polizist und gab ihm einen freundlichen Schubs.

Minh nickte. Er machte einen großen Schritt und trat in den vollbesetzten Waggon hinein.

»Passense auf sich auf«, rief ihm der Mann hinterher, »sind grad wilde Zeiten in Berlin!«

*

Drei Tage später setzte sich Minh mit einer Mischung aus Anspannung und Freude in die letzte Reihe des Hörsaals C der Freien Universität Berlin. Eine Minute vor Beginn des Einführungsseminars betrat der Dozent den Raum und stellte sich mit der Erwartungshaltung eines Offiziers, der gleich einen Fahnenappell durchführen wird, hinter das hohe Pult aus Holz. Groß, weißhaarig und mit halb zusammengekniffenen Augen hinter randlosen Brillengläsern musterte er die Studenten, die auf unbequemen Holzstühlen vor ihm saßen. Ohne seinen Blick abzuwenden, ließ er die Schnallen seiner schwarzen Ledertasche aufspringen. Die Studenten verstummten.

Grußlos begann er zu sprechen.

»Wer von Ihnen will Arzt werden, um jeden Tag Menschen vor dem Tod zu retten?«

Hände reckten sich zögerlich in die Höhe. Minh, ganz hinten ganz rechts, war sich nicht sicher, was der Professor gesagt hatte, aber die Worte »Menschen«, »Tod« und »retten« waren ihm inzwischen geläufig. Er stellte seinen rechten Ellbogen auf das Pult vor ihm und hob seinen Zeigefinger halb gekrümmt, halb gestreckt in die Luft.

Der Blick des Mannes schweifte über ihn hinweg. Er blieb an den vorderen Reihen hängen. An einem Jungen mit blondem Scheitel und einem blauen Pullover, unter dem ein weißer Hemdkragen hervorlugte. Der Dozent trat auf ihn zu, und Minh sah, wie der Junge sich aufrichtete und sein Kinn nach vorne reckte.

»Erzählen Sie uns doch mal, warum Sie hier sind und was Sie von Ihrem Studium erwarten«, forderte der Professor ihn auf.

»Ich habe in der Zeitung gelesen, dass Sie kurz davorstehen, als einer der ersten Ärzte in Berlin ein Herz zu transplantieren«, sagte der Student auf eine selbstbewusste Weise, die Minh tief beeindruckte. »Das will ich später auch können.«

Der Professor verschränkte die Arme vor der Brust.

»Und Sie meinen, das sei so einfach?«

Die Hand des Studenten fiel aus der Luft herab.

»Sie meinen, dass Ihnen alle Geheimnisse der Medizin offenstehen, nur weil Sie es geschafft haben, sich für dieses Studium einzuschreiben?«

Der Dozent beugte sich tief vor, ballte seine Hände zu Fäusten und stützte sie auf dem Pult des Jungen ab. Seine Stimme senkte sich, doch er war für alle Anwesenden immer noch gut zu verstehen.

»Wissen Sie überhaupt, wie das Herz funktioniert? Wie oft es pro Minute schlägt? Wie viele Liter Blut es durch Ihren Körper pumpt? Wie viele Liter Blut es schon durch Ihren Körper gepumpt hat, als Sie noch ein Embryo im Bauch Ihrer Mutter waren?«

Der Student wich zurück, sodass sein Rücken gegen die Lehne seines Holzstuhls stieß. Seine Stimme bebte.

»Ich habe mir das Lehrbuch schon besorgt, aber ich hatte noch keine Zeit, mich eingehender damit zu beschäftigen …«

Der Professor richtete sich wieder auf. Kühl sagte er: »Dann würde ich Ihnen raten, mit dem Lesen anzufangen, bevor Sie sich vornehmen, Herzen zu transplantieren.«

Mit Daumen und Zeigefinger rückte er seine Brille zurecht, dann schritt er zügig zurück an sein Pult. Die weiße Kreide schabte laut, als er mit großen Buchstaben auf die Tafel schrieb: »Grundlagen der Medizin.«

Nach dem Seminar trabte Minh den anderen in die Mensa hinterher. Dort bekam er mit, wie sich seine Kommilitonen über den strengen Lehrer ärgerten. Offenbar hatte er eine zweifelhafte Vergangenheit, die sie am Tisch unter lautem Tuscheln diskutierten. Der blonde Student behauptete, der Professor habe als medizinischer Assistent bei den Euthanasie-Experimenten eines Nazi-Arztes mitgewirkt. Seine Sitznachbarin entgegnete, dass sie von einem Viertsemester gehört habe, dass er »nur« Soldat in Holland gewesen sei. Minh konzentrierte sich auf sein miserables Mensaessen, hörte aber aufmerksam zu.

Zu Hause schlug er die Begriffe nach, doch ihre Bedeutung wollte sich ihm nicht erschließen. Lagen die angeblichen Taten des Professors nicht schon lange zurück? War es nicht immer so, dass im Krieg grausame Dinge passierten? Warum war es diesen jungen Deutschen so wichtig, was vor mehr als zwanzig Jahren geschehen war? Wieso konnten sie die Vergangenheit nicht ruhen lassen?

Unter den zigtausenden Studenten an der FU Berlin fühlte sich Minh einsamer als je zuvor. In seinen Seminaren war er so schweigsam, dass er auch nach Monaten weder mit seinen Dozenten noch seinen Kommilitonen bekannt war. Obwohl er durch sein Äußeres auffiel, ging er in der Masse unter. In den Augen der anderen war er der stille Ausländer, der stets lächelte, aber nie etwas sagte. Sie nahmen Notiz von ihm und seinen förmlichen Anzügen, doch sie nahmen ihn nicht wahr.

Die Kälte des heraufziehenden Winters verstärkte sein Gefühl, ein Fremdkörper zu sein. Morgens graute es ihm, den fünfminütigen Weg zum S-Bahnhof Tiergarten zu laufen, denn sein vietnamesischer Wollmantel erwies sich weder als regen- noch als schneefest. Abends kehrte er erschöpft in sein Studentenwohnheim zurück, um sich in der Gemeinschaftsküche eine Scheibe Brot mit Wurst und Käse zu belegen, die er in sein Zimmer mitnahm und, im Bett sitzend, freudlos verspeiste.

Gegen zehn, wenn in den Zimmern rechts und links von ihm noch Licht brannte und die Gespräche mitsamt der dazugehörigen Rockmusik durch die dünnen Wände zu ihm drangen, ging er mit Wollpullover und Socken ins Bett. Seine Versuche, die viel zu große, viel zu dünne Decke doppelt übereinander zu falten, enttäuschten ihn Nacht für Nacht aufs Neue: Die Unerbittlichkeit des Berliner Winters drang auch so zu ihm durch.

Immer häufiger schlief er mit dem Gedanken ein, dass es vielleicht doch keine so gute Idee gewesen war hierherzukommen. Was hatte er den Deutschen schon zu bieten?

*

Auch Werner, der Sohn von Frau Schmidt, hatte sich bei ihm nicht mehr gemeldet. Minh hatte ihn zwar immer wieder angerufen, doch obwohl er am Telefon stets enthusiastisch geklungen hatte, war es nicht möglich gewesen, sich mit ihm zu verabreden.

Werner studierte ein Fach namens Soziologie und musste ständig an Veranstaltungen teilnehmen, die er als »Sit-Ins« oder »Teach-Ins« bezeichnete, dann wieder gab es eine Sitzung des »Asta« oder des »SDS«. Minh wusste nicht, was diese Abkürzungen bedeuteten, verstand aber, dass Werner Wichtiges zu tun hatte. Er war daher ziemlich erstaunt, als er eines Abends an das Telefon unten im Gemeinschaftsraum gerufen wurde, ein gewisser Werner wolle ihn sprechen.

»Hallo? Minh hier!«

Er machte eine Pause. Wie immer, wenn er telefonierte, war er noch unsicherer in der Sprache als sonst. Ein paar der älteren Studenten saßen auf dem Sofa in der Ecke und sahen fern. Minh drehte ihnen seinen Rücken zu.

»Tut mir leid, dass ich mich nicht gemeldet habe, es ist wieder echt viel los«, sprudelte Werner los. Seine Stimme war hell wie die eines Kindes, er klang aufgekratzt. »Wir organisieren gerade eine große Konferenz gegen den Krieg.«

»Sehr gut«, sagte Minh und fragte sich, ob er etwas nicht mitbekommen hatte. Von welchem Krieg sprach Werner da? Deutschland wirkte so friedlich auf ihn.

»Wir wollen ganz Berlin mobilisieren«, erzählte Werner weiter. »Berlin gegen den Imperialismus! Du kennst das ja aus deiner Heimat, aber hier müssen wir uns auch gegen die reaktionären Mächte auflehnen! Springer, der Berliner Senat, dieses ganze autoritäre Denken! Es gibt viel zu viele Leute, die wie Schäfchen mitlaufen und aufwachen müssen!«

Seine Stimme war mit jedem Satz lauter geworden, er rief seine Worte nun in den Hörer hinein. Einer der älteren Studenten wandte seinen Blick von dem Fernseher ab und schaute herüber.

»Absolut, sehr gut!«, wiederholte Minh, der sich diesem Enthusiasmus nicht entziehen konnte, aber auch nicht genau verstand, was Werner ihm erzählte.

»Ich hatte mir schon gedacht, dass du das verstehen würdest«, antwortete Werner. »Ich meine, du kommst aus Vietnam, du kennst dich mit Unterdrückung aus!«

Er lachte heiser.

Der Hörer raschelte, dumpf hörte Minh, wie Werner irgendjemandem etwas zurief. Offenbar hatte er gerade Besuch. Nach einem unverständlichen Wortwechsel kehrte Werners Stimme wieder klar in den Hörer zurück.

»Ich wollte dich fragen, ob du uns helfen könntest«, sagte er. »Wir könnten dich gut gebrauchen.«

»Ich?«, einen Moment lang fragte sich Minh, ob Werner einen Scherz gemacht hatte. »Was kann ich denn schon tun?«

»Komm doch einfach vorbei. Ich sitze gerade mit dem Vorbereitungskomitee zusammen, wir planen die Tagesordnung für die große Vietnam-Konferenz nächste Woche.«

Minh sah auf die Uhr an der Wand: Kurz vor zehn. Morgen früh hatte er wieder ein Seminar mit dem strengen Professor, eigentlich wollte er um sechs Uhr aufstehen, um sich darauf vorzubereiten. Aus dem Fenster starrte er in eine schwarze, verregnete Nacht. Einerseits würde er am liebsten in sein Bett kriechen, um sich vor der kalten Welt da draußen zu verstecken. Andererseits war er noch nie von einem deutschen Studenten zu irgendetwas eingeladen worden.

»Gute Idee«, er bemühte sich, enthusiastisch zu klingen. »Kannst du mir sagen, welche S-Bahn ich nehmen muss?«

Eine Stunde später stand er durchnässt und schlecht gelaunt vor einer Baustelle in Schöneberg. Wie von Werner angewiesen, schlüpfte er unter der Absperrung durch und watete über den schlammigen Boden auf einen Altbau zu. Ein flackerndes Licht schien aus einem Fenster im Erdgeschoss und erleuchtete sanft das graue, bröckelige Gemäuer. Weder die Haus- noch die Wohnungstür war verschlossen.

Er stand in einem Flur, der ihn an einen Keller erinnerte: Die Wand war unverputzt, unter der Decke zogen sich freigelegte Rohre, eine ausgeschaltete Glühbirne hing von einem Kabel herab. Aus dem Zimmer links von ihm dröhnte laut ein Beatles-Song, den sein Nachbar im Studentenwohnheim auch immer hörte: »Lucy in the Sky with Diamonds«.

Minh legte sich die linke Hand aufs Ohr und stieß mit der rechten die Tür auf.

»Werner?«, seine Stimme hüpfte vor Nervosität.

Drei Gesichter sahen zu ihm auf. Ein Mann mit hellbraunen Locken, ein anderer Mann mit Pilzkopf und Mütze, eine Frau mit blonden Haaren und Brille. Sie saßen im Schneidersitz auf dem Boden und rauchten eine selbst gedrehte

Zigarette, die sie von einem zum nächsten wandern ließen. Eine schwarze Schreibtischlampe stand neben ihnen auf dem Boden und warf ihr Licht auf ein paar karierte Blätter, auf die jemand etwas mit Filzstift geschrieben hatte. An der Wand hing eine Landkarte von Vietnam und seinen Nachbarländern. Daneben stand ein Regal voller Bücher, deren Einbände alt und zum Teil ausgefranst waren.

»Bist du der Vietnamese?«, fragte die Frau.

Der Lockige stieß ihr seinen Ellbogen in die Seite.

»Mensch, Gundi, er hat auch einen Namen!«

Er sah anders aus als auf den Fotos, die Frau Schmidt Minh gezeigt hatte. Die Haare waren länger. Das Gesicht war hagerer. In seinem ausgeleierten Pulli und der Schlaghose aus Cord wirkte er, als habe er seit Wochen nicht genug zu essen gehabt. Er erhob sich und kam mit ausgebreiteten Armen auf Minh zu.

»Willkommen, Bruder!«, rief Werner.

In dieser Nacht begriff Minh, warum Werner seine Mutter so selten besuchte. Er und seine Freunde kämpften für eine freiere Welt, das ließ wenig Zeit für anderes. Sie wollten die Universitäten von den Professoren befreien, die sie »autoritäre Arschlöcher« nannten, sie hassten die Bild-Zeitung wegen ihrer »reaktionären Hetze«, und sie fieberten bei dem Krieg in Vietnam auf eine Weise mit, die bei Minh ein schlechtes Gewissen auslöste: Er, der Vietnamese, verdrängte die Nachrichten aus seiner Heimat lieber.

Ihre Stimmen wurden tief, wenn sie von ihrer Aufgabe sprachen, die Revolutionen aus Vietnam, Kuba und Palästina auf deutschen Boden zu holen. Ihre Sätze waren mit komplizierten Worten und Redewendungen gespickt, die er nicht kannte und schwierig zu behalten fand: *der weltweite*

Kampf gegen den US-Imperialismus. Solidarität mit der Arbeiterklasse. Die hegemoniale Machtstruktur der Medien.

»Wir dürfen nicht vergessen, dass der Krieg da drüben auch unser Krieg ist«, sagte Werner und zeigte auf die Landkarte, auf der in Großbuchstaben INDOCHINA stand. »Seine Unterdrückung ist auch meine Unterdrückung.«

Er nickte Minh zu, als hätten sie gemeinsam einen Unfall überlebt. Aus Höflichkeit nickte Minh zurück, doch was Werners Situation mit seiner zu tun haben sollte, verstand er genauso wenig wie den Zusammenhang zwischen der politischen Situation in Palästina und der in Vietnam.

Wo lag Palästina überhaupt?

Minh nahm sich vor, mehr Nachrichten zu lesen. Ab und zu blätterte er zwar durch die Zeitungen, die in seinem Studentenwohnheim auslagen, aber aus sprachlichen Gründen las er meist nur die kurzen Texte auf der letzten Seite. Manchmal versuchte er sich auch an den Artikeln weiter vorne, doch das war langwierig, weil er so viele Wörter nachschlagen musste.

Die Frau, Gundi, öffnete eine Bierflasche und trank daraus. Sie trug einen Wollpullover mit einem schwarz-weißen Muster und sprach so ähnlich, wie die Menschen in Ebersberg gesprochen hatten. Letztes Wochenende war sie zu der Beerdigung ihrer Großmutter in ihr Heimatdorf gefahren, offenbar war es ihr erster Besuch seit zwei Jahren gewesen.

Sie regte sich darüber auf, dass ihre Mutter so »unterwürfig« und ihr Vater so »repressiv« sei. Erst als sie von der Rückreise erzählte, hellte sich ihre Stimme wieder auf; offenbar hatte sie noch einen Stopp in Frankfurt eingelegt, um eine Vorlesung eines berühmten Professors zu besuchen. Er hieß so ähnlich wie ein griechischer Gott, und als Gundi ihn erwähnte, pfiff Werner anerkennend und zog ein Buch aus seinem Regal heraus. »Dialektik der Aufklärung«. Wieder so ein Wortungetüm, das Minh nicht verstand.

»Tja, und jetzt überlege ich, die 10 000 Mark von meiner Oma an die Vietnamesen zu spenden«, sagte Gundi und stellte ihre Bierflasche ab. Der Mann neben ihr, der mit der Mütze, schreckte auf.

»Ich dachte, wir machen damit eine Reise durch Afrika!«

»Sei nicht so, Thomas! Ich kann mit der Kohle machen, was ich will. Soll ich sie dafür benutzen, damit zwei Menschen ein paar Monate lang die Welt entdecken? Oder dafür, dass ein Land vom Imperialismus befreit wird?! Jeder kann einen Beitrag leisten, auch wir!«

»Aber es ist doch *dein* Erbe, warum solltest du damit nicht etwas für dich tun?« Thomas nahm seine Mütze ab, um sie in seinen Händen zu kneten. »Außerdem weißt du doch gar nicht, was die Vietnamesen damit machen. Vielleicht kaufen sie Waffen!«

Gundi zuckte die Schultern.

»Wenn sie es für nötig halten.«

»Aber wir sind doch Pazifisten!«

Rauchend saß Minh daneben und schwieg. Es beeindruckte ihn, dass Werner und seine Freunde so viel an Vietnam dachten, nie wäre er darauf gekommen, dass man sich im Ausland für sein kleines Land interessieren könnte. Was sie sich von ihrem Engagement erhofften, blieb ihm jedoch unklar. Keiner von ihnen hatte jemals einen Fuß auf vietnamesischen Boden gesetzt, gleichzeitig schienen sie jede Menge Meinungen dazu zu haben. Er verstand weder, an wen das Geld von Gundis Großmutter fließen sollte, noch, was sie mit der »Befreiung vom Imperialismus« meinte.

Zwei-, dreimal stellten ihm die anderen Fragen, die er

möglichst allgemein beantwortete, um seine eigenen Fragen zu vertuschen. Das Ganze verwirrte ihn genauso sehr, wie es ihm schmeichelte. Irgendwann nahm er ihre Reden von der Revolution nur noch gedämpft wahr. Das Kraut, das sie gemeinsam rauchten, machte ihn schummrig und träge. Er ließ seinen Kopf auf Werners Schulter sinken und schloss die Augen, dann schlief er ein.

*

Am Morgen der Vietnam-Konferenz erwachte Minh von einem eisigen Zug, der durch sein Zimmer strich wie ein garstiger Geist. Er erhob sich aus seinem Bett, ging zum Fenster und schob die Vorhänge beiseite. Der Himmel war von trüber Milchigkeit, konturlose Wolken glitten träge aneinander vorbei. Als er aus seinem Fenster nach unten blickte, sah er, dass die kahle Krone des Baumes von einer weißen Schicht bedeckt war. Flocken fielen von oben herab wie ein zarter, langsamer Regen.

Er öffnete das Fenster und streckte seine rechte Hand aus. Kleine, wundersame Gebilde aus Eis und Luft landeten auf seiner Handinnenfläche, schmolzen dahin und färbten sie rot. Die Kälte war stechender, als er gedacht hatte, doch das Gefühl, Schnee zu berühren, ließ seinen Körper von innen warm werden.

Kannst du mir etwas davon schicken?

Verzaubert von der Magie des Moments überlegte er, ob es nicht doch möglich wäre, seinem Bruder Sơn ein paar Flocken zu schicken. Er müsste nur einen Weg finden, sie einzufrieren, in ein Paket zu stecken und so gut zu verpacken, dass sie das tropische Klima am anderen Ende der Welt überlebten.

Er schüttelte seine eisige Hand und lachte. Dann holte er seine Kamera aus seinem Schrank hervor und begann, erst drinnen und dann draußen zu fotografieren. Wenn er Sơn schon keinen Schnee schicken konnte, wollte er ihm wenigstens ein paar gute Fotos schenken.

Als Minh zwei Stunden später die Treppenstufen der U-Bahn am Ernst-Reuter-Platz hochhastete, hatten sich die weißen Schneeflocken in harte Körner aus Eis verwandelt. Sie prasselten aus dem Himmel herab und ließen die Dächer der Autos wie Trommeln ertönen. Er hob seine neue schwarze Ledertasche wie einen Schild über seinen Kopf und kämpfte sich auf der breiten, menschenleeren Straße voran, bis er vor einem raumschiffartigen Gebäude mit schwarzen Fensterreihen stand.

Vor dem Eingang der Technischen Universität Berlin, direkt unter den weißen Buchstaben mit ihrem Namen, hing eine rot-blaue Fahne mit einem gelben Stern, die ihm bekannt vorkam. Er hielt inne, setzte seine Brille ab und säuberte die nassen Gläser. Tatsächlich, es war die Fahne, die er so oft in den vietnamesischen Nachrichten gesehen hatte: die Flagge des kommunistischen Vietcongs, der sein Land terrorisierte.

Wie seltsam. Er musste Werner unbedingt auf diesen Fehler hinweisen.

Vom Ende des Ganges konnte er ein Marschlied hören; Menschen, viele Menschen, sangen es mit. Die Musik kam aus dem großen Auditorium, die Konferenz hatte schon angefangen. Mit schnellen Schritten eilte er den Flur hinunter. An den verschlossenen Doppeltüren hing ein Plakat: »*Der Kampf für die vietnamesische Revolution ist Teil des Kampfes für die Befreiung aller Menschen von Unterdrückung und Aus-*

beutung«, stand darauf. Daneben war ein vietnamesischer Soldat mit erhobenem Maschinengewehr abgebildet.

Vorsichtig drückte Minh die Türklinke herunter.

Der Hörsaal wirkte auf ihn so groß wie ein Sportstadion. Zu seiner Rechten sah er Hunderte Studenten sitzen, die Stuhlreihen wanden sich wie bei einer Zuschauertribüne immer weiter nach oben. Zu seiner Linken sah er eine Bühne, auf der fünf Männer hinter einer langen Tischreihe saßen. Mit ihren wichtigen Mienen und Stapeln von Papieren wirkte es, als hätten sie eine Regierungserklärung verfasst, die sie sogleich verlesen würden. Ganz vorne stand, mit einem Mikrofon in der Hand, Werner. Er trug eine schwarze Baskenmütze und ein rot-blaues T-Shirt.

Sein Blick fiel auf Minh.

Minh spürte, wie seine Kopfhaut zu jucken begann. Wie peinlich, dass er zu spät gekommen war! Warum war er nicht einfach zu Hause geblieben, statt diese Veranstaltung zu stören? Mit seiner Hand schirmte er sein Gesicht ab und lief geduckt zu der Stuhlreihe ganz hinten. Er setzte sich an den äußersten Platz.

Die Musik verstummte.

Werner hielt das Mikrofon an seine Lippen und begann zu sprechen. »Letztens, liebe Genossen und Genossinnen, habe ich mich länger mit einem Freund aus Vietnam unterhalten. Er hat mir erzählt, wie viel er durchmachen musste, um hierherzukommen. Von seiner Flucht und Verzweiflung! Von diesem illegalen Krieg! Er sagte mir, dass sein Land jede Unterstützung gut gebrauchen könne. Jeder von uns kann einen Beitrag leisten. Jeder von uns *muss* einen Beitrag leisten!«

Er hielt inne und schlug seine rechte Hand auf seine linke Brust. »Ich bin sehr froh, dass er heute bei uns ist.«

Zu Minhs Horror streckte Werner seine Hand aus, um auf seinen Platz ganz hinten zu zeigen.

»Minh, Bruder, wir sind an deiner Seite!«

Rechts und links neben sich hörte Minh, wie sich die Leute auf ihren Sitzen bewegten. In den Reihen vor ihm drehten sich die Zuschauer nach ihm um. Hunderte Augenpaare sahen ihn an. Nach einigen Sekunden rief ein Mann auf dem Podium »Solidarität mit dem vietnamesischen Volk!«. Eine Frau in der dritten Reihe hielt ein Plakat in die Luft, auf dem »Vietnam« stand. Auf der Bühne begann Werner, langsam zu klatschen. Vor ihm stimmten die Studenten mit ein. Minh hörte Pfiffe, dann hörte er Jubel.

Wie eingefroren saß er da.

KIỀU

Als wir am nächsten Tag durch Little Saigon fahren, passieren wir ein großes Einkaufszentrum, das von einem Buddha und drei Männern aus Marmor mit langen Umhängen bewacht wird: den Göttern für Glück, Wohlstand und Langlebigkeit. Weiße Säulen säumen den Eingang, sie tragen geschwungene, hellgrüne Dächer, so wie bei einer Pagode. Ich fahre das Fenster herunter und mache ein Foto.

»Was ist das für eine Fahne, die da hängt?«

Zwischen den Säulen ist eine gelbe Flagge mit drei roten Querstreifen angebracht. Sie erinnert mich an die von Spanien, aber das Verhältnis stimmt nicht, die roten Streifen sind viel dünner als die gelben. Mein Vater wirft einen Blick darauf.

»Das ist die Fahne von Südvietnam.«

»Aber die vietnamesische Fahne ist rot und hat einen gelben Stern!«, widerspreche ich.

»Jetzt schon. Aber vor dem Krieg hatten Nord- und Südvietnam unterschiedliche Flaggen. Das hier ist die der damaligen Republik im Süden. Die, die du kennst, ist die der Kommunisten aus dem Norden. Es gab außerdem noch eine rot-blaue Fahne mit einem gelben Stern, das war das Symbol des Vietcong.«

»Kompliziert.«

Er seufzt.

»Der Krieg war *sehr* kompliziert.«

Gerade will ich ihn fragen, was er damit genau meint, da dreht er das Autoradio auf. Vom Vietnamkrieg habe ich natürlich in der Schule gehört, ich kenne die Bilder von Ho Chi Minh und dem nackten Mädchen, das vor den Napalmbomben flieht. Was der Krieg mit ihm und seiner Familie gemacht hat, weiß ich jedoch nicht. Weder er noch meine Mutter haben von sich aus davon erzählt, weder meine Geschwister noch ich kamen auf die Idee, sie danach zu fragen. Der Vietnamkrieg ist etwas, das in Geschichtsbüchern und Dokumentarfilmen in Schwarz-Weiß stattfindet, er hat nichts mit uns oder unseren Leben zu tun.

Ich sehe den Fahnen hinterher, die sich in der untergehenden Sonne in gelb-rote Streifen auflösen. In Little Saigon lebt das besiegte Südvietnam offenbar fort. Es ist, als ob der Geist der Vergangenheit noch in den Köpfen der Menschen herumspuken würde, als ob es noch *unfinished business* zu erledigen gäbe.

Am Fenster zieht eine westliche Benutzeroberfläche mit vietnamesischen Features vorbei. Die Geschäfte sehen typisch amerikanisch aus, heißen aber »Saigon City Market Place« oder »Hanoi Corner«. Die Restaurants werben mit den Pfannkuchen *Bánh xèo*, dem Klebreis *Xôi* oder den belegten Broten *Bánh mì*. Die Apotheken tragen vietnamesische Namen, ebenso die Wäschereien, Bubble-Tea-Läden und die kriminell günstigen Massagesalons (*»1 hour – $15 Dollar only!«)*.

Man sieht kaum Menschen auf den Straßen, aber sieht man welche, haben sie schwarze Haare und diese asiatischen Körper, die im Vergleich zu weißen Körpern immer ein bisschen schmächtig wirken. Hier aber sind sie unter ihresgleichen, sodass nicht alle einfach nur klein sind, sondern stämmig und sportlich und zierlich und ja, auch hochgewachsen.

Auf der Spur neben uns fährt eine asiatische Familie mit zwei Mädchen in einem Pick-up vorbei, die Mutter hat ihre Haare braun gefärbt und locker hochgesteckt, der Vater trägt eine schwarze Architektenbrille zu einem weißen T-Shirt mit Jackett. Neidisch schaue ich ihnen hinterher. Wer wäre ich geworden, wenn ich hier aufgewachsen wäre?

Denke ich an meine Kindheit zurück, sehe ich ein schwarzhaariges Mädchen, das in einem hellblauen Haus lebt und mit der melodischen Sprache seiner Eltern aufwächst. Nichtsahnend plapperte ich die Worte nach, mit denen sie mich fütterten und in den Schlaf wiegten, zärtlich vor Glück über ihr erstes Kind. Als Kind war mir nicht klar, dass die Welt meiner Familie eine andere war als die aller anderen um uns herum; dass ich aufwuchs in einer Realität, in der genau fünf Menschen lebten: meine Mutter, mein Vater, meine Schwester, mein Bruder und ich.

Im Kindergarten begriff ich es. Im Kindergarten traf ich Paul und Sarah, die mit bunten Bauklötzen spielten, während ich ihnen stumm zusah. Ihre Eltern waren groß, blond und selbstsicher; holten sie Paul und Sarah ab, scherzten sie mit der Erzieherin. Meine Eltern waren klein, schwarzhaarig und immer zu spät, kamen sie endlich herbeigehetzt, saß ich vor dem Kindergarteneingang und baute Bauklötzchenburgen nach.

Je älter ich wurde, desto mehr verstand ich, wie anders wir waren. So wie ich lernte, wie groß der Unterschied zwischen uns und allen anderen war, so lernte ich, mich meiner fremden Umgebung anzupassen. Jeden Tag ein paar deutsche Worte mehr, jeden Tag ein paar vietnamesische Worte weniger.

Ich vergaß die Lieder, die ich als Kleinkind gesungen hatte, und stimmte in der Schule bei »Heute soll es regnen« ein. Ich wollte Spaghetti essen, nicht *Phở*. Luden meine Eltern ihre vietnamesischen Freunde zu Partys ein, verdrehte ich die Augen, weil sie so uncoole Sachen machten wie Karaoke zu singen. Immer musste ich etwas auf dem Klavier vorspielen. Immer erzählten meine Eltern von meinen Noten. Das einzig Tröstliche war, dass alle anderen vietnamesischen Kinder auch vorspielen und danebenstehen mussten, während ihre Eltern mit diesem Sieg beim Mathematikwettbewerb oder jenem Vorzeige-Abitur prahlten.

Bei den Deutschen beobachtete ich dieses ständige Sich-Beweisen-Müssen nie. Meine Freunde bekamen Geld, wenn sie eine 2 in Mathe schrieben, sie begannen mit fünfzehn, von ihren Eltern Zigaretten zu schnorren, sie durften am Wochenende so lange raus, wie sie es für richtig hielten. Kam es trotzdem zum Streit, folgten Aussprachen, in denen die Worte »Entschuldigung« und »Liebe« fielen. Gefühle, die Deutschen sprachen so frei über Gefühle. Ich fand das befremdlich, wusste aber, dass mein Befremden auch seltsam war. Also schwieg ich.

Es war wichtig, die Unterschiede zwischen meiner Familie und ihren Familien verschwinden zu lassen, denn unsere Welt war klein und komisch, während ihre groß und allgemeingültig war. »Zieh dich bloß ordentlich an, du weißt doch, wie misstrauisch die Deutschen gegenüber *Ausländern* sind!«, sagte meine Mutter immer, und ich höre noch heute, wie sie dieses Wort mit einer Mischung aus Angst und Drohung aussprach.

Alles wollten wir sein, nur nicht das, was wir waren. Im Deutschland der neunziger Jahre gab es keinen Platz dafür. Nicht für meinen Vater, der vor dem Schwimmbad von Fremden gefragt wurde, ob er billige, geschmuggelte Zigaretten zu verkaufen habe. Nicht für mich, die ich meinen eigenen Namen bald verlernte. In ihrem Einwandererehrgeiz ließen meine Eltern es geschehen: Ich sollte es doch zu etwas bringen in diesem Land.

Kiều stammte aus der kleinen Welt, aber Kim wusste sich in der großen geschmeidig zu bewegen, es den Deutschen recht zu machen, zu einer von ihnen zu werden.

Erst hier, in Amerika, frage ich mich zum ersten Mal, ob es auch anders hätte sein können.

*

Wir fahren die Bolsa Avenue noch ein Stück herunter, biegen in eine breite Seitenstraße ab und rollen auf einen der riesigen Parkplätze. Schon von Weitem winkt uns ein Mann zu, der vor einem Restaurant steht, fast hätte ich ihn nicht erkannt: Anders als auf seinem Foto auf Facebook sind seine Haare grau, seine Stirn ist von Falten durchzogen, der Bart dünn und drahtig. Mit seinen runden Augen, dem grünen T-Shirt und den Karo-Shorts wirkt Onkel Sơn wie ein frühzeitig gealterter Teenager.

Als wir zu dritt vor ihm stehen, lacht er auf, dann lässt er seine Arme in Richtung meines Vaters baumeln. Eine Geste, die man vielleicht als Halbumarmung beschreiben kann. Verlegen stehen sie sich gegenüber: zwei Brüder, die der Tod ihrer Mutter nach fünfzehn Jahren wieder zusammengebracht hat.

»Du siehst dem Alten ähnlich«, begrüßt ihn mein Vater.

»Ach komm! Ich bin einfach nur alt«, entgegnet Onkel Sơn.

»Du bist jünger als ich.«

»Aber das sieht man mir nicht an!«

Er kichert wie ein kleiner Junge.

Wir betreten das Restaurant zu viert und werden von lautem Schmatzen empfangen. In Deutschland kennt man Hummer-Restaurants als teure Etablissements mit gestärkten weißen Tischdecken, Silberbesteck und Kellnern, die ihre linke Hand beim Bedienen so komisch hinter den Rücken klemmen. Dieses Lokal erinnert eher an ein Bahnhofsbistro.

Der Raum ist so groß wie schmucklos; an der einen Wand hängt einer dieser roten chinesischen Kalender, bei denen man jeden Tag eine Seite abreißt, an der anderen ist eine riesige Krabbe aus Plastik angebracht. Familien mit acht, zehn, zwanzig Leuten sitzen an runden Tischen mit Drehplatten und Wegwerf-Tischdecken aus Papier. Sie essen mit offenen Mündern und lachen und spucken, Türme von leeren Schalen liegen neben ihren Tellern und Gläsern. Fettglänzende Finger schießen in die Luft, sie winken und schnipsen nach den herumeilenden Kellnern.

Onkel Sơn hatte das Restaurant heute Morgen in der neu eingerichteten WhatsApp-Gruppe vorgeschlagen und damit einen Familienstreit entfacht. Die anderen Verwandten hatten mit Gegenvorschlägen gekontert, die von vietnamesischem Feuertopf über koreanisches Barbecue bis zu »sehr gutem, sehr günstigem Steak« reichten. Die Debatte war mit einer Leidenschaft geführt worden, die ich sonst nur von den Rededuellen an der Oxford-Universität kannte. Mein Vater hatte die minütlich eingehenden Nachrichten für mich übersetzt; obwohl auch ich Mitglied des Gruppenchats bin, kann ich das, was die anderen auf Vietnamesisch schreiben, nicht lesen. So klagten die Zwillinge, dass bei *Special Seafood* zu viele chinesische Familien essen gingen, die »keine Manieren« hätten. Onkel Sơn konterte, dass Chinesen eben wüssten, wo das Essen gut sei.

Als die Diskussion am Nachmittag in Dessertfragen, Parkplatzlogistik und die erweiterte Verwandtschaft ausuferte, kündigte Onkel Sơn in Großbuchstaben an, dass er das verdammte Restaurant jetzt reservieren und die Rechnung übernehmen würde. Damit hatte er den Wettstreit für sich entschieden.

»Sơn? Ich grüße dich!« Ein älterer Mann mit einer Neunziger-Jahre-Pilotenbrille und dem unvermeidlichen asiatischen Seitenscheitel schlängelt sich den Weg zu uns hindurch. Obwohl er älter als mein Onkel ist, spricht er ihn respektvoll mit »großer Bruder« an. Die Rufe rechts und links ignorierend, führt er uns zu einer langen Tafel im hinteren Bereich. Sie steht neben vier großen Aquarien, in denen mehr als ein Dutzend Hummer schwimmen: große, orange-schwarze Viecher mit schweren Scheren, die ihre Antennen scheinbar auf uns gerichtet haben.

Onkel Sơn klopft mit seinem Knöchel gegen die Scheibe.

»Was für ein schönes Tier!«, er stößt ein kehliges Lachen aus. »Schön viel Fleisch.«

Mein Vater nimmt am Kopfende Platz, Onkel Sơn lässt sich zu seiner Rechten nieder und rückt mir einen Stuhl hin. Panik steigt in mir auf: Worüber soll ich nur mit ihm reden?

Wäre dies eine fremde Person, ein x-beliebiger Interviewpartner, fielen mir viele Fragen ein. Doch dies ist kein Fremder, dem ich als Journalistin gegenübersitze, es ist mein

Onkel. Theoretisch sollten wir jetzt über meine verstorbene Großmutter sprechen oder irgendetwas anderes, das in seinem oder meinem Leben in den vergangenen Jahren passiert ist. Praktisch weiß ich nicht, wie man ein solches Gespräch führt oder beginnt: mit dem warmen Wetter in Kalifornien? Der Beerdigung seiner Mutter? Findet er eine Unterhaltung über den Tod am Restauranttisch überhaupt angemessen?

Ein Satz, ein Witz würde helfen, meine Entfremdung zu überwinden, doch mir fehlen die richtigen Worte dafür. Ich habe so lange kein Vietnamesisch gesprochen, dass ich mich nur mühsam an die einfachsten Vokabeln erinnern kann. Schwer und regungslos spüre ich meine Zunge im Mund liegen.

Andere Menschen kommen herein und setzen sich an unseren Tisch: Onkel Hùng mit seiner weiß geschminkten Frau aus San Diego. Cousin Vinh mit einem Take Away-Becher von Starbucks. Tante Hồng, die gerade von ihrem Job im Nagelstudio kommt und ihren schüchternen Mann hinter sich herzieht, während ihr sechzehnjähriger Sohn nebenher trottet, das Gesicht stur auf sein Handy gerichtet. Es sind Verwandte und angeheiratete Verwandte, neue Gesichter und älter gewordene Gesichter, ein einziger menschlicher Overload. Meine Mundwinkel beginnen, vom Lächeln zu schmerzen. Es ist wie an diesem einen traumatischen Abend beim Speed-Dating vor drei Jahren, nach dem ich acht Telefonnummern und einen Kreislaufkollaps hatte.

Die Hummer sehen anders aus, als ich mir vorgestellt hatte: Sie werden nicht pur und als ganze Tiere serviert, sondern sind auf glänzende Nudeln gebettet. Eine chinesische Art der Zubereitung, in Little Saigon offenbar beliebt. Der Kellner schiebt drei große Platten über unseren Tisch, meine Mutter und Tante Hồng erheben sich, um den anderen zu servieren. Anders als bei den Deutschen, bei denen jeder seinen eigenen Teller mit seinem eigenen Gericht hat, benutzen wir Schalen und teilen uns alles. Das Essen ist unsere Art, zu kommunizieren und Zuneigung zu zeigen; so wie die Amerikaner *»I love you«* sagen, so sagen die Vietnamesen: *»Hast du schon gegessen?«*

Mit seinen Stäbchen sticht Onkel Sơn in einen Spaghettiberg, um einen Strang gebratener Nudeln herauszuheben und in mein Schälchen zu bugsieren. Mit seinen Fingern greift er nach einem Stück Hummer, das obenauf liegt. Er pult das Fleisch heraus und legt es mir dazu. Der Geruch von Sojasoße und Chili steigt mir in die Nase, scharf und fettig zugleich. Obwohl ich Hummer doch eigentlich gerne esse, ekle ich mich plötzlich mit einem Widerwillen davor, den ich so noch nie empfunden habe.

Ich schiebe mein Schälchen von mir weg und drehe mich Richtung Onkel Sơn, um etwas neutralere Luft einzuatmen. Dummerweise versteht er das als Aufforderung zum Gespräch.

»Und, wie alt bist du jetzt noch mal?«

Sein Vietnamesisch hat einen ähnlichen Dialekt wie das meines Vaters, zu meiner Erleichterung kann ich ihn halbwegs verstehen. Er scheint es nicht anders zu erwarten – alle hier, die Kellner, die Gäste, meine Tanten, Onkel und Cousins sprechen Vietnamesisch, obwohl wir uns doch in Amerika befinden.

Meine Mutter beugt sich von der anderen Seite des Tisches herüber. Der Blumenanhänger ihrer Kette baumelt über der großen Suppenschüssel wie eine Seilbahn.

»Sie ist schon dreißig! Kannst du das glauben?«

»Echt?«, ruft er zurück. »Als ich sie das letzte Mal gesehen habe, hatte sie noch eine Zahnspange!«

Knackend bricht er eine rote Zange entzwei, Saft spritzt heraus. Ich wende meinen Blick ab, um das feuchte, rotweiße Fleisch nicht ansehen zu müssen.

»Bist du eigentlich schon verheiratet?«, fragt er weiter.

Mein Kopf wird heiß, ich sehe Satzfragmente vor mir aufleuchten. *»Ich glaube an die Liebe, nicht aber an die Ehe«*, so habe ich es meiner Mutter einmal erklärt. Das war zwar lange vor dem missglückten Abend, an dem mir Dorian *keinen* Antrag machte, wahrscheinlich würde ich es aber gerade deswegen wieder so formulieren.

Säße ich jetzt weißen Amerikanern gegenüber, würde ich von meiner Abneigung gegen die Kirche sprechen und von den hohen Scheidungsraten. Säße ich jetzt deutschen Freunden gegenüber, würde ich ihnen von meiner Beziehung erzählen, die so modern und freiheitlich ist, dass sie in alles münden könnte oder auch in nichts. Hier in diesem vietnamesischen Hummer-Restaurant aber schweige ich.

Mir fehlen die Vokabeln für eine solche Diskussion, der Wille, es zu versuchen, auch. Die letzten Worte, die mir im Vietnamesischen geblieben sind, waren die ersten Worte, die ich gelernt habe. Ich kann Sätze sagen wie »Das schmeckt mir gut« oder »Jetzt bin ich müde«, mich ausdrücken kann ich nicht. Es ist, als wäre ich wieder in der kleinen Welt meiner Kindheit gefangen. Still wie ein Mädchen sitze ich vor meinen Verwandten.

Nur wenige Zentimeter trennen uns. Wenige Zentimeter und ein Lichtjahr von ungesagten Sätzen.

»Sie ist mit einem Deutschen zusammen«, meine Mutter

seufzt so laut, dass sie das Klappern des Geschirrs übertönt. »Mit Heiraten wird es so schnell nichts.«

Wie recht du hast, denke ich, doch natürlich sage ich ihr das nicht. Weder Dorians Tokio-Idee noch die Schwangerschaft habe ich ihr gegenüber erwähnt. Ich erzähle ihr nie etwas. Gerade weil sie mich ständig nach unseren »Familienplänen« fragt, verweigere ich ihr jede Auskunft darüber. Ich muss mich vor ihr schützen. Vor ihr und ihrem Instinkt, der auch mich in eine Mutter verwandeln will. Ich habe doch gesehen, wie sie ihren Beruf aufgab, um meinen Geschwistern und mir jeden Tag nach der Schule eine andere Mahlzeit zu kochen. Wie sie ihre Tage in dem hellblauen Haus verbrachte, während mein Vater im Krankenhaus seiner Karriere nachging.

Habe ich mich nicht mein Leben lang angestrengt, um mehr zu erreichen als das? Wozu die Klavierstunden, das Einser-Abitur, die deutsche Karriere?

»Und was ist mit Kindern?«, fragt nun tatsächlich Tante Hồng. »Viel Zeit bleibt ihr ja nicht.«

Sie betrachten mich wie ein beschädigtes Gut. Ihre Augen wandern über das weite weiße Tanktop, das ich Dorian geklaut habe, die schwarzen Jeans, mein ungeschminktes Gesicht. Mein Pony hängt mir tief ins Gesicht, erst heute Morgen hat mich meine Mutter deswegen mal wieder ermahnt.

»Mit dreißig sollte man schon über Kinder nachdenken«, findet jetzt auch Onkel Sơn.

»Wem sagt ihr das!«, meine Mutter verdreht die Augen. »Ich versuche es immer wieder, aber sie ist so störrisch!«

Normalerweise würde ich meine Mutter jetzt grob zurückweisen, aber vor all diesen Verwandten kann ich das nicht tun. Es wäre unangemessen. Ein Gesichtsverlust für uns beide. Wie eine Zuhörerin sitze ich daneben, während sie weiter über mich reden, als sei ich nicht da. Ich fühle mich wie in meiner Schulzeit, als ich oft neben meiner Mutter stand, während sie mit einer Bekannten meine Noten mit denen ihres Sohnes verglich. Damals war ich ihre Trophäe. Nun bin ich das Problem. Tante Hồng rät, den Deutschen *schnellstens* davon zu überzeugen, eine Familie zu gründen. Onkel Sơn bietet an, nach einem Vietnamesen zu suchen, der in Kalifornien aufgewachsen ist und es mit dem Alter nicht so genau nimmt.

Meine Mutter nimmt jeden Ratschlag an, fürchtet aber, dass alles an mir scheitern wird. »Sie ist sehr deutsch«, es klingt, als hätte ich eine ansteckende Krankheit.

Je länger sie von Kindern, Heiraten und Familie reden, desto stärker wird mein innerer Terror. Ich stelle mir vor, wie es wäre, ein Kind von einem Mann zu bekommen, der an das andere Ende der Welt auswandern will. Ich würde meine Tage damit verbringen, auf die Schreie und Körperausscheidungen des Babys zu reagieren und Dorian per Skype in Tokio anzurufen, um die Laptop-Kamera auf das schlafende Kind zu halten. »Guck mal«, würde ich glucksen, »die Finger haben sich bewegt.«

Während ich mich in das Muttertier verwandeln würde, würden ihn die Schuldgefühle zerfressen. Früher oder später würden wir uns trennen, weil er sich um das Restaurant kümmern muss und ich ihm nicht verzeihen kann, dass er mich in die Rolle der wartenden Ehefrau versetzt hat. Als alleinerziehende Mutter würde ich meine Arbeit erst reduzieren und dann vielleicht ganz aufgeben. Hauptsache, dem Kind geht es gut. Vor meinem inneren Auge sehe ich meine Zukunft wie einen schlechten Film vorbeiziehen. Kaum hat mein Leben als Erwachsene begonnen, ist es auch schon wieder vorbei.

Onkel Sơn nickt mir zu, ich glaube, es ist aufmunternd gemeint. »Meine Frau und ich konnten keine Kinder bekommen, obwohl wir es uns so gewünscht haben. Wirf die Chance nicht weg! Du wirst es sonst ein Leben lang bereuen!«

Er nimmt meine Schale und legt noch etwas mehr Hummerfleisch oben drauf.

Mein Magen zieht sich zusammen, Übelkeit steigt in mir auf. Ich versuche, langsam ein- und auszuatmen, doch mein Bauch krampft sich zusammen und drückt die Essensmasse nach oben. Sauer schmecke ich den Speichel auf meiner Zunge. Ich presse die Lippen zusammen und kneife die Augen zu, meine Hände krallen sich an der Tischkante fest.

Ich höre, wie alles verstummt.

»Hier, Kiều!«

Geistesgegenwärtig hält mir Onkel Sơn eine Suppenschüssel hin. Ich übergebe mich, erleichtert und zutiefst beschämt zugleich; ich spucke, huste und sacke in meinem Stuhl zusammen. Als ich mich beruhigt habe, sehen mich meine Verwandten mit einer Mischung aus Schock und Sorge an. Ich suche nach den richtigen Worten, um die Situation zu entschärfen, doch mir fällt das vietnamesische Wort für »Entschuldigung« nicht ein.

MINH

Heidelberg, 1969

Auf der langen Busfahrt von Berlin nach Heidelberg war Minh so übel geworden, dass er sich fast übergeben hätte. Doch jetzt, wo er vor Hoa stand, waren alle unangenehmen Gefühle verflogen. Sie trug einen langen Wintermantel aus hellbraunem Leder mit einem breiten, plüschigen Kragen, dazu schwarze Stiefel mit Absatz. Sie umarmten sich unbeholfen, und als sie sich wieder voneinander lösten, spürte er in einem plötzlichen Sehnsuchtsanfall, wie sehr sie ihm gefehlt hatte.

»Lange nicht gesehen«, murmelte er.

»Es war so viel los«, antwortete sie.

Verlegen setzten sie sich in Gang Richtung Altstadt. Sie liefen über eine Brücke aus rotem Backstein, die sich über einen Fluss spannte, dahinter erblickte er ein Schloss, das auf einem Hügel saß wie ein steinernes Nest. Die Gassen waren gesäumt von bunten Häusern mit spitzen Dächern, die Bäume streckten ihre kahlen Äste wie Arme von sich. Es war ein klirrender Novembertag, sonnig, aber so kalt, dass ihr Atem kleine Wolken bildete. Minh nahm tief Luft.

»Ich habe übrigens den Sohn von Frau Schmidt in Berlin getroffen. Erinnerst du dich? Sie hat ein paarmal von ihm erzählt.«

»Dieser Walter? Der, der sie nicht mehr besuchen kommt?«

»Er heißt Werner, aber ja, den meine ich. Er ist …«, Minh suchte nach den richtigen Worten, »… politisch sehr aktiv. Auch sehr aktiv, was Vietnam betrifft.«

In den letzten Wochen hatte er oft über Werner nachgedacht. Inzwischen war Minh überzeugt davon, dass die rotblaue Fahne mit dem gelben Stern am Eingang der TU kein Missverständnis gewesen war: Werner und seine Freunde waren Kommunisten. Sie waren auf der Seite des Feindes.

»Vietnam? Was sagt er denn zu Vietnam?«

Neugierig sah Hoa ihn an. Minh blieb stehen. Obwohl sie Vietnamesisch sprachen, senkte er seine Stimme. Seine Lippen näherten sich ihrem Ohr.

»Ich glaube, Werner sympathisiert mit Ho Chi Minh!«

Er richtete sich wieder auf. Er hatte erwartet, dass sie genauso schockiert sein würde wie er, doch sie blieb regungslos. Zerstreut sagte sie, dass sie mit ihm zu einem Weihnachtsmarkt gehen wolle, den ihr Peter neulich gezeigt habe. Die Art, wie sie den Namen aussprach, ließ ihn aufhorchen.

Ohne seine Irritation zu bemerken, bog sie in eine Gasse ein, die zu einem großen Platz mit einer Kirche führte. Kleine Hütten aus Holz, die Essen oder Schnitzereien verkauften, waren dort aufgebaut. Menschen mit roten Wangen schlenderten umher. Der Geruch von kandiertem Zucker und gebratener Wurst stieg Minh in die Nase. Er merkte, wie hungrig er war.

»Ist das nicht schön?!« Hoa hatte sich zu ihm umgedreht und die Arme ausgebreitet wie eine Reiseführerin, die von den Sehenswürdigkeiten ihrer eigenen Stadt verzaubert ist. »Ich muss sagen, dass ich mich in dieses Land verliebt habe!«

Sie wirkte so glücklich auf ihn. Er spürte einen Stich.

Sie verschwand in der Menschenmenge und kehrte mit

zwei Tassen eines roten Getränks zurück, aus denen der Dampf aufstieg. Sie stellten sich an einen Tisch und stießen an. Minh wollte sie nach Peter fragen, aber er wusste nicht, wie, also kam er noch mal auf Werner zu sprechen. Im Umgang mit den Deutschen müsse man sehr aufpassen, warnte er mit seiner besten Großer-Bruder-Stimme, viele dieser sympathisch wirkenden Studenten seien in Wahrheit gefährliche Radikale.

Sein Kopf begann unter seiner Wollmütze zu jucken. Er nahm sie ab und kratzte sich.

»Die Frage ist, *warum* die Deutschen so denken«, sagte Hoa und versenkte ihr Gesicht in ihrer Tasse.

»Was weiß ich?! Werner hat etwas von Kriegsverbrechen der Amerikaner erzählt. Wahrscheinlich ist er auf die Propaganda der Kommunisten reingefallen.«

Hoa stellte ihre Tasse ab und zündete sich eine Zigarette an. Offenbar hatte sie auch noch angefangen zu rauchen. Schweigend beobachtete sie die Menschen, die auf dem Weihnachtsmarkt Süßigkeiten und Geschenke kauften.

»Ich habe auch etwas von Kriegsverbrechen gehört. Aber ich habe es nicht von den Kommunisten, sondern von meiner Tante. Sie lebt in Zentralvietnam, in der Provinz Quang Ngai. Bevor ich nach Deutschland gefahren bin, hat sie mir von einem Dorf erzählt, das von Amerikanern überfallen und komplett ausgelöscht wurde.«

Minh fühlte sich zunehmend gereizt. War er denn der einzige Mensch in diesem Land, der die Gefahr erkannte? War sie von ihren neuen deutschen Freunden eingelullt worden?

»Wahrscheinlich war es ein Dorf, das voller Vietcong-Spione war«, entgegnete er. »Du weißt doch, dass die Kommunisten die Leute in der Provinz unter ihrer Kontrolle haben.«

Aus unerklärlichen Gründen verlief dieser Besuch ganz anders, als er gehofft hatte. In den letzten Wochen hatte er sich oft ausgemalt, wie sie durch den Schnee spazieren und einander lustige Geschichten über die Deutschen erzählen würden. Sie gegen die Welt, wie damals in Ebersberg. Er hatte wehmütig an diese Zeit gedacht und eine gewisse Reue darüber empfunden, wie sie auseinandergegangen waren.

Er nahm noch einen Schluck von seinem roten Wein. Kalt schmeckte er nach überzuckertem Fruchtsaft.

»Ich weiß nicht, was genau passiert ist«, gab Hoa schließlich zu. »Meine Tante hat es mir kurz vor der Abfahrt erzählt, ich hatte zu viele andere Dinge im Kopf, um genauer nachzufragen.«

Sie tranken aus und bestellten jeder eine Bratwurst mit Senf. Sie erzählte von ihrem neuen Job als Kellnerin in einer Diskothek und den zwei Freundinnen, mit denen sie mittwochs ins Kino ging, denn dann waren die Karten besonders günstig. Er beschränkte seine Berichte auf den strengen Professor und das unglaublich fordernde Medizinstudium. Peter erwähnte sie noch einmal, in Zusammenhang mit einer Wanderung auf einen berühmten Hügel in der Nähe, aber er war zu stolz, um nachzufragen. Obwohl er geplant hatte, das ganze Wochenende in Heidelberg zu verbringen, beschloss er, noch am Abend den letzten Zug Richtung Berlin zu nehmen.

Als sie ihn am Bahngleis verabschiedete, lächelte sie ihn so unbekümmert an, dass ihm das Herz schwer wurde. Er nahm seinen gesamten Mut zusammen, küsste sie auf die Wange und flüchtete sich mit einem »Ich schreibe dir!« in den Waggon.

*

Zwei Tage später schrieb er ihr. Er hatte sich im KaDeWe einen Füller und blauschwarze Tinte gekauft, war nach Hause geeilt und hatte dort einige Formulierungen mit seinem neuen, edlen Stift ausprobiert.

Liebe Freundin

Verehrte Schwester

Hoa, meine Liebe

Da ihm nichts davon gefiel, entschied er sich für ein deutsches »Hallo Hoa«, denn das kam ihm modern und locker vor.

Er schrieb ihr, dass er sich gefreut habe, sie zu sehen, und dass der heiße Wein vorzüglich gewesen sei.

Er schrieb ihr, dass es schön sei, dass sie in Heidelberg so viele weibliche und männliche Freunde gefunden habe.

Er schrieb ihr, dass es nicht leicht sei, sich in Deutschland einzuleben, aber dass es ihnen beiden sicher gelingen werde.

Er stoppte. Wartete auf den richtigen Gedanken, der ihm die richtigen Worte in den Füller diktieren würde. Worte, die dafür sorgen würden, dass sie diesen Peter nie wiedersehen wollte.

Er schrieb: »Du und ich haben eine besondere Verbindung, die kein anderer verstehen kann. Wir kommen aus demselben Land. Wir sprechen dieselbe Sprache. Manchmal frage ich mich, ob es unser Schicksal war, einander in Deutschland zu begegnen. Damals habe ich es nicht begriffen, aber nun weiß ich, dass es gerade in der Fremde wichtig ist, jemanden zu finden, der so ist wie man selbst. Immer wieder muss ich an unsere gemeinsame Zeit in Ebersberg denken. Es war so schön, dieses Land mit dir zu entdecken. Ging es dir auch so?«

Er hielt wieder inne und überlegte, ob er schon zu viel

gesagt hatte oder noch zu wenig. Er hatte ihr zum Beispiel nicht geschrieben, dass er bei dem Gedanken an sie sein Herz zu spüren begann.

Und dass er mit ihr sprach.

Und dass er von ihr träumte.

Und dass er kaum noch aß.

Und dass er kaum noch schlief.

Er schrieb: »Ich denke an dich und hoffe, dass wir in Zukunft wieder mehr Zeit miteinander verbringen können.« Er schloss die Augen, um seine Sätze nicht ansehen zu müssen.

Ihre Antwort ließ so lange auf sich warten, dass er an sich und seinem Leben zu zweifeln begann. Tag für Tag lauerte er dem Hausmeister auf, um nach neuer Post zu fragen. Tag für Tag ging er mit leeren Händen nach oben.

Er war sich nun sicher, dass seine Worte sie verschreckt hatten, denn sie hatten eine Grenze überschritten, die das Sagbare vom Unsagbaren trennt. Er war zu frei mit seinen Gefühlen gewesen und hatte sie in eine Zone gezwungen, in der auch sie nur mit Gefühlen hätte antworten können.

Sie antwortete nicht.

Weil sie nicht antwortete, war ihr Schweigen ständig in seinem Kopf. Es dehnte sich aus und besetzte sein gesamtes Gehirn. Saß er im Seminar, dachte er: Warum antwortet sie nicht? Saß er in der Mensa, dachte er: Was für ein dummer Brief! Saß er in der S-Bahn, dachte er: Ich hätte nichts von Schicksal schreiben sollen. Lag er im Bett, dachte er: Sie will mich nicht wiedersehen.

Er hatte sich ihr frei und nackt angeboten, und nun stand er da und fror. Offenbar liebte sie den anderen. Den Deutschen. Und er? Hatte sich mit seinen Gefühlen peinlich gemacht.

Trotzdem kam er von seiner Hoffnung nicht los. Jeden Tag ging er zum Hausmeister und fragte.

Kein Brief für dich, nein.

Wieder keine Post, tut mir leid.

Wenn was kommt, bring ich's dir hoch. Versprochen.

Frierend schleppte er sich wieder nach oben. Er würde sich nie wieder in eine Frau verlieben, aber für den unwahrscheinlichen Fall, dass es so käme, würde er nie wieder seine Gefühle zeigen, das nahm er sich vor.

*

Eines Abends saß Minh im Gemeinschaftsraum neben einigen anderen Studenten und sah fern. Das ernste Gesicht des »Tagesschau«-Sprechers tauchte vor ihnen auf. Er hatte graue Haare, die in einem Scheitel zur Seite gelegt waren, und trug eine bauchige Brille mit einem dünnen, drahtigen Rand. Heute Abend, sagte er, gebe es beunruhigende Berichte aus Vietnam.

»Wie amerikanische Zeitungen berichten, hat es in dem südvietnamesischen Dorf My Lai einen Überfall auf die Zivilbevölkerung gegeben. Rund fünfhundert Menschen starben. Obwohl die Einwohner keinen Widerstand leisteten, wurden ihre Häuser abgebrannt und alle Menschen getötet, darunter viele Frauen und Kinder.«

Der Nachrichtensprecher legte die Papiere beiseite, von denen er seinen Text abgelesen hatte, und schaute frontal in die Kamera. »Offenbar handelt es sich um ein Kriegsverbrechen.«

Während die »Tagesschau« grobkörnige Schwarz-Weiß-Fotos von Körpern mit verdrehten Armen und Beinen einblendete, sank Minh auf dem Sofa zurück. Er hatte die Amerikaner immer als Beschützer gesehen, als Freunde. Konnte es wirklich sein, dass sie all diese Menschen umgebracht hatten? Seine Leute?

Er dachte an Hoa und den Bericht ihrer Tante. Als sie ihm davon erzählt hatte, hatte er es für Propaganda gehalten. Nun kam er sich dumm vor.

In den nächsten Tagen las er alles, was er über das Massaker von My Lai finden konnte. Die deutschen Zeitungen berichteten mit grausamen Bildern und großen Berichten; wie sich herausstellte, handelte es sich tatsächlich um das Dorf, in dem Hoas Tante gelebt hatte. Der Überfall hatte sich schon im März 1968 ereignet, war vom amerikanischen Militär aber lange totgeschwiegen worden. »Der Spiegel« schrieb darüber in einer fünfzehnseitigen Titelgeschichte, für die Minh mit seinem Wörterbuch sechs Stunden brauchte. Der Artikel warf der amerikanischen Regierung vor, einen Krieg zu führen, den sie nicht gewinnen könne. Warum, fragte er, log sie die Welt darüber an?

Je mehr Minh las, desto mehr wurde ihm klar, dass er über bestimmte Fragen nie nachgedacht hatte: Warum hatten sich die vietnamesischen Kommunisten überhaupt gegründet? Was stand in dem Genfer Abkommen von 1954, das zum Abzug der Franzosen geführt hatte? Wieso verteidigten die Amerikaner das Land? Welche Aussicht gab es auf eine Wiedervereinigung zwischen Nord und Süd? Welche Aussicht auf Frieden?

Es war seltsam, dass ihm all diese Fragen erst hier in Deutschland einfielen. Aber vielleicht, sagte er sich, erkannte man manche Dinge erst, wenn man sie aus der Ferne betrachtete.

*

Am nächsten Sonntag kaufte er sich auf dem Flohmarkt auf der Straße des 17. Juni für zwei Mark ein abgegriffenes französisches Standardwerk mit dem Titel Indochina, dem er bald seine gesamte Aufmerksamkeit widmete. Mit Bleistift unterstrich er die Daten, die ihm wichtig erschienen: den Beginn der französischen Kolonialisierung im 19. Jahrhundert. Die Teilung des Landes entlang des 17. Breitengrades im Jahr 1954. Den Beschluss der Genfer Konferenz, zwei Jahre später Wahlen abzuhalten. Die Weigerung des damaligen südvietnamesischen Präsidenten Diems, einem Protegé der Amerikaner, diese Wahlen durchzuführen.

Plötzlich erschien Minh der Vietnamkrieg wie ein Schachspiel, in dem große Mächte ihre Züge auf dem Boden seiner kleinen Heimat ausführten. Er verstand nun, dass dieser Onkel so hervorragend Französisch sprach, weil er für die alte Kolonialregierung gearbeitet hatte, und dass jene Nachbarin 1954 aus Hanoi zu ihnen gestoßen war, weil sie nicht im Land der Kommunisten leben wollte. Je mehr er las, desto betrogener fühlte er sich. Das, was er für die Entscheidungen Einzelner gehalten hatte, war in Wirklichkeit eine Folge der großen Politik.

Er schloss ein Studentenabonnement für den »Spiegel« ab und arbeitete sich Woche für Woche durch die langen Berichte über den Krieg in seiner Heimat. Er las von Dörfern, die komplett verwüstet worden waren; das Stroh ihrer Dächer abgebrannt, die Hühner und Wasserbüffel abgeschlachtet, die wässrigen, grünen Reisfelder von Blut und Körperteilen verseucht.

Er las von weit verzweigten Tunneln und Schleichwegen, die der Vietcong durch die Berge und Dschungel von Laos und Kambodscha gebaut hatte, um seine Kämpfer und Waffen vom Norden Vietnams in den Süden zu schmuggeln.

Er las von dem südvietnamesischen Präsidenten Thieu, der unbeliebt und korrupt war; von dem amerikanischen Präsidenten Nixon, der die Anti-Kriegs-Bewegung bekämpfte; von den fruchtlosen Friedensverhandlungen in Paris, die sich von einem Jahr ins nächste schleppten.

Vor allem aber sah er die Bilder der achtzehn-, neunzehn-, zwanzigjährigen Soldaten, die zu Hunderttausenden in den Sümpfen, Wäldern und Straßen seiner Heimat fielen. Es waren Männer in seinem Alter. Jungen wie er. Ihre Körper lagen auf dem Boden wie Abfall; die Gesichter zerschossen, die Arme und Beine so seltsam verdreht, wie sie nur der Tod herrichten kann. Nun sah man ihnen nicht mehr an, ob sie ihr Leben nördlich oder südlich des 17. Breitengrades begonnen hatten.

Warum starben sie in diesem dreckigen Krieg, während er in seinem Studentenwohnheim saß und Bücher las?

*

Vier Monate später stand Hoa plötzlich unten vor der Tür, als sei sie mit ihm zum Lernen verabredet. Die Luft roch nach Frühling, sie trug eine Jeansjacke und einen Gesichtsausdruck, der zwischen Freude, Verlegenheit und einer Nervosität schwankte, die er an ihr noch nie gesehen hatte. Ihre linke Hand umklammerte den Griff eines großen schwarzen Koffers, ihre rechte eine Packung Gauloises Rot. Überrascht führte er sie auf sein Zimmer hinauf.

»Danke für deinen Brief«, sagte sie, als hätte er ihr gestern geschrieben und nicht vor Monaten. Sie öffnete ihren Mund, als wolle sie noch etwas sagen, setzte sich dann aber wortlos auf seinen Stuhl. Ihre Füße wippten, ihre Hände fuhren ihre

Oberschenkel auf und ab. Draußen senkte sich die Dunkelheit über den Tag.

»Ich muss dich um deine Hilfe bitten«, begann sie. »Ich weiß nicht, an wen ich mich sonst wenden kann.«

Er wusste nicht, ob er ihr unerwartetes Auftreten als gutes oder schlechtes Zeichen werten sollte. Ihr langes Schweigen hatte ihn erst verletzt und dann wütend gemacht; beabsichtigt oder unbeabsichtigt hatte sie ihn in die Rolle des Bittstellers versetzt, und das kränkte ihn schwer. Gleichzeitig war er froh, sie wiederzusehen, und es verschaffte ihm eine gewisse Genugtuung, dass sie in ihrer Not bei ihm – und ihm allein – Hilfe suchte. Offenbar spielte dieser Peter keine Rolle mehr in ihrem Leben.

Er setzte sich ihr gegenüber auf das Bett und schaltete die Nachttischlampe ein. Hoa knetete ihre Finger.

»Es begann damit, dass ich kein Geld mehr bekommen habe. Erst dachte ich, dass es ein Fehler war, also habe ich bei der Bank nachgefragt. So habe ich herausgefunden, dass die Behörde für Auslandsstudien ihre Überweisungen an mich eingestellt hat. Dann habe ich Post aus Vietnam bekommen.«

Sie fischte einen zerknitterten, hellblauen Umschlag mit schrägen rot-blauen Streifen an den Rändern aus ihrem Koffer.

»Es war kein Brief dabei, nur das.«

Vorsichtig zog sie eine zusammengefaltete Zeitungsseite aus dem Umschlag und überreichte sie Minh. Es handelte sich um die Seite zehn der südvietnamesischen Tageszeitung vom vorvergangenen Monat. In der Seitenspalte war ein kurzer Artikel mit einem Kreuz markiert.

Am Montag, dem 2. Februar 1970, verurteilte das Militärgericht die Auslands-Studentin Phan Ánh Hoa in Abwesenheit wegen Landesverrats zu 20 Jahren Verbannung. Kehrt sie vorher in die Republik Südvietnam zurück, wird sie mit sieben Jahren Zwangsarbeit bestraft. Die Verurteilte studiert in Deutschland an der Universität Heidelberg, wo sie durch prokommunistische Agitation aufgefallen ist. Sie hat unter falschem Vorwand Propagandafilme gezeigt und versucht, andere Studenten politisch zu manipulieren. Ein couragierter Landsmann informierte die vietnamesischen Behörden. Der Landesverräterin wurde das Stipendium, das ihr die Regierung großzügig gewährte, unverzüglich gestrichen.

Minh ließ die Zeitung auf seine Bettdecke sinken. Im Schatten der Lampe zeichnete sich Hoas Profil ab: ihre flache Nase, die langen Haare, das runde Gesicht. Er erinnerte sich noch an das unbekümmerte Mädchen, das er vor nicht mal zwei Jahren in Frau Schmidts Küche kennengelernt hatte. Nun wurde sie in der Zeitung wie eine Kriminelle beschrieben: zwanzig Jahre Verbannung. Landesverräterin. Ausländische Agentin. Es waren Begriffe wie aus einem James-Bond-Film.

»Was hast du getan?«, flüsterte er.

Sie hatte das leichte Tremolo aus seiner Stimme herausgehört und sah ihn mit gesenkten Schultern an. Auch Hoa hatten die Berichte über My Lai erschüttert, doch anders als Minh hatte sie sich nicht zum Lesen zurückgezogen, sondern einen Informationsabend organisiert. Zusammen mit deutschen Kommilitonen hatte sie Filmaufnahmen von My Lai gezeigt und das vorgetragen, was sie von ihrer Tante wusste. Das Interesse war groß, im Publikum saßen auch einige Vietnamesen, die gerade aus der Heimat gekommen waren. Einer von ihnen musste die Botschaft informiert haben.

»Und wer hat dir diesen anonymen Brief geschickt?«, fragte Minh weiter.

»Mein Vater liest diese Zeitung jeden Tag, ich bin sicher, dass er es war. Wahrscheinlich hat er nichts dazugeschrieben, um die Familie nicht zu gefährden. Ist ja schon schlimm genug, dass sie mit mir verwandt sind.«

»Meinst du, er ist böse auf dich?«

Hoa zuckte die Schultern. »Vielleicht, vielleicht auch nicht. Meine Eltern haben nicht viel Geld, die haben andere Sorgen. Wahrscheinlich wollen sie vor allem keine Probleme bekommen. Das Entscheidende ist, dass mir die südvietnamesische Regierung drohen will. Die Botschaft ist klar: Komm nicht zurück!«

»Scheiße.«

»Kann man so sagen.«

»Hast du Angst?«

»Am Anfang schon. Die ersten Tage habe ich fürchterlich geschlafen. Die ganze Zeit musste ich daran denken, dass ich nicht mehr zurück kann. Ich lag da und habe davon geträumt, wie ich mich wieder in unser Haus schleiche und meinen Vater überrasche. Aber immer, wenn er sich zu mir umgedreht hat, bin ich aufgewacht. Vielleicht würde er sich gar nicht freuen, mich zu sehen. Ich kann das Gefühl nicht abschütteln, dass auch er nicht möchte, dass ich zurückkomme.«

Sie griff sich die Zeitungsseite und zerknüllte sie langsam. »Ich hätte nie gedacht, dass sich die südvietnamesische Regierung von jemandem wie mir provoziert fühlen könnte. Ich bin doch nur eine Studentin im Ausland, ich wollte doch nichts als die Wahrheit erzählen! Offenbar war ich naiv. Wahrscheinlich ist es am klügsten, wenn man seinen Mund hält und über das schweigt, was man weiß.«

Hoas Verbannung war das Beste, was Minh seit Langem passiert war. Eine Woche wohnte sie bei ihm im Zimmer, morgens fuhren sie gemeinsam zur FU, abends kochten sie in der Gemeinschaftsküche, nachts schliefen sie versetzt in seinem schmalen Bett. Ihre Beine stießen gegen seinen Rücken, seine Füße gegen ihren Kopf. Jedes Mal, wenn sie gegeneinanderrollten, wurde sein Herz ganz weich. Manchmal, wenn er schon im Halbschlaf war, dachte er darüber nach, sich zu ihr umzudrehen und sie im Schlaf zu umarmen. Irgendetwas hielt ihn immer zurück.

Sie besorgte sich einen Job als Kellnerin, und er organisierte ihr ein Zimmer im dritten Stock. Sie sahen sich weiterhin jeden Tag, es war ein bisschen wie früher in Ebersberg, nur dass er begann, ihr Sachen zum Lesen zu leihen. Das französische Buch über Indochina. Den »Spiegel«-Bericht über My Lai. Den Bericht eines deutschen Arztes, »Vietnamesische Lehrjahre«. Weil sie einmal erwähnt hatte, dass »Das Mädchen Kiều« ihr Lieblingsbuch sei, hatte er in ganz Berlin gesucht und es schließlich in einer Bibliothek mit dem unaussprechlichen Namen Stiftung Preußischer Kulturbesitz gefunden. Zu seiner Überraschung hatte er es dort in der Originalfassung entdeckt: »Truyện Kiều«.

Kiều, dachte er, was für ein schöner Name.

*

Eines Abends fand er Hoa in ihrem Zimmer mit einer schwarzen klappernden Schreibmaschine vor. Ihr Rücken wölbte sich, während sie mit ihrem Zeigefinger Buchstabe für Buchstabe tippte und ihre Worte leise mitsprach. Neben ihr lag ein Block, in den etwas mit Hand hineingeschrieben war.

»Wo hast du denn dieses Ding her?«, fragte Minh.

»Von Werner«, antwortete Hoa, ohne aufzusehen.

»Werner? Ich wusste gar nicht, dass ihr befreundet seid.«

»Du hattest mir doch von ihm erzählt. Ich habe ihn kontaktiert, als ich Hilfe brauchte, um einen Protestbrief zu schreiben. Er hat mir sofort eine Schreibmaschine besorgt.«

»Was denn für einen Protestbrief?«, fragte Minh und setzte sich auf ihr Bett. »Bist du jetzt etwa Teil dieser Clique?«

»Quatsch«, entgegnete Hoa. »Die haben sich aus gruppendynamischen Gründen längst aufgelöst.«

»Aus was?«

Hoa wandte sich von der Schreibmaschine ab und verdrehte die Augen. »Was weiß ich. Sie haben sich zerstritten, Werner hat es nicht genau erklärt. Er hat etwas von Gewalt gegen Sachen und Gewalt gegen Personen gesagt.«

Minh schüttelte den Kopf. »Ich habe Werner und seine Freunde noch nie verstanden. Selbst als sie über Vietnam gesprochen haben, habe ich sie nicht verstanden.«

Er streckte sich auf ihrem Bett aus und verschränkte die Arme hinter seinem Kopf.

»Glaubst du wirklich, dass du mit einem Brief irgendetwas erreichen kannst? Gegen was willst du denn protestieren?«

»Es gibt in München einen Fall wie meinen. Sie wollen einem Jungen aus Da Nang das Stipendium entziehen, weil er bei einer Diskussion über Amerikas Rolle in Vietnam mitgemacht hat. Ich fürchte, dass uns die südvietnamesischen Behörden überwachen. Wir müssen uns wehren, Minh! Wir müssen den Leuten von der Botschaft klarmachen, dass sie uns hier nicht herumkommandieren können wie Kinder.«

Er stieß einen Pfiff aus. Offenbar hatte die Leidenschaft der deutschen Studenten auf sie abgefärbt.

»Werner hat mir den Tipp gegeben, eine deutsche Fassung an den ›Spiegel‹ zu schicken«, erzählte Hoa weiter. Sie zeigte auf den Block neben sich. »Er hat auch etwas formuliert, das gut klingt.«

»Und was ist, wenn du wieder Ärger kriegst?«

»Davor habe ich keine Angst mehr. Was können sie mir schon antun? Mich verbannen? Ich kann eh nicht zurück!«

Ruckartig wandte sie sich wieder der Schreibmaschine zu und tippte weiter. Eine konzentrierte Fiebrigkeit ging von ihr aus. Minh blätterte eine Weile in seinem Anatomiebuch herum, doch das Klackern der Tastatur ließ ihn nicht zur Ruhe kommen. Er betrachtete Hoa, die krumm am Schreibtisch saß und plötzlich so kämpferisch wirkte. Sollte er nicht auch etwas tun, statt sich still Fragen zu stellen, zu denen er von niemandem eine Antwort einzuholen wagte?

Er setzte sich auf, stieg aus dem Bett und stellte sich hinter Hoa. Die Hebel der Schreibmaschine hämmerten ihre Empörung Zeile um Zeile auf das Papier: *Wir – verbitten – uns – jede – Einmischung – in – unsere – Angelegenheiten.*

Er griff nach dem Block, der danebenlag. Er hatte eine Idee: »Lass uns danach noch eine dritte Version schreiben! Einen Brief, den wir an alle vietnamesischen Studenten in Deutschland verschicken. Vielleicht können wir uns zusammentun!«

*

Kurz vor Weihnachten organisierten Minh und Hoa ihre erste Demonstration. Die Luft roch nach Schweiß und Lebkuchen, als sie sich mit Werner unterhakten und einander in die Augen sahen, um sich für den Marsch Mut zu machen.

Hunderte Menschen standen hinter ihnen, sie hatten Plakate, Fahnen und eine Energie mitgebracht, die sie alle erwärmte und in Schwingung versetzte. Einen Protest anzuführen war dann einfacher als gedacht. Minh musste einfach nur den linken Fuß vor den rechten setzen, er musste nichts als mitgehen in seiner Wut. Wie lange sollte er noch dabei zusehen, wie seine Heimat im Namen der Freiheit zerbombt wurde, bis nichts mehr von ihr übrig war? Wie viele Bilder von verdrehten Leichen sollte dieser Krieg noch produzieren?

Die Gedächtniskirche reckte ihr zerschossenes Haupt in den schwarzblauen Himmel. Der Schnee unter ihren Stiefeln war matschig. Vor den leuchtenden Geschäften waren die Menschen stehen geblieben und sahen von ihren Weihnachtseinkäufen auf. Einige hoben die Hände und begannen zu klatschen. Andere riefen: »Ho-Ho-Ho-Chi-Minh«. Irgendwer hinten rief mit. Dann irgendwer vorne. Der Name rollte durch die Reihen.

»Ho-Ho-Ho-Chi-Minh.«

Auch Minh rollte er über die Lippen. Seine Wangen glühten.

Seit er mit Hoa den Protestbrief geschrieben hatte, hatte sein Leben einen neuen Sinn bekommen. Ihre vietnamesischen Freunde hatten ihn an ihre Freunde geschickt, irgendwann hatte Minh einen Verein gegründet. Aus zwei Leuten wurden zwölf, dann zwanzig, dann mehr als fünfzig, die gemeinsam kochten, lernten und sich nicht nur mit der Geschichte Vietnams beschäftigten, sondern auch mit der des Kommunismus. Sie lasen Mao, Marx und Ho Chi Minh. Sie sprachen über Ausbeutung, Revolution und Unabhängigkeit.

Der Wechsel auf die Seite des früheren Feindes hatte sich so schleichend und tiefgreifend vollzogen, dass Minh nicht viel darüber nachdachte. Er hatte das Gefühl, aus einem politischen Winterschlaf zu erwachen. Es war nicht nur die Herkunft, die ihn mit seinen neuen Freunden verband, es war auch der Kampf für eine große Sache. Sie, die nun aufgeklärt waren, mussten alles tun, um andere aufzuklären. Nie hatte sich Minh in Deutschland wohler gefühlt. Nie wichtiger. Deutsche Kommilitonen luden ihn auf ihre Partys ein, Pfarrer und Philosophen wollten mit ihm diskutieren. Achtung lag in ihrer Stimme, wenn sie fragten, wie es denn »wirklich« sei in Vietnam.

So muss es sein, wenn man seine Bestimmung gefunden hat, dachte Minh. Man fühlt sich plötzlich wichtig und besonders.

Als sie das Amerika Haus hinter der S-Bahn-Brücke Zoologischer Garten erreichten, war seine Stimme schon heiser und rau. Werner rief ihn als Redner auf, er zitterte. Gestern hatte er vor dem kleinen Spiegel im Badezimmer noch seine Sätze geübt. Heute sah er in ein Meer rot-blauer Fahnen mit gelbem Stern. Emporgehoben von der Euphorie der Menge stieg er auf eine Kiste aus Plastik. Er drehte seinen Rücken der blau-weiß-roten Fassade zu und atmete tief durch. Werner reichte ihm das Megafon, schwer und fordernd lag es in seiner Hand. Gesichter reckten sich ihm voller Erwartung entgegen. Gesichter von Deutschen, Gesichter von Vietnamesen.

Hoas Gesicht.

»Ich habe genug davon, dass meine Heimat in die Steinzeit zurückgebombt wird«, rief er. »Ich habe genug vom Krieg, der unsere Familien zerreißt. Ich habe genug von den Amerikanern, die unsere Leute abschlachten. Was haben sie in Vietnam zu suchen? Wann hören sie endlich mit dem sinnlosen Töten auf?«

Der Wind trug seine Worte die Straße hinunter, zu dem Supermarkt unter der Bahnhofsbrücke, wo die Obdachlosen ihre Köpfe von den Bierflaschen abwandten.

Wie laut er war.

Er forderte den amerikanischen Präsidenten Nixon auf, alle Kämpfe einzustellen und alle Kriegsverbrechen lückenlos aufzuklären. Er forderte den südvietnamesischen Präsidenten Thieu auf zurückzutreten, zum Wohle des gesamten Landes. Er forderte die Bundesregierung auf, mehr humanitäre Unterstützung zu leisten; er forderte die deutschen und vietnamesischen Studenten auf, nicht länger die Lügen ihrer Regierungen zu glauben. Forderung um Forderung stellte er auf, bis seine Stimme nur noch ein Krächzen war und sich im Jubel der Masse auflöste.

Er taumelte hinunter und suchte sie. Ihre Augen glänzten.

»Ich hätte dir noch zehn Stunden zuhören können«, wisperte Hoa.

Ihre Hand berührte seine und machte sein Inneres ganz warm. Er nahm wahr, wie Schnee auf ihr Haar fiel und wie sie neben ihm stand und wie sie neben ihm atmete. Er roch ihre Wärme. Er atmete sie ein. Leise nuschelte er seine Worte:

»Meinst du, sie haben mich wirklich verstanden? Mich, mit meinem Akzent?«

Lachend küsste sie ihn.

*

Mit seiner schwarzblauen Tinte verfasste er einen neuen Brief. Er schrieb seinen Eltern, dass er eine Frau getroffen habe und mit ihr in ein kleines Apartment in seinem Studentenwohnheim ziehen werde. Er schrieb, dass sie Hoa bestimmt mögen würden, denn sie sei Vietnamesin, aber trotzdem modern. Er schrieb, dass er sich vorstellen könne, sie zu heiraten und eines Tages mit ihr zurückzukehren. Er legte dem Brief ein Foto bei. Ein Porträt, das er von ihr gemacht hatte, kurz vor dem Beginn der Demonstration.

»Auch Hoa lässt euch grüßen«, schrieb er.

Die Antwort erreichte ihn zwei Monate später. Sie enthielt ein dünnes Blatt Papier, auf dem sich die Buchstaben seiner Mutter duckten. Es war nicht das, was er sich vorgestellt hatte.

Dein Vater und ich haben gehört, dass du in Berlin neue Freunde gefunden hast. Wir sind überrascht über das, was uns andere erzählen. Hast du vergessen, dass man sich nicht in Sachen einmischen sollte, die einen nichts angehen? Hast du aus den Augen verloren, warum du in Deutschland bist? Aus der Ferne ist es schwer, die Lage in Vietnam zu beurteilen, es ist leicht, Freund und Feind durcheinanderzubringen. Vergiss nicht, aus was für einer Familie du kommst. Konzentriere dich auf dein Studium, und halte dich von allen Ablenkungen fern. Uns geht es gut, aber wir machen uns große Sorgen um dich!

Das Foto von Hoa hatte sie einmal geknickt und in den Umschlag gelegt. Auf der Rückseite stand nur ein Satz.

Sie ist nicht gut genug für dich.

KIỀU

Als mein Vater verkündet, dass uns Tante Linh zeigen will, wo meine verstorbene Großmutter liegt, weiß ich nicht, was ich mehr fürchten soll: einen vietnamesischen Friedhof und mein Unwissen, wie ich mich an einem solchen Ort zu verhalten habe. Oder meine gehörlose Tante und meine Unfähigkeit, mit ihr zu sprechen.

»Wo ist dieser Friedhof denn?«, frage ich, als ob der Name einer Straße irgendetwas an meinem Dilemma ändern würde.

Er zieht sein Handy hervor, in der Großfamilien-WhatsApp-Gruppe sind schon wieder zwanzig Nachrichten zum Thema DINNER TONIGHT eingegangen. Sein Finger stoppt.

»*Hoa Nghiêm Tempel*, 13041 Nelson Street«, er spricht die Straße betont amerikanisch aus.

Eine Woche sind wir nun in Kalifornien, in der Zeit habe ich eine bemerkenswerte Veränderung an ihm festgestellt. Nachdem er an den ersten ein, zwei Tagen noch verhalten wirkte, hat er sich schnell an die neue Großfamilienroutine angepasst. Im Auto summt er häufig vor sich hin. Schlägt jemand etwas vor, sagt er grundsätzlich Ja. Sein Vietnamesisch hat eine tiefere Färbung angenommen, gleichzeitig spickt er seine Sätze mit amerikanischen Phrasen wie *»alright«* oder *»Let's do it!«*, so wie es auch seine Geschwister tun. Jeden Tag treffen wir mehrere von ihnen zum Essen. Obwohl sie sich so lange nicht gesehen haben, verstehen sie sich gut; so gut, als wollten sie die verlorene Zeit wettmachen.

Seltsamerweise gab es dabei jedoch nie dieses eine Gespräch, in dem sie ausführlich über das letzte Jahr mit meiner schwerkranken Großmutter oder die fünfzehn Jahre davor gesprochen haben. Nie das, was die Deutschen unter einer Aussprache verstehen würden.

Stattdessen erzählen meine Verwandten von ihr in Anekdoten und Randbemerkungen. »Am Ende dachte sie immer, sie sei wieder ein junges Mädchen in Vietnam«, sagen sie zum Beispiel, während wir in der Schlange einer vietnamesischen Bäckerei stehen, um ein paar *Bánh bao* Hefeklöße zu holen. Oder als wir durch die Straßen von Chinatown in L. A. irren, auf der Suche nach dem besten Dim Sum-Restaurant: »Wir haben sie sehr lange zu Hause gepflegt, und Linh hat sie gewaschen, gefüttert und in den Schlaf gewiegt wie ein Baby.« Oder, als wir auf dem Nachtmarkt vor dem Einkaufszentrum mit den rot-gelben Fahnen ein paar T-Shirts mit dem Aufdruck *I love Little Saigon* kaufen: »Bevor sie starb, hat sie sich nach ihrer Heimat gesehnt, aber wir wussten nicht, wie wir ihr diesen Wunsch erfüllen sollten.«

Es sind Sätze, in denen ihr Schmerz jäh aufblitzt, aber nie ausgebreitet wird. Sie deuten genug an, um uns eine Ahnung zu geben, wie schwierig es für die Familie gewesen sein muss, als meine Großmutter immer vergesslicher und zerbrechlicher wurde. Gleichzeitig verschonen sie uns mit Fragen, die unangenehm sein könnten; Fragen an meinen Vater und seine Verantwortung als ältester Sohn zum Beispiel.

Warum hat er seine Mutter in all diesen Jahren nie besucht? Warum hat er mir so wenig von ihr erzählt? Bereut er es, sie nicht noch ein letztes Mal gesehen zu haben? War sein Verhalten fair gegenüber seinen Geschwistern, die die Bürde der Pflege und Trauer ohne ihn tragen mussten?

Mit meinem deutschen Ich spüre ich, wie sich diese Fragen zwischen all den Chit-chat und das Sightseeing drängen. Mit meinem vietnamesischen Ich weiß ich, warum sie nie ausgesprochen werden: Niemand will die Harmonie in der Großfamilie stören und diesen Besuch durch verletzte Gefühle, Vorwürfe oder schwierige Fragen verdunkeln. Warum die hässlichen Details der Vergangenheit ausbreiten, wenn die Gegenwart doch so kurz und kostbar ist? Warum über etwas reden, worüber man auch schweigen kann?

*

Als wir den Tempel erreichen, bin ich überrascht. Ich hatte mit einer Anlage mit Garten, hölzerner Brücke und vielleicht einem kleinen Pavillon gerechnet. Doch der Ort, an dem meine tote Großmutter liegt, könnte auch eine Betriebskantine sein. Das Gebäude ist schmucklos, aus Beton und gelb, nur die roten, geschwungenen Dächer haben etwas Buddhistisches. Rote Buchstaben über dem Eingang verkünden – auf Indisch – eine Schule des Dalai Lama.

Meine Tante tritt aus der offenen Tür heraus. Als sie uns sieht, beginnt sie zu winken. Während mein Vater noch seine von der Fahrt zerknitterten Baumwoll-Shorts glättet, kommt sie schon auf ihn zugeweht. Sie trägt ein Marilyn Monroe-Kleid, eine schwarze gesteppte Handtasche von Chanel und Flip-Flops mit Zebramuster. Die Augenbrauen sind in hohen Bögen nachgezeichnet, die Lippen zart rosa geschminkt. Sie ist alterslos schön; steht man ihr gegenüber, fühlt man sich wie in einem Hollywoodfilm.

Sie schiebt ihre Sonnenbrille ins Haar und umarmt meinen Vater auf diese komische Art, mit der Vietnamesen einander umarmen: schnell und ohne Körperkontakt. Dann tätschelt sie ihm den Bauch, verzieht das Gesicht und zeigt mit dem Daumen nach unten: Da wir hier so oft essen gehen, ist unter seinem T-Shirt eine ordentliche Wölbung zu erkennen. Er zieht seine Schultern nach oben und macht ein *shit happens*-Gesicht. Sie lacht, und in diesem Lachen ist diese trockene vietnamesische Zärtlichkeit zu erkennen, die sich nicht durch Worte äußert.

Von Onkel Sơn weiß ich, dass Tante Linh als Mädchen das Haus kaum verlassen konnte – in Vietnam gab es damals keine Schule für gehörlose Kinder, und da meine Großmutter Angst um ihre Sicherheit hatte, durfte Linh nicht allein auf die Straße. Sie lernte ein bisschen Lesen und Schreiben von ihren Geschwistern, die auf Gegenstände zeigten und die dazugehörigen Worte auf eine Kindertafel schrieben. Ansonsten kommunizierten die anderen mit ihr, indem sie ihre Lippen beim Sprechen überdeutlich bewegten oder pantomimische Gesten machten. Ihre Jugend verbrachte Linh damit, für die Familie zu kochen und Puppenkleider zu schneidern. Später, sehr viel später würde sie ihren Geschwistern einmal sagen, dass sie damals nur einen Traum hatte: zur Schule zu gehen.

In Amerika erfüllte sich ihr Traum. Hier konnte sie die Gebärdensprache lernen und eine Ausbildung zur Kosmetikerin machen. Hier hat sie einen Mann getroffen, der sie unbedingt heiraten wollte und bereit war, in das Haus neben dem ihrer Mutter zu ziehen. Obwohl diese bis zuletzt Baby-

Handzeichen benutzte, um mit ihrer Tochter zu kommunizieren, sahen und »sprachen« sich die beiden in den Monaten vor ihrem Tod jeden Tag und jede Nacht. Am Ende, so erzählen es die anderen Verwandten, war Tante Linh die Einzige, die ihre Mutter noch verstand.

Als wir den Tempel betreten, empfängt uns der süßliche Duft von Räucherstäbchen. Wir laufen an einer Halle mit niedrigen Decken vorbei, die in Sitzreihen aus Holz unterteilt ist. Von hinten sehe ich die Rücken von Menschen, die sich zu Ehren eines Verstorbenen weiße Stoffbänder um den Kopf gebunden haben. Wir laufen weiter und erreichen einen hellen Raum, der nach Orchideen duftet. Auf einem Sockel an der Stirnseite thront ein goldener Buddha.

Weil ich noch nicht viele Beerdigungen miterlebt habe, fühle ich mich auf Friedhöfen stets unbeholfen. Hier, in diesem Tempel, bin ich noch orientierungsloser. Weder die vietnamesischen Schriftzeichen noch die religiösen Symbole sagen mir etwas. An den Wänden hängen Holztafeln mit Metallschienen, in die bronzene Bilder eingesetzt sind. Manche der Abgebildeten sind jung und geschminkt wie auf Hochzeitsporträts. Sie wirken wie Figuren aus einer anderen Zeit, puppenhaft und unwirklich.

Ich suche nach dem Gesicht meiner Großmutter, doch finde es nicht. Blind starre ich die Wand an.

Tante Linhs Blick trifft auf meinen, wortlos scheint sie mich zu verstehen. Sie ergreift meinen Arm und zieht mich in die andere Ecke des Raumes, ich stolpere hinterher, erleichtert, mich führen zu lassen. Zart klopft sie gegen die Scheibe einer Vitrine, hinter der ein Dutzend schwarzer Urnen mit goldenen Verzierungen und Schwarz-Weiß Fotos stehen.

»*Ma*«, ihre Lippen stoßen die Silbe aus ihrer Kehle hervor. Das vietnamesische Wort für Geist – oder, wenn man es anders betont, für Mutter. Sie hält ihren Zeigefinger in die Luft, um mir zu signalisieren, dass sie noch etwas zu sagen hat. Dann zieht sie aus ihrer Handtasche den kleinen Block heraus, den sie immer bei sich trägt. Konzentriert setzt sie den Kugelschreiber auf das Papier: »*I miss her so much.*«

Ganz links erkenne ich die Frau mit den gelockten Haaren und dem dunklen *Áo dài* wieder. Ihr Bild ist von einem Kranz umrahmt. *Nguyễn Thị Liên* steht in großen, silbernen Buchstaben darunter. Geboren am 2.3.1936 in Saigon, Vietnam; gestorben am 24.12.2016 in Westminster, Kalifornien. Achtzig Jahre wurde sie also alt.

Erst jetzt, wo ich vor ihrer Urne stehe, wird mir klar, dass ich den Namen meiner Großmutter zum ersten Mal erfahre. Für mich war sie immer nur *Bà nội*, die Oma väterlicherseits. Der einzige Name, unter dem ich sie kannte, war eine Familienfunktion. Nie habe ich mich gefragt, wie sie wirklich hieß. Nie habe ich jemand anderen danach gefragt.

*

Auf dem Rückweg vom Tempel bin ich stumm wie meine Tante, von der wir uns vorhin mit Handzeichen verabschiedet haben. Ich schäme mich, weil ich meine eigene Familiengeschichte nicht kenne, schäme mich auch, weil mir diese Unkenntnis heute zum ersten Mal auffällt.

»*Wo kommst du her?*« Stellten mir Deutsche diese Frage – und das taten sie oft –, reagierte ich empfindlich darauf. Mir war klar, dass sie auf eine Erklärung hinauswollten, die das Rätsel löste, warum eine junge Frau mit schwarzen Haaren ihre Sprache so gut beherrschte wie sie. Es war kein Rassismus, das wusste ich, doch sie gaben mir damit zu verstehen, dass ich trotz aller Anstrengung anders war und bleiben würde. Ein Freak, der sich und sein seltsames Dasein ständig erklären musste. Ein Tier, das in der falschen Umgebung ausgesetzt worden war und den Kontakt zu seiner Herde verloren hatte.

Weil mich das wurmte, verwehrte ich ihnen die Antwort, die sie sich wünschten, und gab ihnen die Antwort, die der Wahrheit entsprach. »*Ich komme aus Berlin*«, sagte ich meist. Oder, wenn sie nachbohrten: »*aus Nord-Berlin, um genauer zu sein*«. Ich sah die Enttäuschung in ihren Gesichtern, sah, wie sie die Abfuhr registrierten, aber trotzdem in ihrer Irritation nicht nachlassen konnten. Kurzes Nachdenken, Räuspern: »*Ich meine, was sind deine Wurzeln?*«

Ich sah dann immer einen Baum vor mir, dessen Wurzeln sich tief in die Erde bohrten und sich aus einem bestimmten Boden ernährten. Die Breite seines Stamms, warum seine Blätter gelb, rot oder grün gezackt waren – all das wurde durch diese Wurzeln erklärt. Ein Bild wie aus einem Gartenbuch, einfach, anschaulich und völlig unpassend, um die gewundenen Wege meines Selbst zu beschreiben.

»*Wo kommst du her?*« Zum ersten Mal denke ich, dass man diese Frage auch anders verstehen könnte.

Nicht als Frage, die nur der Name eines vermeintlichen Ursprungslandes beantworten kann. Sondern als Suche nach all denen, die vor mir kamen und ihre Spuren auf sichtbare und unsichtbare Weise auf dem Weg in die Gegenwart hinterlassen haben. Meine Eltern, meine Verwandten. Die Art, wie sie mit dem Leben umgehen oder nicht umgehen. Auch wenn mir von meiner Großmutter kein einziger Satz in Erinnerung geblieben ist, so sagt doch auch diese Tatsache viel aus. Über sie und über all die verschwommenen Menschen, die Teil von mir sind.

*

Als ich am Nachmittag wieder auf meinem Motelbett liege, erreicht mich eine WhatsApp-Nachricht von Onkel Sơn; zu meiner Verwunderung hat er sie nicht an die ganze Gruppe, sondern nur an mich geschickt und auf Englisch formuliert.

»Guck mal, was ich beim Aufräumen gefunden habe!«

Es ist das Foto eines Fotos, ich trage darauf einen Jeansrock und ein Spaghettiträger-Top, dazu ein verlegenes Lächeln, das das metallene Gitter einer Zahnspange erkennen lässt. Onkel Sơn steht mit verspiegelter Sonnenbrille und gelben Badelatschen daneben und hat mir seinen Arm um die Schultern gelegt. Das Foto muss vor fünfzehn Jahren in Vietnam aufgenommen worden sein, im Hintergrund sieht man die von Tamarindenbäumen gesäumte Allee in Saigon, in der mein Vater aufgewachsen ist.

Nun fällt mir wieder ein, dass wir am letzten Tag unseres Urlaubs zu dem alten Haus fuhren, weil mein Vater mitbekommen hatte, dass Besuch aus Kalifornien da war. Eine entfernte Cousine, die das Gebäude im Namen seiner Familie verwaltete, hatte es ihm erzählt. Als wir ankamen, schob sie das grüne Schiebegitter beiseite, um uns aufzumachen. Die anderen, sagte sie, seien schon da. Im Wohnzimmer trafen wir meinen Onkel und meine Großmutter, die gerade aus Amerika angereist waren und hier vier Wochen übernachten würden.

Ich erinnere mich, dass Onkel Sơn ständig aufsprang, um

irgendetwas zu holen oder wegzubringen, während meine Eltern mit meiner Großmutter am Tisch saßen und Tee tranken. Sie lebte seit vielen Jahren in Kalifornien, doch mein Vater schien seltsam uninformiert über ihr Leben dort. Aus irgendwelchen Gründen drehte sich das Gespräch hauptsächlich um Geld. »Habt ihr unsere Überweisungen aus Deutschland bekommen?«, fragte er sie. »Reicht das für die Miete und die Ausbildung von Linh?« Ich begriff, dass hier etwas anderes verhandelt wurde, wusste aber nicht, was und wieso.

Mein Onkel kam irgendwann mit einem Deck Karten wieder und fragte meine Geschwister und mich, ob wir Lust hätten, eine Runde zu spielen. Er brachte uns ein vietnamesisches Spiel namens *Tiến lên* bei, je länger wir spielten, desto sympathischer wurde er mir. Nicht nur, weil er uns ab und zu gewinnen ließ. Er machte auch gerne Witze und war ganz anders als mein Vater, der mir oft so streng und ernst vorkam.

Schließlich klatschte Onkel Sơn in die Hände und fragte, ob wir auch so hungrig seien – er habe von einem guten, neuen Restaurant in der Nähe gehört und wolle meinem Vater dort jemanden vorstellen. Als wir draußen auf der Straße standen und auf ein Taxi warteten, legte er mir seine Hand auf die Schulter und sagte, dass ich meiner Großmutter erstaunlich ähnlich sähe. »Aber vom Typ her bist du eher ruhig wie dein Vater, oder?«, bemerkte er. Irgendjemand holte eine Kamera hervor und fotografierte uns. Natürlich war mir die ganze Situation peinlich.

Ich hatte unsere Begegnung in Vietnam völlig vergessen; jetzt sehe ich alles wieder so deutlich vor mir wie einen Film, der vor meinem inneren Auge abgespielt wird.

»Witziges Foto!«, schreibe ich Onkel Sơn. »Lange her.«

Er antwortet sofort.

»Du hattest damals diese Zahnspange!«

»Bitte! Erinnere mich nicht daran!«

»Hehe«, ich höre vor mir, wie er wie ein Junge kichert.

»Wie war's heute im Tempel?«, schreibt er weiter.

»Seltsam«, antworte ich.

»Warum?«

Mein Finger schwebt in der Luft. Jetzt wäre eine gute Gelegenheit, um ihm die Fragen zu stellen, die nachts, wenn ich nicht schlafen kann, in meinem Kopf herumgeistern. Wir chatten gerade so locker und vertraut, mein Onkel würde es mir bestimmt nicht übel nehmen. Langsam beginne ich zu tippen.

»Als ich vor der Urne stand, habe ich mich gefragt, warum wir eigentlich in Deutschland leben und ihr in Amerika. Warum haben wir euch nie besucht? Gab es einen Streit in der Familie? Hat Oma vor ihrem Tod noch etwas dazu gesagt?«

Ich lese meine Sätze noch einmal und überlege, ob sie vielleicht doch zu ernst oder persönlich klingen könnten. Dann sage ich mir: Wenn ich nicht mal meiner eigenen Familie persönliche Fragen stellen kann – wem dann?

Bing. Eine neue Nachricht von Onkel Sơn.

»Habt ihr schon entschieden, wo ihr heute Abend essen wollt? Das Steakrestaurant, von dem ich euch erzählt habe, ist echt gut. Sag deinem Vater, er soll nicht auf das Gemäkel der anderen hören. Die haben keine Ahnung!«

Schnell und erleichtert lösche ich alles, was ich geschrieben habe.

»Steak?«, antworte ich ihm, »ich LIEBE Steak!«

Die Geschichte meines Onkels

SƠN

Saigon, 1975

Sơn sah sich vor einer Gruppe Männer wegrennen, sie hatten rot-blaue Fahnen mit einem gelben Stern und Gesichter, die von Hass verzerrt waren. Mit einer riesigen Schere verfolgten sie ihn. »Greift euch den Jungen!«, rief ein bärtiger, schmaler Mann, der wie Ho Chi Minh aussah. »Greift ihn, und schneidet ihm die Haare ab!«

Sơn schrie.

Und wachte auf.

Sein Herz hämmerte, als er sich aufsetzte und mit dem Handrücken über die Stirn wischte. Mondlicht fiel schwach durch das Fenster und zeichnete sanfte Schatten in seinem Zimmer. An der Wand hing das Beatles-Plakat, das sein Bruder Minh vor Ewigkeiten hier aufgehängt hatte. Daneben das Strandposter aus Kalifornien, das ihm John geschenkt hatte. Der Wecker auf seinem Nachttisch zeigte 3:24 Uhr.

Sơn griff sich sein Kissen und lief zum Schlafzimmer seiner Eltern. Langsam drückte er die Türklinke herunter. Obwohl sie morgen bestimmt wieder schimpfen würden, schlich er sich zu ihnen hinein. Er legte sein Kissen auf den Boden und bettete seinen Kopf darauf. Zusammengerollt wie eine Katze schloss er die Augen. In der Dunkelheit hörte er seinen Vater schnarchen.

Seit so viele Flüchtlinge nach Saigon kamen, wachte Sơn nachts oft auf. Mit ihren zerrissenen Hemden und leeren Augen erinnerten sie ihn an Geister, die die Stadt heimsuchten. Es waren Verwandte der Nachbarn, die plötzlich mit ihren Kleidern, Töpfen und Ängsten auf dem Bürgersteig kauerten. Frauen und Kinder, die in dem großen Tempel in der Nähe seiner Schule übernachteten. Ehemalige Soldaten mit zerfetzten Armen und Beinen, die über die Straßen humpelten und ihn um Geld anbettelten. Heiser erzählten sie von ihren Häusern, die sie auf der Flucht vor den Kommunisten zurückgelassen hatten; von den blutigen Leichen, über die sie auf ihren Tagesmärschen hinweggestiegen waren; von der feindlichen Armee, die jeden Tag eine weitere Stadt eroberte und immer näher kam, Richtung Hauptstadt.

Auch Sơns Lehrerinnen und Mitschüler erzählten vom Vietcong, in flüsternden, dann anschwellenden Stimmen. Es hieß, die Kommunisten würden ihre Feinde bei lebendigem Leib begraben. Es hieß, sie würden die reichen Familien vor Volksgerichte stellen und zum Tode verurteilen. Es hieß, die Frauen dürften nur noch Schwarz tragen, die Männer würden in Gefängnisse gesteckt. Den Mädchen würden sie die Fingernägel schneiden, den Jungen die Haare.

Warum, fragte sich Sơn, bestraften die Kommunisten Kinder? Was für herzlose, rachsüchtige Menschen mussten sie sein?

Immer wenn er nachts aufwachte, stellte er sich diese Fragen. Stundenlang lag er wach und grübelte im Dunkeln. Viele südvietnamesische Soldaten waren zwar verwundet, so wie sein Vater. Aber die Amerikaner waren stark und mächtig, sie kämpften an ihrer Seite und würden sie niemals dem Feind überlassen. So sagte er sich das, wenn er auf dem

Boden vor dem Bett seiner Eltern lag und schließlich wieder in einen unruhigen Schlaf fiel. Tagsüber, wenn sein Vater mit seiner Schlinge am Arm auf dem Balkon saß und »Voice of America« hörte, traute sich Sơn nicht, ihn nach seiner Meinung zu fragen.

*

Eines Morgens meldete das Radio, dass die Kommunisten in der Nacht den Flughafen von Saigon angegriffen hatten. Als er es hörte, rannte Sơn auf die Straße der Freiheit hinaus. Im bleichen Himmel kreisten die Hubschrauber der Amerikaner, die ihre Leute evakuierten. Auf der Straße kämpften sich schwarze Busse durch den Verkehr. Die Stadt war verstopft von Menschen, die aus Saigon wegwollten. Es stimmte also. Der Feind war da.

Heulend flüchtete er zurück ins Haus. Seine Mutter gab ihm eine Ohrfeige. »Reiß dich verdammt noch mal zusammen«, rief sie. »Wir müssen los. Weg von hier!«

Sie packten, was sie tragen konnten, und rannten. Sein Vater lief voran und trug eine Ledertasche voller Geld und Dokumente, hinter ihm lief seine Mutter mit Linh an der Hand. Hùng trug einen Koffer mit Kleidung, Hồng eine Tüte mit Reis und Nudeln. Sơn umklammerte das Album mit den Familienporträts. Sie liefen vorbei am Continental Palace, wo die amerikanischen Korrespondenten am Morgen ausgecheckt hatten. Vorbei an der Nationalversammlung, die in der letzten Woche zwei Präsidenten hatte gehen und kommen sehen. Vorbei an dem Krankenhaus, in das die verwundeten südvietnamesischen Soldaten eingeliefert wurden wie in eine Fabrik, die ihre Maschinen nicht stoppen konnte.

Sie erreichten die amerikanische Botschaft, doch sie waren zu spät gekommen: Vor dem weißen kastenförmigen Gebäude sahen sie ein schwarzes verschlossenes Tor. Davor staute sich ein Meer aus Menschen. Neben dem Tor, auf einer Mauer, standen amerikanische Soldaten mit schweren Gewehren. Sie griffen nach unten und fischten einzelne Personen heraus. Hände griffen nach ihnen, zuckend wie Köder. *»Nehmt mich. Wenn ihr mich nicht nehmen könnt, nehmt wenigstens mein Kind!«*

Sein Vater wedelte mit seinen Dokumenten, weil er glaubte, dass Papiere sie noch retten könnten. Er rief: »Ich war Oberst bei der Südvietnamesischen Armee, ihr müsst mich in die Botschaft reinlassen, sie bringen mich sonst um!«

Seine Mutter wedelte mit Dollarscheinen, weil sie meinte, dass Geld noch Wert besäße. Sie schrie: »Ich gebe euch 1000 Dollar, wenn ihr mich und meine Familie reinlasst. 1000 Dollar!«

Sie schrien und bettelten, doch die Männer auf der Mauer reagierten nicht. Irgendwann drehte sich Sơns Mutter zu ihm um. »Du sprichst doch Englisch, tu etwas!« Sie packte ihn an den Schultern und schüttelte ihn.

Sơn ließ das Fotoalbum fallen, griff nach dem Koffer in der Hand seines Bruders und schüttete die Kleider auf die Straße. Mit schnellen Fingern fand er sein amerikanisches T-Shirt mit dem Aufdruck *Don't worry, be happy*. Der gelbe Smiley lachte im Wind, als er den *Thống Nhất* Boulevard wieder hinunterrannte, links in die *Mạc Đĩnh Chi* abbog und den Seiteneingang suchte.

Die Einfahrt für die Autos, wo war sie noch mal?

Wohin er auch sah, erblickte er nur Menschen. Ihre Arme und Beine und Hände und Köpfe ließen ihn schwindelig werden. Jemand schubste ihn, er stürzte und fiel auf sein rechtes Bein. Jemand anderes trampelte über sein T-Shirt, dann über seinen Fuß.

Er röchelte.

Er klaubte sich hoch und spürte ein Brennen. Humpelnd setzte er sich wieder in Bewegung. Rechts von ihm sah er den stockenden Verkehr, links von ihm das aufgestaute Menschenmeer. Er kämpfte sich voran. Er fand die Einfahrt, doch der Weg war versperrt. Schwindelig sah er nach oben. Auf der weißen Mauer, die das Gebäude umzog, stand ein Mann mit roten Haaren.

»Mister! Bitte helfen Sie mir!«

Sơn war 1,58 Meter groß, fünfzehn Jahre alt und mitten im Stimmbruch. Der Mann auf der Mauer hörte ihn nicht.

Sơn kämpfte sich in die Menge und zwängte sich mit seinem schmalen Körper durch die Reihen hindurch. Er näherte sich der Mauer. Er sah den Stacheldraht, den sie darübergespannt hatten. Den Schweiß im Gesicht des rothaarigen Soldaten.

Er hüpfte, ohne seinen Schmerz zu spüren.

»Hilfe! Ich bin allein!«

Er riss sein T-Shirt hoch und wehte es wie eine Fahne.

»I love America!«

Der Mann auf der Mauer sah in seine Richtung. Er kniff die Augen zusammen, zögerte einen Moment, dann beugte er sich vor. Er winkte Sơn zu sich heran und streckte ihm eine Hand entgegen. Andere Hände griffen danach.

»Nur der Junge mit dem T-Shirt!«, rief der Rothaarige. »Lasst den Jungen mit dem T-Shirt rein!«

Er zog. Die Muskeln seines Unterarms spannten. Ein Mann, der neben Sơn stand, hängte sich an ihn und seinen schmerzenden Fuß.

»Nur der Junge!«, rief der Soldat. »Lass los, oder ich schieße!«

Sơn landete auf der Mauer, neben ihm der Stacheldraht. Jemand anderes hob ihn hinunter, auf den Boden des Botschaftsgeländes. Er taumelte, vor Glück, vor Schmerz, er wusste es nicht. Es ging alles so schnell. Es war alles so viel.

»Geh zum Helikopter«, rief der Soldat, »schnell!«

Sơn hörte das laute Rattern eines Hubschraubers, der irgendwo in der Nähe landete. Er humpelte voran.

Neben dem Parkplatz lag der abgetrennte Stamm eines riesigen Tamarindenbaums. Seine prächtigen Äste breiteten sich auf dem Boden aus, seine Blätter leuchteten sattgrün. Dort, wo sein Stumpf noch aus der Erde schaute, stieg ein riesiger Helikopter aus dem Himmel herab. *US Marines* stand auf seiner Unterseite. Bauchig und grün sank er gen Boden.

Der Wind der Rotoren riss Sơn zu Boden.

Er klaubte sich hoch und humpelte weiter. Vorbei an dem Helikopter, der seine Rampe öffnete und erleichterte Menschen einlud, um sie zum Flughafen zu bringen. Vorbei an dem Swimmingpool, an dem die nächsten schon Schlange standen. Hin zum Tor, vor dem sich draußen das Menschenmeer staute. Vor dem die Wartenden verzweifelten und ihn mit hungrigen Augen durch weiße Gitterstäbe anstarrten.

Er warf sich gegen das Gitter und rief:

»Mama, Papa, wo seid ihr?«

Er lag dort noch, als ihn seine Stimme längst verlassen hatte und der Abend schon dunkelte. Seine Ohren waren dumpf vom Dröhnen der Helikopter, die abstiegen und aufstiegen. Sein Herz war taub von der Hoffnung, die das Geräusch jedes Mal weckte: *Dieser Helikopter wird uns alle mitnehmen, die-*

ses Mal schaffe ich es, bestimmt! Auf Hoffnung folgte Enttäuschung, jedes Mal. Zum tausendsten Mal blickte er in ein Meer unterschiedsloser Gesichter. Seine Familie trieb irgendwo dahinten. Er sah auf seine Hände, die rot, dreckig und voller Blasen waren. Er wischte über sein verweintes Gesicht.

Hatte er verloren? War es vorbei?

Am Gitter zog er sich hoch, bis er auf wackeligen Beinen stand. Kraftlos klappte sein Körper zusammen. Er raffte sich noch einmal auf, diesmal, bis er auf seinen Knien war. Vorsichtig setzte er seine Hände in den Kies. Auf allen Vieren schob er sich voran.

Irgendjemand riss ihn hoch und trug ihn Huckepack zum Swimmingpool. Neben dem Beckenrand ließ er ihn fallen. Das Wasser stank nach Urin, der Rasen war von Müll verdreckt. Er sah amerikanische Soldaten mit ihren vietnamesischen Freundinnen, Mitarbeiter der Botschaft, Berater des Militärs. Er sah vietnamesische Offiziere, Übersetzer mit Schildern an ihren Hemden, alle mit ihren Familien und Kindern. Im dunklen Himmel sah er die Hubschrauber der Amerikaner blinken.

So viele Menschen und so wenige Hubschrauber.

Er rollte auf seinen Rücken und breitete seine Arme aus, bereit, sich seinem Schicksal zu ergeben.

*

»Sơn, warum liegst du denn alleine hier?«

Die Stimme sprach Englisch, doch sie kam ihm vertraut vor. Er blinzelte. Über sich sah er das breite Gesicht von John. Konnte es sein?

Sơn hob seinen Kopf langsam, schlang seine Arme um Johns Hals und ließ sich von ihm hochziehen wie ein Baby. Endlich war er nicht mehr allein.

»Alles in Ordnung, Sơn? Sag doch was!«

Aus müden Augen sah John ihn an. Er war seit zwei Wochen auf seinem zweiten Einsatz in Vietnam, vor einigen Tagen war er in der Schneiderei vorbeigekommen, um Sơn das Poster von diesem schönen Strand in Kalifornien zu geben. Augenzwinkernd hatte er gesagt, dass er den Krieg zwar hasse, die Gerichte von Sơns Mutter aber liebe und deswegen nach Saigon zurückgekehrt sei. Prompt hatte sie darauf bestanden, dass er zum Essen blieb. An dem Abend war John laut und lustig gewesen und hatte sie mit Geschichten aus Amerika unterhalten, und auch wenn seine Eltern und seine Geschwister nicht alles verstanden hatten, hatten sie laut mit ihm gelacht.

Jetzt wirkte John erschöpft, alles Sonnige war aus ihm gewichen. Die Ärmel seiner Uniform waren fleckig, sein Gesicht glänzte von staubigem Schweiß, er hatte sich nicht rasiert und trug einen stoppeligen Bart am Kinn.

»Du musst dich jetzt zusammenreißen, damit du hier rauskommst, ja?«, sagte John. »Nicht schlappmachen, Kumpel!«

Sơns Lider wurden schwer und fielen ihm zu. Er flüsterte. »Ich bin so müde, aber ich muss doch wach bleiben und auf meine Familie warten! Damit wir zusammen den Hubschrauber nach Amerika nehmen können!«

Er sank wieder gen Boden. In den letzten Wochen war er nachts so oft aufgewacht und nicht mehr eingeschlafen, dass sich die Müdigkeit in ihm aufgestaut hatte wie das Wasser vor einem Damm. Seine Arme und Beine fühlten sich so schwer an, dass er sie kaum bewegen konnte. Er sehnte sich danach zu schlafen. Er wollte sich nur kurz ausruhen. Nur ganz kurz die Augen zumachen.

John kniete sich zu ihm hinunter.

»Wo ist deine Familie denn? Ich sehe sie nicht!«

Er beugte sich tiefer. Er sprach in sein Ohr.

»Ist sie etwa noch da draußen? Ist deine Familie nicht reingekommen?«

Sơn drehte seinen Kopf nach rechts, dann drehte er ihn nach links. Tränen rannen ihm die Wangen herunter und hinterließen eine dreckige Spur in seinem Gesicht.

»Shit!«

John richtete sich auf.

»Ich gehe raus und hole sie! Bleib hier, und ruh dich aus. Ich komme dich holen, wenn ich sie gefunden habe. Warte hier auf mich, ja?!«

Sơn hörte, wie sich Johns schwere Schritte entfernten. Er schloss seine Augen und bettete seinen Kopf auf den Arm. Wie eine Katze rollte er seinen Körper zusammen. John würde auf ihn aufpassen, es würde schon alles gut werden. Sein Atem verlangsamte sich, er glitt in den Schlaf. Im Traum sah er sich auf der Flucht, hinter ihm die Kommunisten. Sie wollten ihm die Haare abschneiden, doch er flog davon. Wie Superman schoss er in seinem Smiley-T-Shirt nach oben: *Don't worry, be happy.*

*

Er erwachte, weil etwas anders war. Es dauerte eine Weile, bis er es begriff: Es war zu ruhig. Er hatte die Helikopter schon eine ganze Weile nicht mehr gehört, ihr Dröhnen war verstummt. Er setzte sich auf und sah sich um: Die Vietnamesen mit ihren Kindern waren noch da. Die Soldaten auf der Mauer allerdings nicht. Irgendetwas stimmte hier nicht.

Sein Blick tastete sich durch die Dunkelheit und wanderte die Umrisse der Anwesenden ab. Er sah Frauen, Männer und Kinder, doch die bullige Gestalt von John sah er nicht. Er zählte bis tausend, und weil John immer noch nicht da war, noch mal bis dreitausend.

Wo waren die amerikanischen Soldaten?

Sơn stemmte sich hoch und humpelte Richtung Botschaftsgebäude. Die Fenster waren hell erleuchtet, doch als er die Räume betrat, waren sie leer. In den Aschenbechern glimmten die Spitzen von Zigaretten. Er hob sie ins Licht: Pall Mall.

Er sah eine Feuertreppe und humpelte hinauf.

»John! Wo bist du?«

Seine Stimme hallte über das Gelände, er hörte seine Panik darin. Angst durchflutete ihn und spülte ihn nach oben. Eine weitere Treppe hoch, dann noch eine. Er erreichte den dritten Stock und stand vor einer Tür aus Holz. Er sah hoch: Über ihm befand sich nur noch das Dach. Er drückte die Klinke herunter, doch sie klemmte. Er rüttelte an ihr. Zog.

Hinter der Tür hörte er Stimmen. Sie sprachen Englisch. Es waren mehrere Männer, sie redeten durcheinander, hektisch, wütend, einer klang so ähnlich wie John.

»John, bist du das? Hier ist Sơn! Mach die Tür auf!«

Er hämmerte dagegen. Rüttelte noch mal an der Klinke.

»Ich habe draußen auf dich gewartet! Lass mich rein!«

Hinter der Tür: Stille.

Dann hörte er Schritte.

Er haute gegen das Holz: »John, bist du da? Du wolltest mich doch mitnehmen! Wo warst du so lange?!«

Eine Stimme antwortete ihm, tief und kehlig. Die Stimme eines anderen. »Es tut mir leid«, sagte sie.

»Lass mich mit John sprechen«, rief Sơn. »Er wird mir helfen!«

»Hier ist kein John«, sagte die Stimme. Und dann noch einmal: »Es tut mir leid.«

Sơn schrie: »Aber John, du hast es mir versprochen!«

Das Dröhnen eines Propellers verschluckte alle weiteren Worte. Sơn hörte, wie ein riesiger Helikopter auf dem Dach landete und Menschen unter schnellen Befehlen einlud. Er warf sich gegen die Tür, aber sie war von innen blockiert. Er hämmerte und rief, doch niemand hörte ihn. Über ihm machten sich die Menschen auf den Weg in die Freiheit, doch er war weggeschlossen, ein Tier. Er jaulte, als der Hubschrauber wieder abhob und davonratterte.

Stille.

Auf der Treppenstufe sank er in sich zusammen. Aus dem Seitenfenster sah er in der Ferne das Blinken verschwinden. Kälte zog in seine Knochen, er schüttelte sich. Der Rotz rann ihm dick und schleimig aus der Nase, er heulte in sein T-Shirt hinein.

»John«, wimmerte er. »Lass mich doch nicht mit den Kommunisten zurück.«

*

Als die Nacht in einen neuen Tag verschwand, dämmerte ihm, wie alleine er war. Eine neue Zeit war angebrochen, die Ära der verlorenen Hoffnungen. So ist es also, wenn man verraten wird, dachte Sơn. Plötzlich fühlt man sich ganz wertlos und leer.

Die Morgensonne schien fahl auf den Müllplatz, der gestern noch amerikanisches Land gewesen war. Frauen, die vor ein paar Stunden ihren Kindern von einem neuen Leben in den USA erzählt hatten, trugen jetzt Stühle in ihren Armen. Männer, die ihre Familien nicht ausfliegen konnten, umklammerten Statuen, Gläser und Bronzeplaketten. Über Nacht waren ihre Gesichter grau und steinern geworden. Stumm übten sie ihre Rache aus.

Sơn schleppte sich nach Hause und spürte, dass sein Schmerz an eine andere Stelle gewandert war. Laufen konnte er schon, doch das Atmen fiel ihm so schwer.

Im Hausflur sackte er seiner Mutter in die Arme.

Wir dachten schon, dass du –

Aber ich war doch –

Wir standen dort und haben –

Das Gitter, ich konnte dieses Gitter –

Ich habe überall, stundenlang habe ich überall –

John war da, er wollte –

Sie standen dort eine Stunde oder eine Minute, er wusste es nicht. Dann löste sich seine Mutter von ihm. Sie trug einen schwarzen Hausanzug, ihre Augen waren gerötet.

*

Irgendwie schleppte er sich nach oben, um sich den Dreck vom Körper zu waschen. Irgendwie schleppte er sich nach unten, um sich auf die Honda zu setzen. Seine Mutter wollte zu der französischen Bank, um ihre Ersparnisse zu retten, bevor es keine Bank mehr gab, oder keine Konten, oder kein Geld, wer wusste das schon. Er fuhr so schnell er konnte, aber es waren viele Mopeds, Autos und Busse auf den Straßen.

Aus den Augenwinkeln nahm er den Verkehr als panisches Farbrauschen wahr.

Spät erreichten sie das gelbe Gebäude mit den weißen Stuckverzierungen, diesen Stolz einer just vergangenen Zeit. Früher hatte Sơn seine Mutter am Ende jedes Monats hierhergefahren, um die Dollar ihrer amerikanischen Untermieter einzuzahlen. Glücklich hatte sie ihm jedes Mal erzählt, was für ein großes und modernes Krankenhaus sie eines Tages damit bauen würden. Jetzt standen wütende Menschen vor einem eisernen Gitter, das sich nicht zur Seite schieben ließ. Davor hing ein Schild, handgemalt: *fermée.*

Er sprach kein Französisch, ahnte aber, dass dieses Schild nichts Gutes bedeuten konnte. Sie sprangen von ihrem Moped und kämpften sich durch die Menge, er machte den Weg frei, sie schob sich hinter ihm durch. Endlich standen sie ganz vorne. Wie in Zeitlupe sah er, wie seine Mutter ihre Hand durch das Gitter schob. Mit zitternden Fingern tastete sie das Schild ab, sie drehte es um, dann wieder zurück: *fermée.*

»Aber die Klinik«, flüsterte sie, »die Klinik von Minh.«

*

Das Radio war so laut, dass er es schon von der Straße hörte. Als er vor dem Hauseingang bremste, wünschte er sich, es würde für einen Moment schweigen. Er fühlte sich müde und unendlich alt. Ächzend stieg er von seinem Moped ab.

Auf dem Flughafen von Saigon liefern sich Vietcong und südvietnamesische Soldaten heftige Gefechte. Auf dem Highway Number 1 berichten Augenzeugen, dass sie Deserteure der südvietnamesischen Armee beobachtet haben, die frei um sich schießen. Auch Zivilisten kamen dadurch ums Leben …

Ein Hund lief Sơn vor seine Honda. Er war groß und gehörte dieser deutschen Rasse an, den Schäferhunden. Sein Fell war hellbraun und hatte schwarze Flecken, seine rechte Pfote schien blutig zu sein. Mit gespitzten Ohren starrte er ihn an.

Sơn stellte sein Moped ab, ging in die Hocke und kraulte ihn am Hals. Er hatte Tiere schon immer geliebt. Schwanzwedelnd leckte ihm der Hund die Müdigkeit aus dem Gesicht.

»Wo kommst du denn her?«, flüsterte Sơn.

Der Schäferhund trug ein Halsband mit einer Hundemarke, auf der »Lucy« stand. Offenbar handelte es sich um ein Weibchen. Sơn sah sich nach dem Besitzer um, doch rechts und links eilten die Menschen mit leeren Gesichtern an ihm vorbei. Offenbar war Lucy auf der Flucht zurückgelassen worden.

»Weißt du was? Du bleibst einfach bei mir!«

Der Hund tapste neben ihm her, während er sein Moped in den Hausflur schob und abstellte. Um etwas Wasser zu holen, ging Sơn in die Küche. Dort sah er seinen Vater auf dem Boden hocken. Er hatte ihm den Rücken zugewandt und beugte sich über die Einbuchtung, die in den Fliesenboden eingelassen war, seine Mutter macht hier immer den Abwasch. Wie seltsam, dass er gerade jetzt Geschirr spült, dachte Sơn.

Dann sah er, dass hinter seinem Vater Rauch aufstieg.

Wir unterbrechen unsere Berichterstattung für ein Statement des südvietnamesischen Präsidenten Minh, der erst seit 48 Stunden im Amt ist. Präsident Minh hat soeben alle Angehörigen der südvietnamesischen Armee aufgefordert, ihre Waffen niederzulegen. Wir wiederholen: Alle südvietnamesischen Soldaten sollen die Kämpfe einstellen …

Das Radio war so laut, dass es alle anderen Geräusche übertönte. Sơn trat hinter seinen Vater und sah, dass er ein Feuer gemacht hatte, in dem er etwas verbrannte. Knisternd fraßen sich die Flammen durch den beigefarbenen Stoff seiner Uniform, sie arbeiteten sich über den Ärmel bis zur Schulter voran, von der Schulter über die Brust. Grauer Rauch stieg über dem hellen Stoff auf. Es stank, noch schlimmer als verbranntes, menschliches Haar.

Sơns Augen tränten, aber er wagte nicht, aufzuschauen.

»Was machst du da?«

In dem Moment, in dem die Frage seine Lippen verließ, kannte er die Antwort bereits. Sein Vater sah ihn nicht an. Er sprach in das Feuer hinein.

»Hol mir das Fotoalbum.«

Er sprach so leise, dass er kaum zu verstehen war, und zeigte nach oben, Richtung Wohnzimmer. Seine Eltern mussten das Album von der amerikanischen Botschaft wieder nach Hause gebracht haben. Sơn rannte die Treppe hinauf und fand es auf dem Boden vor dem Balkon: ein dicker, weißer Band, groß wie eine Schallplatte. Die Bilder von der Hochzeit seiner Eltern waren darin, von ihrem Familienurlauben in Vung Tau, von diesen schönen Häusern mit den roten Dächern, die Minh ihnen aus Deutschland geschickt hatte. Sơn rannte damit wieder nach unten.

Sein Vater deutete Richtung Feuer.

»Wir müssen es vernichten. Es sind zu viele Bilder von mir drin.«

Der Rauch stieg Sơn in die Lunge, er spürte, wie sich alles verengte. Er atmete schneller, sein Herz raste. Mit beiden Armen umklammerte er das Fotoalbum. Das Glück seiner Familie, er hielt daran fest.

Er flehte: »Wir können doch nicht unsere Erinnerungen verbrennen!« Hustend drehte er sich zur Seite.

Sein Vater fasste ihn an der Schulter. Sachte drückte er sie.

»Lass los, mein Sohn.«

KIỀU

Onkel Sơn beugt sich an dem Star-Trek-mäßigen Armaturenbrett seines Wagens vor und stellt das Radio an. Eine Frauenstimme, so weich und niedlich wie die einer Sechzehnjährigen, singt einen kitschigen vietnamesischen Popsong. Mein Vater, der neben ihm auf dem Beifahrersitz sitzt, beginnt leise zu summen.

»Das Lied kenne ich, aber wer ist die Sängerin, Sơn?«

»Sie heißt Lê Vân. Die Kleine ist in Vietnam gerade eine ganz große Nummer. Früher hat sie als Unterwäsche-Model gearbeitet, auf YouTube findet man immer noch viele sexy Videos von ihr. Jetzt ist sie mit dem Chef der staatlichen Ölgesellschaft zusammen, da muss sie anders auftreten. Vor ein paar Monaten hat sie hier in Kalifornien gesungen, die ganze Konzerthalle war ausverkauft!«

»Wirklich? In Berlin kommen solche Stars nicht vorbei.«

»Das ist der Vorteil, wenn man hier lebt. Es ist wie in Vietnam, nur ohne Dreck, Armut und Kommunismus.«

Onkel Sơn lacht. Seine Finger trommeln auf dem Lenkrad. Wir sitzen in einem gelben SUV von Mercedes, so groß und protzig, dass mir der Einstieg auf dem Parkplatz fast unangenehm gewesen war. Er hatte darauf bestanden, uns drei bei unserem Motel abzuholen, und erstaunt »*diese* Karre habt ihr gemietet?« gerufen, als er unseren schwarzen Chevrolet gesehen hat. Typisch vietnamesisch, hatte ich gedacht. Ständig muss man zeigen, was man hat. Er trägt ein gelbes Polohemd, der Farbton seines Autos ist nur knapp verfehlt.

Anderthalb Wochen sind wir nun in Little Saigon, heute ist der erste Nachmittag, den wir mit Onkel Sơn alleine verbringen; alle anderen müssen arbeiten. In seiner WhatsApp-Nachricht hatte er sich fast entschuldigt; im Gegensatz zu Deutschen sind Vietnamesen Herdentiere, je größer die Gruppe, desto wohler fühlen sie sich. Auch mir ist das ständige Zusammensein mit den anderen durchaus recht, es lenkt mich von dem ungelösten Problem meiner Schwangerschaft ab und macht es mir leicht, die Rolle der wortkargen, aber stets lächelnden Nichte einzunehmen. Meine Verwandten erwarten gar nicht von mir, dass ich mich erkläre oder meine Meinung kundtue; es reicht vollkommen, dass ich dabeisitze und ab und zu »Ja« oder »das schmeckt mir gut« sage. So habe ich das Gefühl, willenlos, aber freiwillig auf dieser Reise mitzulaufen, als kleiner Teil eines großen Ganzen.

»Die Kommunisten hatten gute Ziele«, sagt mein Vater nach einer Pause. »Sie kamen nur nicht dazu, sie gut umzusetzen.«

Im Rückspiegel sehe ich, wie Onkel Sơn die Augen verdreht. »Verteidigst du diese Leute etwa immer noch? Nachdem sie an die Macht gekommen sind, gab es nur noch Korruption, Umerziehungslager und Leute, die flüchten wollten. Glaub mir, Bruder, ich habe sie erlebt.«

»Du hast erlebt, dass Familien wie unsere nach dem Krieg alles verloren haben. Aber was ist mit all den anderen Familien? Denen, die im Norden gelebt haben? Oder denen, die wegen der Teilung jahrzehntelang zerrissen waren? Sag über die Kommunisten, was du willst, aber wenigstens haben sie das Land wiedervereinigt und ihm seine Unabhängigkeit gegeben.«

Onkel Sơn schüttelt den Kopf, er wirkt resigniert und aufgebracht zugleich.

»Als ich klein war, hat Mutter immer gesagt, dass ich mir an dir ein Beispiel nehmen soll. Du warst so intelligent. Du konntest so gut reden. Aber wenn ich dich jetzt so höre, verstehe ich dich einfach nicht…«, er seufzt. »Vietnam ist unfrei, das ist es, wozu Kommunismus führt. Das Land wird kleingehalten von mittelmäßigen, korrupten Parteifuzzis. Guck dir die Straßen hier an! Die Geschäfte! Wann wird Vietnam diesen Lebensstandard erreichen? Nicht, solange wir leben!«

Mein Vater dreht sich von seinem Beifahrersitz zu ihm hinüber. Er wird nicht laut, unterstreicht seine Worte aber mit großen Gesten. Es sieht aus, als würde er eine Rede halten, deren Publikum aus einer Person besteht.

»Ihr habt ein falsches Bild von mir, wirklich! Ich weiß, dass ihr viel gelitten habt und dass die Kommunisten große Fehler gemacht haben. Aber in den letzten Jahren hat sich Vietnam sehr entwickelt. Wenn ich jetzt nach Saigon fahre, sehe ich jedes Mal neue Hotels und Geschäfte. Vielen Menschen geht es heute besser als früher. Das gehört doch genauso zur Wahrheit, oder?«

Mein Onkel dreht seinen Kopf nach links, Richtung Fenster, und fährt es herunter. Draußen ziehen die Geschäfte von Little Saigon vorbei. Er murmelt seine Worte in den Fahrtwind hinein.

»Dass ausgerechnet du von falschen Vorstellungen sprichst… Wahrscheinlich ist es einfach, ein Idealist zu sein, wenn man schon so lange weit weg ist.«

Ihre Verstimmung breitet sich im Auto aus wie ein unangenehmer Geruch. Onkel Sơn schnaubt und dreht die Anlage auf. Der Gesang wird lauter und erinnert mich an die Katze unseres Nachbarn, die nachts immer so laut miaut. Obwohl ich vietnamesischer Musik seit meiner Kindheit ausgesetzt bin, klingt sie für mich noch immer nach Jaulen. Es muss an den Instrumenten liegen – dem hohen Surren der Zither, der Synthesizer-Begleitung –, vielleicht auch an den ungewohnten Harmonien oder den melancholischen Stimmen. Ein berühmtes Lied handelt von der Ehefrau eines Soldaten, die nach dem Krieg so lange auf ihn wartet, bis sie zu Stein wird. Mein Vater hat mir davon in meiner Kindheit erzählt, bis heute steht es für mich für alle vietnamesischen Lieder: kitschig, traurig und mit einem seltsamen Ideal von Liebe, das sie mit Selbstaufopferung gleichsetzt.

Wir fahren an einem Plakat vorbei, von dem eine Frau mit schwarzen Haaren und Businesskostüm herablächelt. »Lisa Tran wants to MAKE AMERICA GREAT AGAIN!«, steht darauf. Daneben ist ein Foto von ihr und Donald Trump eingeklinkt, er hat ihr den Arm um die Schulter gelegt und hält den Daumen in die Höhe. Offenbar ist Tran eine Lokalpolitikerin der Republikaner.

»*Das* ist mal einer, der sein Land liebt!«, sagt Onkel Sơn zu niemand Bestimmtem.

»Trump?«, antwortet mein Vater. »Ich habe gelesen, dass viele Vietnamesen ihn gut finden.« Er sagt es vorsichtig. Wie um sich wieder langsam an seinen Bruder heranzutasten.

»Er ist anders als andere Politiker«, antwortet Onkel Sơn. »Er ist durch sein Business echt reich geworden. Er versteht etwas von Wirtschaft. Und er ist der Einzige, der China die Stirn bietet. Natürlich finden viele Vietnamesen das gut!«

»In Europa finden ihn viele schwierig. Er verhält sich nicht wie ein Präsident, schreibt dauernd Twitter-Nachrichten und beleidigt andere Länder. Im Ausland kommt das nicht gut an.«

Onkel Sơn zuckt die Schultern.

»Er kuscht nicht vor anderen Ländern, das ist es! Und er sagt, was er denkt, weil er ehrlich ist. Was schadet es schon, wenn er ein paar Jahre im Weißen Haus ist? Politikern kann man eh nicht trauen – warum es nicht mal mit ihm versuchen?!«

»Kiều hat erzählt, dass du ihn gewählt hast. Stimmt das?«

»Hat sie das?« Im Rückspiegel schaut er zu mir herüber und zieht eine Augenbraue hoch. Er klingt verärgert.

Ich ziehe die Schultern hoch. Selbst wenn mein Vietnamesisch geschmeidiger wäre, wüsste ich nicht, was ich ihm antworten sollte. Dass er und ich auf unterschiedlichen Seiten der Politik stehen, ist klar. Dass sich keiner vom anderen überzeugen lassen würde, ebenso. Sollte ich ihn trotzdem zurechtweisen, obwohl er doch der Ältere von uns beiden ist und ich »nur« die Nichte bin? Meine Mutter, die neben mir auf der Rückbank sitzt, legt mir eine Hand auf die Schulter. *Lass es gut sein*, sagt ihr Blick.

»Was wäre denn die Alternative zu Trump?« Mein Onkel redet sich in Rage. »Den Demokraten kann man nicht trauen, die verbreiten nur Fake News. Gegen China werden sie bestimmt nichts machen, sie sind doch viel zu weich, wahrscheinlich sympathisieren sie sogar mit ihnen. Das Einzige, was ihnen einfällt, sind Steuererhöhungen. Ich sag es dir noch einmal, Bruder: Wenn die Linken hier auch noch die Macht erobern, ist das der Untergang. In Kalifornien leben viele Flüchtlinge aus Südvietnam. Wir haben unser Leben riskiert, um den Roten zu entkommen, wir werden nicht zulassen, dass es noch einmal passiert.«

Er schüttelt den Kopf und beschleunigt den Wagen.

»Du warst zu weit weg, um das zu verstehen. Du weißt nicht, was wir alles verloren haben! Was der Krieg mit unserer Familie gemacht hat!«

*

Onkel Sơn hält am Ende einer Sackgasse, vor einem weißen Haus mit Vorgarten und lila Orchideen. Es ist eine Gegend ohne Nagelstudios oder *Phở*-Restaurants, ein Ort, wo Weiße wohnen. Ohne es zu wollen, bin ich von dieser Bürgerlichkeit beeindruckt. Wir steigen eine kleine Treppe hinauf.

»Ich bin wieder zu Hause!«

Die Wut von vorhin scheint verraucht zu sein. Onkel Sơns Stimme verrät die freudige Erwartung eines Ehemanns, der nach einem langen Tag im Büro gleich von seiner Frau mit seinem Lieblingsgericht empfangen wird.

Gebell ertönt, dann das rasche Tapsen von Pfoten, die sich im Inneren des Hauses Richtung Tür bewegen. Noch mehr Gebell. Er muss Hunde besitzen. Mehrere Hunde.

Ich weiche zurück.

Wieso hat mich niemand vorgewarnt? Seit ich als Kind von dem Schäferhund unserer Nachbarin angegriffen wurde, gibt es kein Tier, vor dem ich mich mehr fürchte.

Onkel Sơn schließt die Tür auf, drei Hunde bellen ihn an, als sei er ein Baum: ein heller Golden Retriever, ein brauner Cockerspaniel, eine schwarze Bulldogge. Sie springen an ihm hoch, kläffen uns an und verströmen ihren Hundegeruch. Nass und aufdringlich steigt er in meine überempfindliche Nase.

Ich drehe mich zur Seite und decke meine Nasenlöcher mit meinem Zeigefinger ab.

»Ich wusste gar nicht, dass du so viele Hunde hast, Onkel Sơn!«, presse ich hervor.

Er merkt nicht, dass mein Kommentar ein Vorwurf ist. Seine Stimme wird ganz stolz und weich.

»Früher hat nur ein Hund bei mir gelebt, Lucy. Aber sie ist leider nach einigen Monaten in Amerika gestorben.«

Traurigkeit verschattet sein Gesicht. Er streicht dem Golden Retriever durch sein Fell und küsst seine Schnauze.

»Magst du Hunde?« Den Kopf in das Fell gebettet, schaut er mich an. »Sie sind so treu. Viel treuer als Menschen.«

Ich verziehe meinen Mund zu einem Lächeln, das Empathie ausstrahlen soll.

»Ich weiß. Sie sind sehr besonders.«

Ich schiebe mich an ihm vorbei und betrete das Wohnzimmer. Zu meiner Rechten sehe ich ein mannshohes Aquarium, in dem Goldfische in trübem Wasser schwimmen. Zu meiner Linken schaue ich auf eine Sitzgruppe von chinesischen Möbeln aus braunem Massivholz. Dunkel und klobig besetzen sie den Raum. Ich kenne diese Art von Einrichtung aus Tempeln, nicht aber aus Wohnhäusern; anders als normale Sofas und Sessel sind sie nicht gepolstert und daher sehr unbequem. Buddha-Statuen aus grüner Jade stehen auf dem Tisch und dem Fensterbrett. Alles scheint erstarrt und unbenutzt, ein Wohnzimmer wie ein Museum.

»Wieso schmeißt du nicht ein paar von diesen großen Möbeln weg?«, fragt meine Mutter. »Man hat ja gar keinen Platz, um es sich gemütlich zu machen.« Sie fährt mit dem Finger über die glatten Holzoberflächen, grauer Staub sammelt sich auf ihrer Fingerkuppe.

Onkel Sơn setzt sich auf eine Bank, als wolle er damit ihren Nutzen beweisen. Plastik knirscht. Die dünnen roten Seidenkissen, die für ein bisschen Komfort sorgen sollen, sind noch eingepackt.

Sanft sagt er: »Ich kann doch keine Sachen wegschmeißen, die Mai gekauft hat.«

Er sieht mich an.

»Erinnerst du dich an meine Frau? Du hast sie damals in Vietnam getroffen. Wir haben an dem Tag in unserem alten Haus Karten gespielt und sind danach noch mit ihr essen gegangen.«

Ich sinke auf einen Sessel, der mich mit seiner gewundenen Rückenlehne an den eisernen Thron aus »Game of Thrones« erinnert. Wer von all den Menschen, die ich damals traf, war noch mal seine Frau gewesen? Ich kneife meine Augen zusammen.

»Sie hatte lange, lockige Haare …«, ergänzt er. Die Beine auseinandergestellt, scheint er ins Leere zu schauen.

»Ich glaube, ich erinnere mich«, ich reihe die Worte wie sperrige Brocken aneinander. Meine unförmige Zunge tut sich schwer damit, die Betonungen korrekt zu platzieren, doch er scheint mich auch so zu verstehen.

Vor meinem inneren Auge taucht die Szene des Familiendinners auf, bei dem Onkel Sơn meinen Eltern stolz seine Frau vorführte. Die Haare fielen ihr in langen, festen Locken über den Rücken, sie sprach ein schönes Vietnamesisch, das ich aufgrund des fremden Dialekts allerdings nicht gut verstehen konnte. Sie strahlte eine Mischung aus Sanftmütigkeit und Stolz aus, ich mochte sie sofort. Wir saßen an einem großen Tisch in einem Gartenlokal in Saigon, an den Bäumen ringsum hingen bunte Laternen. Die Erwachsenen tranken

Bier, Onkel Sơn lachte viel. Als es darum ging, das Essen zu bestellen, räusperte er sich.

»Sie isst keinen Reis«, er sagte es so wie andere die zwanghaften Ticks ihrer Kinder erklären: halb verlegen, halb beschützend. Die Runde erstarrte. Eine Vietnamesin, die keinen Reis aß, davon hatte noch niemand gehört.

»Hat sie«, sagte mein Vater schließlich, »... eine Allergie?«

»Nein«, antwortete Onkel Sơn, »sie mag einfach keinen Reis.«

Ich erinnere mich, dass dieser Aussage etwas Unerhörtes anhaftete – *SIE VERSCHMÄHT REIS?!* – und dass sie mir gleichzeitig etwas Seltenes schenkte: Mir gegenüber saß eine Frau, die noch fremder war als ich. Im Gegensatz zu ihr hatte ich kein Problem damit, morgens, mittags und abends Reis zu essen; sie war unnormal, und ich war es nicht. Sosehr ich in diesem Moment ihre Scham mitfühlen konnte, so erleichtert war ich auch darüber, sie nicht mit ihr teilen zu müssen. Ihr Außenseitertum machte mich zu einem gleichwertigen Mitglied meiner Familie. Dafür war ich dankbar, doch natürlich habe ich es ihr nicht gesagt, denn natürlich habe ich nicht mit ihr gesprochen, nicht wirklich jedenfalls.

»Wieso hast du sie nicht mitgebracht, als wir letztens Hummer essen waren?«, fragt meine Mutter. »Mag sie Meeresfrüchte etwa auch nicht?«

SƠN

Saigon, 1975

In seiner neuen Schuluniform betrat Sơn das gelbe Kolonialstil-Gebäude seines Gymnasiums und sah, dass sich seine Klasse in der Mitte des Schulhofs versammelt hatte. Er war froh über die vertrauten Gesichter. Seit der Niederlage – die sie aber nur »Befreiung« nennen durften – hatte sich viel verändert, und sie alle hatten die letzten Monate in einer Art Zwangsferien zu Hause verbracht. Er rannte über den Hof und stellte sich in die letzte der vier Reihen. Im Morgenhimmel wehte eine rote Flagge mit einem gelben Stern.

»Ich grüße euch«, sagte seine Lehrerin. »Ich hoffe, dass euch klar ist, dass nun eine neue Zeit beginnt! Eine bessere Gesellschaft wartet auf uns, ein Leben ohne Unterdrückung, Ungerechtigkeit oder Materialismus. Wir alle müssen hart an uns arbeiten, um diese glorreichen Ziele zu erreichen.«

Im Gegensatz zu den Schülern, die grauschwarze Hemden mit hohen Kragen zu grauschwarzen Hosen trugen, hatte Fräulein Trà Mi ein rotes *Áo dài* und weiße weite Hosen an. Obwohl sie Sơn immer streng benotet hatte, hatte er sie stets gemocht: Im Unterricht hatte sie manchmal kleine, witzige Bemerkungen gemacht oder ein Auge zugedrückt, wenn er und seine Freunde in der Pause zu laut Fußball spielten. Nun wirkte sie verändert, ihre Lippen waren ein Strich. Ihre Stirn war von einer Falte durchzogen, die er vorher noch nie bemerkt hatte. Er fragte sich, wo sie die vergangenen Wochen wohl verbracht hatte.

Ihr Mund öffnete sich, um weitere Sätze zu entlassen, die noch seltsamer klangen als die ersten. Sie glichen den Phrasen, die sie nun täglich in den neuen Zeitungen lasen oder im Radio hörten, wenn mal wieder eine knatternde Ansprache aus Hanoi übertragen wurde. Sơn ließ sie an sich vorbeirauschen wie Wind.

Wenn ihr an der Flagge …

… ganz wichtig auch: Kritik und Selbstkritik …

… bourgeoises Denken!

Seid dankbar für die neuen Bücher …

… ihr müsst die anderen beobachten und ihre Fehler öffentlich benennen …

In der ersten Reihe klatschte jemand. Es war Ngọc, das pummelige Mädchen, das immer so still gewesen war, dass es an Unsichtbarkeit grenzte. Jetzt trug sie eine rote Binde am Arm. In den letzten Wochen hatte Sơn viele Jugendliche wie sie gesehen; sie waren weder Kämpfer noch Nordvietnamesen, doch sie nannten sich »die Wächter der Revolution«. Mit wichtigen Mienen marschierten sie durch die Straßen und ermahnten die Menschen zu Regeln, deren Ursprung unklar war: Stammten sie wirklich aus Hanoi, oder hatten sie sie sich einfach ausgedacht?

Ihre Schritte hallten, als Sơn mit seinen Klassenkameraden über die schwarz-weiß gekachelten Gänge lief, die Treppe zum zweiten Stock hochstieg und das alte Klassenzimmer erreichte. Er setzte sich auf seinen Platz ganz hinten am Fenster und sah auf den Schulhof hinab.

Ein Mädchen, dünn und dunkelhäutig, setzte sich neben

ihn. Ihre zerkratzten Beine waren so knochig, dass ihre Kniescheiben rund hervortraten. Ihre kurzen, verwuschelten Haare umrahmten ein kleines, ovales Gesicht.

»Ich bin neu hier, darf ich?«

Ihr Akzent klang seltsam. Sie sprach wie die Leute aus den Radio-Ansprachen. Sơn zuckte die Schultern.

Das Mädchen stellte sich als Mai vor: Mai aus Hanoi.

Sơn schwieg.

Fräulein Trà Mi ging um die Tische herum und verteilte Bücher, mit denen sie ab jetzt lernen sollten. Die Einbände waren gelb, die Seiten dünn und von so schlechter Qualität, dass die Schrift durchschimmerte: »Einführung in den Marxismus.«

»Du kennst das wahrscheinlich schon«, sagte sie zu dem Mädchen aus Hanoi. Ihre Stimme war freundlich. So freundlich, dass Sơn einen Stich verspürte: Mit ihm hatte Fräulein Trà Mi noch nie so gesprochen.

Die Lehrerin wandte sich ihm zu: »Hilfst du ihr bitte, sich zurechtzufinden? Mai ist vor Kurzem mit ihrem Vater hierhergezogen. Er ist für den Aufbau der Stadt verantwortlich.«

Er verstand die Warnung, die in ihrer süßlichen Stimme mitschwang. Die vielen Möglichkeiten – gut und schlecht –, die darin enthalten waren. Mais Vater war wichtig, also war sie es auch. Was er nicht verstand, war das andere: Aufbau der Stadt, was sollte das heißen?

Seit Saigon an den Feind gefallen war, erkannte er die Stadt nicht wieder. Am Abend der Niederlage war er durch die Straßen gelaufen und hatte unzählige Stiefel entdeckt. Sie mussten südvietnamesischen Soldaten gehört haben. Am Tag danach hatte er lauter abgemagerte Kämpfer aus

Nordvietnam gesehen, die auf sowjetischen Jeeps und Panzern herumfuhren, um einer Bevölkerung zuzuwinken, die sie stumm beäugte. In Vietnam herrschte jetzt Frieden, aber viele Menschen schienen zwischen Angst und Erleichterung hin-und hergerissen zu sein. Auch Sơn hatte gehofft, dass der Krieg irgendwann ein Ende finden würde. Nun fragte er sich, was Frieden eigentlich bedeutete.

Er sah auf den Schulhof. Die rote Flagge flatterte sachte im Wind. »Wenn du Hilfe brauchst, sag Bescheid«, brummte er.

Nach der Schule klebte die Neue an ihm wie ein Kaugummi. Anders als die Mädchen, die er kannte, war sie Jungen gegenüber nicht schüchtern; sie wirkte selbst ein wenig, als sei sie ein Junge. Mit ihrem seltsamen Akzent wollte sie sich über Dinge unterhalten, die Sơn nicht interessierten. Sie überquerten die große Straße, die ruhig wie ein Friedhof war. Die Stadt hatte ihre Restaurants, Cafés und Geschäfte geschlossen und ihren dröhnenden Verkehr zu einem Flüstern gedimmt. Nur Fahrräder fuhren noch auf den Straßen. Surrend suchten sie nach Orientierung.

»Als ich klein war, hat mir mein Vater immer von Ho Chi Minh erzählt!«, brabbelte Mai. »Er hat mir oft gesagt, dass er in seinem ganzen Leben keinen Menschen getroffen hat, der weiser und bescheidener war als er. Obwohl Onkel Ho Präsident war, hat er in einer einfachen Hütte gelebt und sein Essen immer mit denen geteilt, die weniger wichtig waren als er. Wenn andere nur eine Schale Reis mit Salz gegessen haben, hat er es genauso gemacht. Ich musste oft daran denken, als ich im Dschungel gelebt habe und nicht wusste, wann ich meine Familie wiedersehe. Immer, wenn es nur Reis mit Salz zu essen gab, habe ich mir gesagt: Wenn sich Onkel Ho damit zufriedengegeben hat, wirst du es auch tun. Es hat alles seinen Sinn. Er wusste schon, was richtig war.«

Dschungel?, dachte Sơn. Wieso redet sie denn von Dschungel? Er fragte nicht nach.

»Ich weiß, dass ihr im Süden ihn nicht so gut kanntet wie wir. Aber ich sage dir, großer Bruder: Ich habe diesen Mann so geliebt wie meinen eigenen Vater. Er wäre so glücklich gewesen, wenn er den Tag der Befreiung miterlebt hätte. Wir können dankbar sein, dass er den Weg für uns freigekämpft hat. Wenn er nicht gewesen wäre, würden wir jetzt nicht gemeinsam diese Straße herunterlaufen!«

Sie sah Sơn an, als erwarte sie Applaus.

»Hättest du dir das jemals vorstellen können – dass ein Mädchen aus Hanoi und ein Junge aus Saigon nach dem Unterricht gemeinsam nach Hause gehen?«

Sie waren an einer Straßenecke angekommen, an der Sơn nach der Schule oft eine Kokosnuss gekauft hatte. Die Verkäuferin, eine fröhliche Frau mit ledriger Haut und einem verblichenen Kegelhut, war für ihn über die Jahre wie eine Tante geworden. Sie hatte ihm stets eine besonders große Frucht ausgesucht, einen niedrigen Plastikhocker hingestellt und ihm nach dem Trinken die Kokosnuss mit ihrem Hackmesser aufgeschlagen, damit er das glitschige Fleisch auslöffeln konnte. »Süß, oder?«, hatte sie häufig gesagt und beim Lachen ihre stummeligen Zähne entblößt.

Er blickte sich nach ihr um. Die knorrigen Bäume standen noch immer an ihrem Platz, doch unter dem Schatten ihrer Kronen war nur eine Pfütze zu sehen. Die Verkäuferin war verschwunden. So wie John und die Ersparnisse der Familie auch. Wut stieg in ihm auf. Womit hatte er es verdient, auf der Seite der Verlierer zu landen?

Er stellte sich vor Mai, Hände in die Hüften.

»Willst du wirklich wissen, ob ich mir das vorgestellt habe? Nein, habe ich nicht! Ich habe mir auch nicht gewünscht, dass wir kapitulieren und ihr uns *befreit*!«

Er spuckte das Wort voller Verachtung aus. Der Verrat von John, die brennende Uniform seines Vaters, die verdrehten Sätze von Fräulein Trà Mi – all die Enttäuschungen der vergangenen Monate brachen aus ihm heraus wie eine Flut, die einen Damm niederreißt. Mai sah ihn überrascht an. Offenbar hatte sie erwartet, dass sich Sơn über die neue Lage genauso freuen würde wie sie und – nun dämmerte es ihm – mit ihr befreundet sein wollte.

Sie trat einen Schritt vor.

»Wir haben für *euch* gekämpft! Wir haben so viel geopfert, damit das Land wiedervereinigt werden kann!«

»Ihr habt uns *be*kämpft, und jetzt wollt ihr uns unterwerfen! Die Amerikaner haben für uns gekämpft.«

»Die Amerikaner haben euch besetzt und ausgepresst!«

»Die Amerikaner waren für uns da bis zum Schluss!«

»Ach ja?« Mai hob ihr Kinn. »Ich habe gehört, dass sie am Schluss schreiend weggerannt sind. Wie kleine Mädchen!«

»Wo haben sie dir denn diese Lügen erzählt«, höhnte Sơn. »Im Dschungel?«

Wäre Mai ein Junge gewesen, wäre er jetzt auf sie losgegangen. Aber sie war ein Mädchen, und er wollte sich nicht mit Schwächeren prügeln, selbst dann nicht, wenn sie verblendete Nordvietnamesen waren. Er trat einen Schritt zurück und hob an, um etwas zu sagen, das sie ein für alle Mal in die Schranken weisen würde. Zu seinem Ärger fiel ihm nur ein, dass sie ja recht hatte – die Amerikaner *waren* weggerannt und hatten sie im Stich gelassen–, doch das konnte er niemals zugeben. Sein Mund schnappte auf, dann schnappte er zu. In stummer Wut drehte er sich um die eigene Achse und rannte davon.

*

Eines Nachmittags fand Sơn seinen Vater im Schlafzimmer, den Kopf in den großen Holzschrank gesteckt. Er faltete einen grauen Pyjama zusammen und legte ihn vorsichtig in eine große Tasche aus einem festen grünen Stoff.

»Gehst du etwa weg?«

Seit der Befreiung sprach sein Vater kaum noch. Meist saß er rauchend in dem Bambusstuhl neben dem Balkon und lauschte der Stille seines Radios. Am 30. April waren die Batterien ausgegangen, doch er hatte nie wieder neue besorgt. Manchmal hätte Sơn ihn am liebsten geschüttelt und gefragt, warum er so komisch war. Er wirkte, als warte er auf etwas.

Weil sein Vater nicht antwortete, fragte Sơn noch einmal: »Wenn du gehst – was wird dann aus uns?«

Er beugte sich über die Tasche: zwei Pyjamas, zwei Hemden, eine Hose, Unterwäsche. Außerdem ein Block, ein Mäppchen mit Stiften und ein zusammengefaltetes Moskitonetz.

Wozu brauchte sein Vater ein Moskitonetz?

Er fragte und bekam wieder keine Antwort.

Seine Mutter trat ein, in jeder Hand eine Tüte. In der einen sah er Reis und trockene Nudeln, in der anderen eingelegtes Gemüse und drei Beutel helles, getrocknetes Fleisch.

»Das müsste für einen Monat reichen«, sagte sie.

Sie stellte die Tüten ab und fuhr sich mit den Händen über die Hose. Eine graue Strähne fiel ihr ins Gesicht, sie öffnete ihren Zopf und band ihn neu. Seit dem Tag, an dem sie versucht hatten zu fliehen, hatte er sie nie wieder weinen sehen oder klagen hören. Stattdessen waren ihre Augen hart und unnachgiebig geworden. Während sein Vater den Tag stumm neben seinem Radio verbrachte, stand sie vor Sonnenaufgang auf, um zu kochen, zu putzen und stundenlang vor der Lebensmittelausgabe zu warten. Um ihre Kinder durchzubringen, würde sie alles tun, hatte sie der Nachbarin einmal gesagt. »*Ich bin doch die Mutter, ich kann nicht anders.*«

Prüfend sah sie ihren Mann an.

»Gibt es sonst noch etwas, was du brauchst?«

Sein Vater schüttelte den Kopf und zog den Reißverschluss der Tasche zu. Er trug ein schlotterndes Hemd und eine Khakihose. Kleidung, die er immer bei Behördengängen getragen hatte.

Sơn überkam eine Ahnung. Er flüsterte:

»Musst du etwa ins Gefängnis?«

Sein Vater schüttelte den Kopf.

»Ins Umerziehungslager?«

Sein Vater setzte sich zu ihm aufs Bett, sodass die Matratze leise quietschte. Ruhig legte er ihm seine rechte Hand auf die Schulter. Er sprach noch immer nicht, aber er nickte.

Sơn spürte Schwindel in sich aufsteigen. Über die Umerziehungslager erzählten die älteren Schüler viele Gerüchte. Die einen sagten, dass die Menschen dort gefoltert würden. Die anderen, dass sie nie wiederkämen. Die Dritten, dass alles nicht so schlimm sei, nur eine Art Extra-Unterricht in politischer Lehre.

Er griff seinen Vater am Arm.

»Fräulein Trà Mi hat gesagt, dass die Schulung nur drei

Tage dauert. Jeder muss um 7 Uhr morgens hin und darf um 3 Uhr nachmittags nach Hause. Wieso nimmst du so eine große Tasche mit? Und so viel Essen? Das ist doch viel zu viel!«

Er zog den Reißverschluss auf und nahm das Moskitonetz heraus. Welches der Gerüchte auch immer stimmte, er musste von dem Schlimmsten ausgehen. Hastig packte er die Sachen wieder aus: das Pyjama-Oberteil, zwei Unterhosen, zwei Unterhemden.

Sein Vater riss ihm die Tasche vom Schoß und schlug ihm auf die Hand. Sơn erkannte den zornigen Blick, mit dem sein Vater früher oft *»hör sofort auf!«* gerufen hatte. Fast wünschte er sich, angeschrien zu werden. Wie sehnte er sich nach dieser Zeit, in der schlechte Noten das Schlimmste waren, das er zu befürchten hatte. Er zitterte, vor Wut und vor Enttäuschung.

Sein Vater blieb stumm.

»Wer kein einfacher Soldat war, muss in eine andere, längere Schulung gehen«, erklärte seine Mutter sanft. »In vier Wochen ist dein Vater wieder zu Hause.«

»Und was ist, wenn es länger dauert?«, fragte Sơn. »Wenn sie uns anlügen? Du sagst doch selbst, dass man den Kommunisten nicht trauen darf!«

Er sprang auf und klammerte sich an seinen Vater.

»Du kannst dich doch verstecken«, flüsterte er. »Ich kenne eine Höhle am Saigon-Fluss, da kannst du übernachten, und ich komme jeden Tag nach der Schule vorbei und bringe dir Essen!«

Sein Vater schüttelte ihn ab wie ein lästiges Tier. Schweigend legte er seine Sachen in die Tasche zurück, machte den Reißverschluss zu und erhob sich. Mit dem Koffer in der einen und den Lebensmitteltüten in der anderen Hand lief er die Treppe hinunter. Er durchquerte das leere Geschäft, trat hinaus auf die Straße der Freiheit und bog links ab, ohne sich noch einmal nach ihnen umzusehen.

*

In der Schule drehte sich nun alles um Politik. In Erdkunde studierten sie die sozialistischen Bruderländer Vietnams. In Mathematik handelten die Rechenaufgaben von heroischen Partisanenkämpfern und getöteten Marionettensoldaten. In Vietnamesisch lernten sie die revolutionären Gedichte des neuen Nationaldichters To Huu. Sie sangen Fahnenappelle und übten Selbstkritik. Es gab Listen für gutes Verhalten und schlechte Patrioten.

Sơn, der nie gerne zum Unterricht gegangen war, fand es Tag für Tag schwieriger, auf seinem Stuhl in der letzten Reihe zu sitzen und zuzuhören. Fräulein Trà Mi wirkte auf ihn oft wie ein Roboter, der Sätze abspulte, als seien sie einprogrammiert. Er fragte sich, ob all diese neuen Begriffe dazu dienten, sie in seelenlose Parteisoldaten zu verwandeln. Ngọc, das Mädchen mit der roten Armbinde, war inzwischen zur Klassenbesten aufgestiegen. Er hingegen drohte, im nächsten Jahr sitzen zu bleiben.

Eines Tages fuhren sie mit der Klasse zu einer Militärbaracke, um mit Gummigeschossen schießen zu lernen. Ihr Übungsleiter, ein Hauptmann der nordvietnamesischen Armee, sagte ihnen, dass Ho Chi Minh sie liebe und sie zeigen müssten, dass sie diese Liebe verdienten. Wie das eine mit dem anderen zusammenhing, war Sơn nicht klar. Er wusste zwar, dass er nicht zu widersprechen hatte, das »verdammte

Lügen« rutschte ihm aber trotzdem heraus. Vielleicht war es aus einem inneren Druck heraus geschehen – obwohl die vier Wochen, die sein Vater im Umerziehungslager verbringen musste, längst um waren, wusste seine Familie weder, wo er war, noch, wann er zurückkommen würde. Angespannt krallte Sơn in der letzten Reihe seine Zehen zusammen. Hoffentlich hatte ihn niemand gehört.

Der Hauptmann richtete sich auf.

»Wer wagt es, Onkel Ho zu beleidigen?!«

Er baute sich vor der Gruppe auf und griff nach dem Schlagstock, der an seinem Gürtel hing. Über seine linke Wange zog sich eine breite Narbe. Seine Nasenflügel blähten sich auf.

»Entschuldige dich, dann wird deine Strafe milde ausfallen!«

Den Blick auf die Klasse gerichtet, trat der Mann einen Schritt nach rechts. Er wartete einige Sekunden, dann trat er nach links. Sein Schlagstock wippte. Am anderen Ende des Feldes war das knatternde Geräusch von Gewehren zu hören: Die Studenten schossen schon mit echten Kugeln.

Langsam bahnte sich der Hauptmann den Weg durch die Gruppe der Schüler, die sich rechts und links vor ihm teilte. Er bewegte sich wie ein Tiger: die Schritte tastend, den Kopf nach vorne gebeugt. Sơn schloss seine Augen. Schritte näherten sich und ließen den Sand laut knirschen.

»Ich weiß genau, wer du bist!«, drohte der Hauptmann.

Sơn schwieg. Hoffentlich war auch das nur eine Lüge.

Er hörte sein Herz laut klopfen und betete, dass er dem Mann nicht aufgefallen war. Er versuchte, ruhig zu atmen.

Er hörte den Sand wieder knirschen, dann, wie sich die Schritte des Tigers entfernten. Irgendwann war das Geräusch so leise, dass er sich in Sicherheit wähnte.

Er atmete aus. Blinzelnd öffnete er seine Augen.

Breitbeinig stand der Hauptmann vor der Klasse. Seine rechte Hand hatte er auf den Schlagstock gelegt.

»Wie kannst du es wagen, dich vor mir zu verstecken! Glaubst du ernsthaft, dass du damit davonkommst? Und die anderen hier – wollt ihr diesen Feigling etwa decken?!«

Er kniff seine Augen zusammen.

»Du!« Er zeigte auf Mai. »Du bist doch die Tochter von unserem Sicherheitschef hier in Saigon!«

Mai trat aus der Reihe hervor.

»Das bin ich«, antwortete sie.

»Wer von denen hier hat gerade Onkel Ho beleidigt? Wer hat mich als Lügner beschimpft?«

Mai hatte sich vorhin in der Reihe vor Sơn befunden, sie musste ihn gehört haben. Mit gesenktem Kopf stand sie da.

»Na los, wir haben nicht ewig Zeit!«

Sie schwieg.

»Sprich, verdammt!«

»Ich weiß es doch nicht, Herr Hauptmann!«

»Denk noch mal genau drüber nach. Ich glaube, dein Vater wäre sehr enttäuscht, wenn du bei der Schießübung durchfallen würdest, oder?«

Er trat an das Mädchen heran und beugte sich hinunter, sodass sein Kopf auf der Höhe ihres Kopfes war.

»Sag's mir, Kameradin.«

Seine Stimme bebte. Mai sah zu dem Mann auf.

Schließlich flüsterte sie.

»Ich war's.«

*

In dieser Nacht übte Sơn im Geiste Sätze, die er Mai sagen wollte; Sätze, die seine Bewunderung für ihren Mut und seine Beschämung über sich selbst ausdrücken sollten. (Wäre er je auf die Idee gekommen, sich für sie zu opfern? Nein, wahrscheinlich nicht.) Als er am nächsten Tag nach der Schule neben ihr her lief, war er jedoch zu verlegen, um sie auszusprechen. Er wollte ihr danken, aber plötzlich erschien ihm ein »Danke« zu wenig, und so sagte er einfach nichts. Sie schien es auch nicht von ihm zu erwarten, und als er sie vorsichtig auf die Reaktion ihres Vaters ansprach, lachte sie nur. »Mein Vater ist ein Revolutionär«, erklärte sie ihm, »er hat viel wichtigere Dinge im Kopf als mich.«

Gemeinsam gingen sie die Straße zum Fluss hinunter. Am Horizont verabschiedete sich die Sonne in den Abend und tauchte die Stadt in einen warmen, unwirklichen Glanz. Sơn zeigte Mai die opulenten Hotels, die nun leer standen, und die französischen Bäckereien, die sich niemand mehr leisten konnte. Der Anblick der westlichen Gebäude mit ihren hellen Fassaden und verzierten Balkons erfüllte ihn noch immer mit Bewunderung. Auch wenn er wusste, dass diese Art der Architektur nun als ausländisch und kapitalistisch galt, genoss er dieses Gefühl für einen Moment.

Sie erreichten die Nationalversammlung, die die Franzosen als Konzerthalle mit weißen Säulen und römischen Statuen gebaut hatten, und sahen ein paar Männer in grünen Uniformen davorstehen.

»Das muss das schönste Haus sein, das ich je gesehen habe!« Mai machte ein paar Schritte Richtung Treppe und seufzte. »Ich hoffe, dass sie es nicht abreißen werden.«

»Abreißen? Wieso das denn?«

Mai zuckte die Schultern.

»In Hanoi haben sie immer gesagt, dass der Süden sehr arm ist und wir ihn nach der Befreiung neu aufbauen müssen.«

»Arm? Ihr im Norden habt gedacht, wir seien arm?«

Sơn sprang die Treppenstufen hinauf und lehnte sich an die weiße Statue, die die Eingangspforte bewachte: eine Göttin mit freier Brust und einem Tuch um die Hüften. Von oben sah er auf Mai mit ihren Kratzern und Wunden herab.

»Hattet ihr im Norden überhaupt die Sachen, die wir hier haben? Hattet ihr Kühlschränke, Fernseher, Autos?«

Wieder zuckte Mai die Schultern.

»Wir hatten andere Dinge.«

Sơn sprang zu ihr hinunter.

»Ja? Was denn?«

Lauernd sah er sie an. Sie lächelte.

»Wir hatten Ideale. Die sind doch viel mehr wert als eure Kühlschränke!«

Eine Weile liefen sie schweigend nebeneinander her, dann erreichten sie einen Kreisverkehr, in dessen Mitte ein riesiger Pfeiler in Lotus-Form stand. Um ihn herum war ein großer Teich eingesetzt, das Wasser war so grün wie Gras. Sie setzten sich auf einen der Betonbögen, die sich um das Becken schlangen, und streckten ihre Beine aus. Endlich stellte Sơn die Frage, die ihn seit Wochen beschäftigte.

»Was hast du eigentlich im Dschungel gemacht?«

Sie tauchte ihren Zeigefinger in das trübe Wasser und zog einen Kreis damit. Kleine Bläschen bildeten sich unter der Oberfläche und ploppten auf.

»Willst du das wirklich wissen? Es ist keine schöne Geschichte.«

»Das macht nichts. Ich kenne sonst niemanden, der im Dschungel war.«

»Also gut«, sie seufzte. »Ich weiß nicht, ob du das mitbekommen hast, aber die Amerikaner haben Hanoi sehr lange sehr schlimm bombardiert. Als ich vier war, hat die Stadtverwaltung alle Kinder evakuiert, weil es so gefährlich war. Wir sind in den Dschungel gezogen und haben auf einer Lichtung ein Lager gebaut. Wir haben dort geschlafen, gekocht, Unterricht bekommen und Schießübungen gemacht. Meine Eltern haben in der Stadt gewohnt und für die Revolution gearbeitet, meine Geschwister waren in anderen Lagern untergebracht, damit nicht alle auf einmal sterben, falls ein Versteck bombardiert wird. Mein jüngster Bruder wurde bei so einem Angriff getötet. Er wurde keine sechs Jahre alt, aber ich habe es erst viel später erfahren.«

Sie sah ihn an.

»Weißt du, was es heißt, ein Dschungelkind zu sein? Wie es ist, ohne die eigene Familie aufzuwachsen und darauf zu hoffen, dass die Amerikaner einen endlich in Ruhe lassen, damit man nicht mehr im Wald leben muss wie ein Tier? Hast du das in deinem Fernseher gesehen?«

Sơn versenkte seine Rechte in der grünen Brühe. Kalt und weich umspülte ihn das Wasser. Langsam ließ er seine Hand hin und her gleiten, dann zog er sie wieder heraus. Grüne Algen, fein wie Haare, hatten sich um seine Finger gelegt. Er wusste nicht, was er sagen sollte, also schwieg er.

»Als ich klein war, wollte ich schnell groß werden, um für die Revolution zu kämpfen«, erzählte sie weiter. »Wir alle wollten das. Es war eine harte Zeit, aber immerhin waren wir alle gleich. Wir dachten, dass die Menschen in ganz Vietnam glücklich sein würden, wenn der Krieg vorbei wäre. Wie hätten wir ahnen können, dass so viele Vietnamesen die Dinge anders sehen würden als wir?«

*

Einige Wochen später gingen die beiden mit Sơns Schäferhündin Lucy spazieren. Als sie sich dem Ende der Straße der Freiheit näherten, sahen sie ein Feuer. Es war hoch wie ein Mann und breit wie ein Auto, seine Flammen tanzten umher, als gehöre ihnen die Gegend. Neben dem Feuer stand ein Parteisekretär mit einer breiten, roten Binde und einem stacheligen Schnurrbart. Hinter ihm kamen die Anwohner aus ihren Häusern gelaufen. Mit ihren Armen umklammerten sie Bücher und Hefte, die sie dem Schnurrbartträger zeigten wie zu opfernde Gaben.

Ein Nicken, und sie warfen ihre Bücher hinein. Fauchend machten sich die Flammen darüber her.

Sơn trat näher und sah, dass es sich um Liebesromane handelte. Und Geschichtsbücher. Und englische Magazine. Und amerikanische Zeitungen. Und Gedichtbände. Und wissenschaftliche Lexika. Und japanische Comics. Und französische Philosophie. Und Grundlagen der Biologie. Und alte Literatur. Und neue Literatur. Und Schulbücher wie die, mit denen Fräulein Trà Mi sie am Anfang des Jahres noch unterrichtet hatte.

Reaktionäre Bücher, wie er nun wusste.

Es hieß, dass alte oder ausländische Bücher die Revolution beschädigten. Wie und warum, war Sơn nicht klar. Fräulein Trà Mi hatte etwas von zersetzenden Gedanken gesagt und so lange weitergesprochen, bis er in seiner letzten Reihe fast eingenickt war. Er sah in das lodernde Feuer und stellte sich vor, wie die Buchstaben von den Seiten sprangen, einen Hammer ergriffen und dem Parteisekretär auf den Kopf hauten. Vielleicht würden sie auch einen grauen Rauchfaden bilden, seine Nase hochkriechen und sein Gehirn von innen vergiften.

Mai trat an ihn heran und wedelte den Rauch weg.

»Bestimmt eine Idee von dem Alten«, seufzte sie.

»Welcher Alte?«

»Na, mein Vater.«

»Der Typ mit dem Schnurrbart ist dein Vater?«

»Was? Nein!«

Mai hustete.

»Mein Vater ist der Chef der Sicherheit von Saigon und zuständig für die Kulturproduktion.«

»Ich dachte, er ist für den Aufbau der Stadt verantwortlich.«

»Sag ich doch!«

Sơn runzelte seine Stirn.

»Und es macht die Stadt sicherer, wenn Leute ihre alten Liebesromane verbrennen, weil …?«

»Was weiß ich?« Mai schüttelte den Kopf. »Er erklärt mir nie, was er macht. Ich bekomme es nur mit, wenn wieder irgendwas verboten wird.«

Nachdem Mai Fräulein Trà Mi anfangs oft verteidigt hatte, hatte sie sich im Zuge ihrer Freundschaft mit Sơn verändert. Ihre neue Heimat, ihre neuen Mitschüler und ihre Einstellungen waren so anders, als sie erwartet hatte. Sie, die immer geglaubt hatte, dass sich Vietnam in ein sozialistisches Paradies verwandeln würde, sah nun, wie viele Menschen den Sozialismus fürchteten und ihr Leben riskierten, um davor zu fliehen. Sơn erzählte sie, dass ihr Vater oft schlecht gelaunt war, weil die Dinge nicht so liefen, wie er es sich vorgestellt hatte. Es war fast so schlimm wie vor einem Jahr, als ihre Mutter gestorben war. Da er so viel arbeitete, bekam sie ihn kaum noch zu Gesicht, doch darüber war sie ganz froh, denn wenn er sie sah, hatte er stets etwas auszusetzen und wurde schnell cholerisch.

Ein älterer Mann warf ein zweibändiges französisches Lexikon in das Feuer, und die Flammen loderten hell auf. Rauch stieg ihnen in die Nase und reizte ihren Hals. Lucy bellte, als hätte sie Angst, verbrannt zu werden. Der Parteisekretär sah zu ihnen herüber und hob seine Hand.

»Entweder ihr bringt eure Bücher vorbei, oder ihr verzieht euch wieder. Das ist keine Aufführung hier!«

Lucy lief ihm entgegen und bellte ihn an.

»Und schafft diesen verdammten Köter von mir weg!«

Mit einem Donnern zog ein Gewitter über ihnen auf, kurz darauf prasselte der Monsunregen auf sie herab. Das Wasser ergoss sich in dicken Tropfen auf die Flammen und kämpfte sie nieder. Aufgeschreckt zogen sich die Menschen in ihre Häuser zurück, sodass alle weiteren Befehle unbeachtet verhallten. Sơn, Mai und Lucy machten ein Wettrennen zur Schneiderei, doch keiner von ihnen war schnell genug, um der Nässe zu entkommen. Triefend stapften sie die Treppe hinauf.

In seinem Zimmer öffnete Sơn den Schrank, um nach ein paar trockenen T-Shirts zu suchen. Er holte sich ein gelbes Hemd heraus und reichte Mai ein rotes, sie verschwand damit auf die Toilette. Als sie weg war, fiel sein Blick auf den Schuhkarton, den er bei seiner Unterwäsche versteckt hatte.

Die Kiste von Minh.

»Was passiert eigentlich, wenn jemand Bücher bei sich zu

Hause hat, ohne sie anzumelden?«, fragte er, als sie zurück war.

»Kommt auf die Bücher an. Bei Liebesgedichten sind sie ziemlich gnädig, schwierig ist es eher bei ausländischen Büchern. Letztens hat mein Vater jemanden ins Gefängnis geschickt, weil er französische Bücher versteckt hatte. Er hat gesagt, dass sie voll von kolonialistischer Propaganda waren.«

»Echt, ins Gefängnis?«

»Ich finde es auch ziemlich übertrieben. Klar, es gibt bessere Bücher und schlechtere Bücher, aber dass jemand für seinen Geschmack eingesperrt wird, ist schon ziemlich hart. Vor allem, weil ich weiß, dass mein Vater selbst ausländische Sachen liest.«

Mai kicherte.

»Er weiß natürlich nicht, dass ich es weiß.«

Sơn schüttelte den Kopf. Je mehr er über die Kommunisten hörte, desto weniger verstand er sie. Obwohl sie doch immer von der Gleichheit aller Menschen sprachen, waren Dinge, die für alle verboten waren, für bestimmte Kommunisten erlaubt. Er seufzte und stand auf.

»Ich muss dir was zeigen.«

Aus seinem Schrank holte er den Schuhkarton hervor und stellte ihn auf das Bett. Der Deckel machte ein leises Plopp, als er ihn anhob und entfernte. Ganz oben lag das schwarze Notizbuch, das Minh immer wieder in seinen Briefen erwähnte: *»Sơn, denk an meine Sachen, und schnüffele darin nicht herum!«* Er legte es beiseite und zog ein zerknittertes Taschenbuch hervor, dessen weißer Einband an den Rändern bereits gelb geworden war.

Mai las den Titel laut vor.

»La Peste«, sie überlegte. »Ich glaube, das hat mein Vater

auch. Eher eins von den problematischen Büchern, würde ich sagen.« Sachte legte sie es wieder in die Kiste hinein.

Sơn kratzte sich am Kopf.

»Mein großer Bruder hat mir seine Bücher gegeben, bevor er nach Deutschland gegangen ist. Er wollte, dass ich sie für ihn aufhebe. Er würde mich umbringen, wenn ich sie verbrenne, aber ich will auch nicht, dass wir deswegen Probleme bekommen.«

Er senkte seine Stimme.

»Wir wissen immer noch nicht, wo mein Vater ist.«

Mai überlegte.

»Du müsstest die Bücher irgendwo verstecken, wo niemand auf die Idee käme, nach ihnen zu suchen.«

»Und wo sollte das sein? Auf der Polizeistation?« Sơn lachte trocken.

»Eigentlich keine schlechte Idee.« Sie legte ihren Kopf schräg und kniff ihr linkes Auge zu. »Wir könnten sie bei mir zu Hause verstecken!«

»Bei dir? Da kannst du sie ja gleich als Geschenk verpacken und deinem Vater an Neujahr übergeben!«

»Mein Vater ist mit der großen Politik beschäftigt. Glaubst du wirklich, dass ihm da noch Zeit bleibt, im Zimmer seiner Tochter herumzuspionieren?« Sie verschränkte die Arme vor ihrer Brust. »Da käme er nie drauf!«

Sơn schüttelte den Kopf.

»Du bist der verrückteste Mensch, den ich kenne.«

»Ich bin nicht verrückt, ich habe nur andere Ideen als du.«

Sơn war nicht sicher, ob es bei dieser Sache um Mais Vater, seinen Bruder oder etwas anderes ging. Aber je länger er über die Alternativen nachdachte – das Risiko, ins Gefängnis zu gehen, die Aussicht, lebenslang von Minh verachtet zu werden –, desto mehr schienen ihm die Vorteile zu überwiegen. So wie es Mai immer erzählte, war ihr Vater selten zu Hause, und wenn er mal da war, verließ er sein Arbeitszimmer kaum. Wahrscheinlich war das Risiko bei ihr tatsächlich geringer als bei ihm im Haus.

»Falls er die Bücher findet, kriegst du Riesenärger«, sagte er noch einmal, um sein Gewissen zu beruhigen.

»Falls er sie findet, sage ich ihm einfach, dass ich sie bei einem meiner kapitalistischen Mitschüler entdeckt und zur Sicherheit aus dem Verkehr gezogen habe.«

Sie grinste.

»Das stimmt doch sogar!«

Sie schüttelten einander die Hand wie zwei Geschäftsleute, die einen wichtigen Deal abgeschlossen hatten. Sơn ließ sich auf sein Bett fallen, Mai stopfte den Karton in eine Tüte. Pfeifend stieg sie damit die Treppe hinab. Die Aussicht, ihrem Vater eins auszuwischen, schien sie in beste Laune zu versetzen.

KIỀU

Onkel Sơn streift seinen breiten Ehering ab, legt ihn in seine offene Hand und schließt sie, als wolle er den Ring zudecken. So wie er in seinem Wohnzimmer vor uns sitzt – die Beine auseinandergestellt, den Blick nach innen gerichtet –, wirkt er, als sei er allein in diesem Raum und führe ein Selbstgespräch.

»Warum ich Mai nicht zu dem Essen in das Hummer-Restaurant mitgebracht habe?«, wiederholt er. »Weil ich sie nirgendwohin mehr mitnehmen kann.«

»Habt ihr euch getrennt?«, fragt meine Mutter. »Wie schade!« Sie seufzt. »In Deutschland lassen sich auch viele Leute scheiden. Oder sie heiraten erst gar nicht. Alle wollen ihre Freiheit bewahren, niemand will sich dem anderen verpflichten. Gerade die jungen Frauen sind sehr eigensinnig.«

Sie wirft mir einen vielsagenden Blick zu.

Onkel Sơn schüttelt den Kopf. »Mai war auch stur, aber auf eine ganz andere Art, als du es meinst. Sie hat ihr Leben riskiert, um mit mir ins Ausland zu gehen. Sie hat mit mir zusammen auf dem Sofa im Wohnzimmer geschlafen, als wir Mutter, Linh und die Zwillinge hergeholt haben. Nie hat sie sich beklagt, nie!« Er macht eine Pause und schließt seine Augen. »Sie hat seit ihrer Kindheit so harte Dinge überstanden, dass ich dachte, dass sie unverwundbar ist«, murmelt er. »War sie aber nicht.«

Er sieht uns wieder an. Seine Lider zucken, er kneift seine Augen zusammen. Mit bröckelnder Stimme sagt er: »Sie ist letztes Jahr gestorben. An Krebs.«

»Sie ist tot?!« Meine Mutter schlägt sich die Hand vor den Mund. »Aber sie war doch noch so jung!«

Sie greift nach der Lehne ihrer hölzernen Sitzbank, um sich festzuhalten, greift in die Luft, versucht es noch einmal und greift wieder daneben. Ächzend lässt sich mein Vater neben ihr nieder, damit sie sich auf ihm abstützen kann.

Er beugt sich zu seinem Bruder vor.

»Wieso hast du mir nicht geschrieben?«, fragt er. »Oder angerufen? Ich bin doch Arzt!« Er klingt betroffen, vielleicht sogar ein wenig verletzt.

Kraftlos hebt Onkel Sơn die Schultern.

»Wir haben es zufällig entdeckt. Wir wollten Kinder haben, aber es hat nicht geklappt. Nach einem halben Jahr sind wir zu einer Ärztin gegangen. Die hat sie untersucht und festgestellt, dass Mai zwar Kinder bekommen konnte, aber etwas anderes nicht stimmte: Sie hatte Brustkrebs …«, er hält inne. »Wir wollten Kinder und bekamen Krebs.« Er hört seinen Worten hinterher, als könne er sie immer noch nicht ganz glauben.

Damals, erzählt er, waren sie voller Hoffnung, den Krebs besiegen zu können. Im Krankenhaus träumte Tante Mai eines Nachts von der Gründung einer Import-Export-Firma und sah das als Zeichen; sie wollte unbedingt gesund werden, um ihren Traum in die Realität umzusetzen. Tatsächlich schlug die Chemotherapie an, der Tumor wurde in einer langen, aber letztendlich erfolgreichen Operation entfernt, und nachdem sie wieder bei Kräften war, mieteten sie und Onkel Sơn eine kleine Lagerhalle in einem Gewerbezentrum und nannten ihre Firma »Made in America«. Wohlhabende Vietnamesen konnten bei ihnen amerikanische Medikamente, Kleider und sogar Autos bestellen und nach Vietnam verschiffen lassen. Das Geschäft lief gut, weil es der vietnamesischen Wirtschaft immer besser ging; je mehr die Menschen dort verdienten, desto größer wurde ihre Sehnsucht nach ausländischen Waren.

Nach fünf Jahren konnten sich Onkel Sơn und Tante Mai ein Haus in dieser bürgerlichen, weißen Gegend leisten. »Wegen der Chemotherapie konnten wir keine Kinder mehr bekommen, aber wir waren auch so glücklich. Wir dachten, wir leben den amerikanischen Traum!«

Er lacht bitter.

Tonlos erzählt er, wie sie zehn Jahre nach dem ersten Mal erneut die Diagnose erhielt. Offenbar hatte der Brustkrebs gestreut und Metastasen gebildet, die nicht entdeckt worden waren. Weil Tante Mai glaubte, dass sie ihn auch beim zweiten Mal bezwingen würde, bestand sie darauf, ihr Büro nach Hause zu verlegen, damit sie in den Phasen zwischen ihrer Chemotherapie arbeiten konnte. Um mit ihren Kunden trotz der Zeitverschiebung skypen zu können, übernachtete sie manchmal auf dem Boden vor ihrem Schreibtisch, stand mitten in der Nacht auf und kam erst nach dem Telefonat in das Schlafzimmer, um weiterzuschlafen.

»Sie war zu stolz, um zu zeigen, wie schlecht es ihr ging. Kaum jemand wusste, wie krank sie war«, erzählt er. »Sie sagte immer: Was bringt es, anderen von meinen Problemen zu erzählen? Wenn sie sich Sorgen machen, wird das Leid nur größer.«

Ich denke an das Lied von der steinernen Witwe und an die Fähigkeit der vietnamesischen Frau, für andere so lange zu leiden, bis von ihr selbst nichts mehr übrig ist.

»Wie konnte sie in so einer Situation arbeiten?!«, rufe ich auf Vietnamesisch. »Warum hast du nicht dafür gesorgt, dass sie sich schont?« Zum ersten Mal auf dieser Reise ist es mir egal, ob ich mich mit meinem Kauderwelsch vor meinen Verwandten blamiere.

Er fährt sich durch seine grauen Haare.

»Ich habe ihr gesagt, dass wir einen Urlaub in Florida machen sollten, aber sie wollte nicht. Ich habe ihr vorgeschlagen, shoppen zu gehen und etwas Schönes zu kaufen, aber sie wollte nicht. Ich habe sie arbeiten lassen, ich dachte, es lenkt sie ab! Wir kommen aus einem armen Land, verstehst du? Sie wollte sichergehen, dass ich nach ihrem Tod genug Geld habe, um sorgenfrei zu leben. Das war ihr einziger Wunsch. Wie hätte ich ihr den verwehren können?!«

Sein Kopf fällt vornüber, stumm wischt er sich die Augen.

»Warum habe ich sie nicht zu ihrem Glück gezwungen?«

Ich sehe meinen Onkel an und schäme mich. Ich schäme mich für meine schnellen Annahmen und meine einfachen, kleinen Sorgen; für meine hohen Theorien über Frauen und Männer, vorgetragen aus der Bequemlichkeit meines privilegierten, westlichen Lebens.

Wie viel braucht es, um die eigene Herkunft zu verstehen?

Mehr als Worte, und alles und nichts.

»Warum hast du uns nie etwas gesagt?« Die Stimme meiner Mutter ist dünn wie Rauch.

Aus geröteten Augen sieht er sie an.

»Wenn wir uns gesehen hätten, hätte ich es euch erzählt, natürlich. Aber wir haben in den letzten Jahren so wenig miteinander gesprochen, dass es mir komisch vorgekommen wäre. Man kann ja schlecht eine Weihnachtskarte verschicken und schreiben: ›Merry Christmas! Übrigens: Mai hat Krebs.‹«

Ich stehe auf, weil ich meine innere Spannung loswerden muss. In einer Glasvitrine in der Wohnzimmerecke entdecke ich eine schwarze Urne mit goldener Verzierung. Es ist das gleiche Gefäß wie das, das ich in dem Tempel meiner verstorbenen Großmutter gesehen habe. Das Foto zeigt eine Frau mit rundem Gesicht und grauer Mütze. Darunter steht: *Võ Hoàng Mai. Geboren am 8.5.1961 in Hanoi, gestorben am 20.9.2016 in Westminster, Kalifornien.* Ihr Tod lag nur drei Monate vor dem meiner Großmutter, mein Onkel muss in der Zeit zwischen seiner todkranken Frau und seiner schwerkranken Mutter hin und her gependelt sein.

Grau und müde sitzt er da. Am liebsten würde ich ihm über den Kopf streichen und mich für all die Jahre entschuldigen, in denen ich ihn nicht gekannt habe und nicht kennen wollte.

*

In meiner Handtasche klingelt das Telefon: ein Anruf von Dorian. In den letzten Tagen haben wir ein paarmal aneinander vorbeitelefoniert; ausgerechnet jetzt erreicht er mich.

»Kann grad nicht reden«, schreibe ich ihm.

»Ist aber wichtig!«, antwortet er.

Ich entschuldige mich und verziehe mich nach oben. Rechts von der Treppe geht ein halb geöffnetes Gästezimmer ab, links zwei weitere Räume. Ich öffne die erste Tür und stehe in einem Schlafzimmer. An der Wand lehnt ein schwarzweißes Hochzeitsfoto in einem elfenbeinfarbenen Rahmen aus Satin: Onkel Sơn sieht dreißig Jahre jünger aus als jetzt, schlank, stolz, die Haare schwarz und kurz geschnitten. Tante Mai trägt ein *Áo dài* aus roter Seide und einen goldenen Kopfschmuck, ihr Lächeln ist scheu, ihr Blick voller Glück.

Ich betrete das Zimmer und wate durch Onkel Sơns innere Verwüstung. Über den Boden, den Schreibtisch und das Bett verteilen sich Sachen wie Spielzeug, das von Kindern achtlos zurückgelassen wurde: *Make-America-Great*-Caps. Vietnamesische CDs. Weinkisten aus Napa Valley. Anhänger aus Jade. In den Ecken stapeln sich Kisten und Umzugskartons, ein geöffneter Schrank ist mit angebrochenen Medikamentenflaschen und Tablettenpackungen gefüllt.

Der Anblick erinnert mich an einen Dokumentarfilm, der kürzlich auf Netflix lief. Er handelte von einer Witwe, die ihr Wohnzimmer nach dem Tod ihres Mannes mit vierzig Nussknackern und drei Kleiderschränken voller Weihnachtsschmuck vollgestellt hatte. Ich denke an ihre innere Leere, die sie mit glänzenden Dingen zu füllen versuchte. An ihre Wutausbrüche, mit denen sie die Weihnachtssachen vor dem Wegwerfen verteidigte.

Schwindel steigt in mir auf und zieht mich zu dem großen Bambusbett, das an einer orange gestrichenen Wand steht. In meiner Fahrigkeit stoße ich gegen den Nachttisch und schmeiße ein Buch herunter. Zu meiner Überraschung ist es auf Französisch. Ich hebe es hoch und halte eine alte Taschenbuchausgabe von »La Peste« in den Händen. Die Seiten sind gelb und so dünn, dass sie fast transparent sind.

Onkel Sơn liest Camus?

Mein Blick fällt auf einen schwarzen zerschlissenen Schuhkarton, der unter dem Nachttisch steht und weitere alte

Bücher enthält. Die meisten sind auf Französisch, doch eines ist ein schwarzes Notizbuch, in das jemand etwas auf Vietnamesisch hineingeschrieben hat. An den Seitenrändern stehen Datumsangaben aus dem Jahr '68, es muss eine Art Tagebuch sein, doch zum Teil liegen Wochen zwischen den Einträgen. Ich neige meinen Kopf, die Schrift kommt mir bekannt vor: Die Buchstaben sind so schlank und gerade wie die meines Vaters.

Ich stecke das Notizbuch in meine Handtasche, lasse mich auf die Decke fallen und atme den stickigen Geruch von verbrauchter Bettwäsche ein. Neben mir liegen zwei Kopfkissen, eins fleckig, eins unbenutzt. Ich greife nach dem Kissen, das der kranken Frau gehört haben muss, umschließe es mit meinen Armen und rolle mich zusammen. Wieder überkommt mich diese Mischung aus Übelkeit und Schwindel, die offenbar zur Schwangerschaft gehört.

Wie seltsam, dass in meinem Bauch gerade ein Baby heranwächst, obwohl ich das doch nie gewollt, geplant oder erlaubt habe. Dreißig Jahre lang habe ich mein Leben als eine Folge von Optionen und richtigen oder falschen Entscheidungen verstanden; nun wird mir klar, mit welcher Willkür es einen überfallen kann.

Meine Gedanken werden wattig und weich, ich sehe mich in einem roten Kleid in einem Sarg liegen. Die Stimme meines Onkels klingt wie die eines Kinoerzählers: »*Wir wollten Kinder und bekamen Krebs.*« Bleiern überkommt mich die Müdigkeit, ich schließe die Augen, um mich kurz auszuruhen.

*

Das Klingeln meines Telefons reißt mich wieder hoch.

»Hallo? Kimmie? Du wolltest dich doch bei mir melden!«

»Tschuldigung, war so viel los hier.« Ich setze mich auf, um wach zu wirken. »Alles okay bei dir?«

»Der Toyota-Erbe hat uns fallen lassen«, antwortet Dorian. Seine Stimme klingt kraftlos. So, als ob er schwer verkatert wäre.

»Welcher Toyota-Erbe?«

»Der Typ, der in unser Restaurant investieren wollte! Er gründet ein Start-up und braucht sein Geld dafür. Der Mistkerl lässt uns einfach hängen!«

Ich bin so benommen, dass ich die Bedeutung seiner Worte nur langsam begreife. Wenn der Toyota-Erbe aussteigt, kann David sein Restaurant nicht finanzieren. Und wenn er das Restaurant nicht finanzieren kann, kann Dorian nicht nach Tokio ziehen. Was wiederum heißt, dass er in Berlin bleiben muss.

Eigentlich keine schlechte Nachricht. Nicht für mich jedenfalls.

»Das ist ja schrecklich!«, sage ich, weil man in so einer Situation doch so etwas sagt. Ich weiß, dass David nächste Woche den Mietvertrag für die Immobilie unterschreiben wollte, einen schlichten Bau aus Beton mit bodentiefen Fenstern und einen wunderschönen japanischen Garten. Dass der Investor nun ausfällt, muss eine niederschmetternde Nachricht für ihn sein.

»Es war alles umsonst«, klagt Dorian. »Ohne Jiro können wir uns das niemals leisten, die Miete allein ist ja sauteuer.«

Seine Stimme ist laut geworden, so enttäuscht habe ich ihn noch nie erlebt. Sofort überkommt mich der Drang, ihn zu trösten und nach Lösungen zu suchen – vielleicht können sie ja einen anderen Investor finden oder einen anderen, billigeren Laden –, doch mein frisch erwachter Egoismus hält mich zurück.

»Was wollt ihr jetzt tun?«, frage ich, um ihm meine heimliche Erleichterung nicht zu zeigen.

»Keine Ahnung! David ist gerade in Tokio, der will sich noch mal umhören. Aber ganz ehrlich: Ich glaube, das wird nix. Außer dem Toyota-Erben kennt er da ja niemanden.« Er seufzt. »O Mann, ich habe gestern meinen ersten Text auf Japanisch gelesen!«

Seit wir uns kennen, hat sich Dorian lauter Dinge vorgenommen, die er machen wollte – Jazzklavier, Triathlon, Programmieren –, meist hat er eine Sache monatelang wie besessen verfolgt, um sich dann plötzlich mit der gleichen Leidenschaft für etwas Neues zu interessieren. Mit dem Japanisch-Unterricht war es anders, seit Anfang des Jahres besucht er wöchentlich einen Kurs, auch seine Hausaufgaben erledigt er brav. Es war die eine Sache, für die er wirklich zu arbeiten bereit war, ausgerechnet sie ist gescheitert. Obwohl ich es ihm gegenüber nie zugeben würde, empfinde ich eine gewisse Genugtuung. Vielleicht, weil mich seine Tokio-Euphorie so verletzt hat. Vielleicht auch, weil ich immer für alles gearbeitet habe und ihm neide, dass er es im Gegensatz zu mir nicht für nötig hält, sich zu quälen.

»Sieh es doch mal von der anderen Seite«, sage ich, um das Richtige zu tun und ihn aufzumuntern. »Du hast außer Zeit eigentlich nichts verloren. Du kannst einfach in Berlin weitermachen, bis sich eine andere Gelegenheit ergibt. Du hast doch eh gesagt, dass du die ›Neue Heimat‹ vermissen wirst.«

Dorian schweigt, dann seufzt er in den Hörer, so laut, dass es nach Sandsturm klingt.

»Man kann doch nicht immer nur dasselbe machen, das ist auf Dauer zu einfach. Ich brauche etwas Neues. Eine Herausforderung!«

»Es gibt viele Arten, sein Leben zu verändern, es muss nicht gleich das Restaurant in Tokio sein.« Ich merke, dass meine Stimme diesen sanften Klang bekommt, mit dem Mütter ihre Kinder beruhigen. »Man kann sich ja auch persönlich verändern.«

Dorian lacht trocken.

»Klar, ich könnte mir einen Bart wachsen lassen. Oder Veganer werden. Oder einen Bauernhof in Brandenburg kaufen und die Scheune umbauen. Aber es ist eben nicht dasselbe wie der Versuch, in einem fremden Land etwas Neues aufzubauen!«

»Was ist so schlimm daran, in Berlin zu bleiben und zu überlegen, wie man das Leben dort noch besser machen kann?«

»Man kann das Leben *immer* ein bisschen in die eine oder andere Richtung optimieren«, sagt er ungeduldig. »Selbstoptimierung interessiert mich aber nicht! Ich will eine *richtige* Veränderung. Das Leben in Berlin ist schön, aber ehrlich gesagt denke ich schon länger: Das kann es doch noch nicht gewesen sein. Als mir David von seiner Idee erzählt hat, dachte ich: Genau danach habe ich gesucht!«

Er schweigt.

»Und jetzt ist die Idee tot, und ich stehe wieder da, wo ich vor einem Jahr stand.«

Ich schiebe mein Hemd ein Stück hoch und lege meine Hand auf den Bauch. Die Haut ist schön warm, etwas fester als vorher.

»Es gibt eine Sache, über die ich mit dir reden wollte«, sage ich langsam. »Ich weiß nicht, ob jetzt ein guter oder schlechter Zeitpunkt dafür ist.«

»Ist dir was passiert?«, fragt er.

»Nein! Oder doch. Ich weiß es nicht.«

»Was ist denn los?«, er klingt besorgt.

Ich stoße den Satz mit dem nächsten Atemzug aus.

»Ich bin schwanger.«

»Schwanger?«, wiederholt er.

Pause.

»Bist du dir sicher?«

»Ich habe inzwischen drei Tests gemacht.«

»Krass!«

Pause.

»Das muss ich erst mal sacken lassen.«

Pause.

»Was sagt man in so einer Situation, herzlichen Glückwunsch?« Er lacht nervös.

Ich schweige in den Hörer hinein, wartend auf das, was kommt. *Du warst doch genauso geschockt, als du davon erfahren hast*, sage ich mir. *Gib ihm etwas Zeit.*

»Was willst du jetzt tun?« Seine Stimme ist flach.

»Ich weiß nicht«, ich bemühe mich, neutral zu klingen. »Was willst *du* denn tun? Schließlich ist es doch das Kind von uns beiden.«

»Ja klar«, beeilt er sich zu sagen. »Ich meine nur: Du bist doch die, die schwanger ist. Ich habe mir darüber echt keine Gedanken gemacht. Bis heute Morgen hatte ich noch ganz andere Pläne.«

Wieder dieses nervöse Lachen.

»Hattest du nicht gerade gesagt, dass du eine Veränderung willst?«

Ich höre, wie zaghaft ich klinge, und ärgere mich über mich selbst. *Siehst du, da fängt es schon an. Kaum bist du schwanger, bist du in der schwächeren Position.*

»Hatte ich«, entgegnet er. »Aber ich hatte an etwas gedacht, das ich mir selbst aussuche. Ein verrücktes Experiment wie das Restaurant in Tokio. Nicht an ein Kind, das einem ein bestimmtes Leben diktiert. Das ist doch eigentlich das Gegenteil von dem, was ich dir gerade erzählt habe!«

Ich spüre etwas in mir taub werden und sinke auf das Bett. Mit geschlossenen Augen sehe ich ihn in Berlin auf unserem Vintage-Wohnzimmersofa sitzen und an seinen Fingern ziehen, bis sie knacken. Bestimmt holt er sich jetzt ein Glas Wein. Bestimmt fragt er sich, was er jetzt sagen soll, so als Mann und Erzeuger.

Er setzt neu an, ich höre, wie er sich Mühe gibt.

»Ich unterstütze dich, ist ja klar. Ich habe aber ehrlich gesagt nicht damit gerechnet, dass du schwanger werden könntest, das kommt jetzt etwas plötzlich«, er macht eine kurze Pause und spricht dann weiter. »Falls du das Kind behalten willst, ist es in Ordnung. Aber falls nicht, ist es auch in Ordnung. Ich kenne einige Frauen, die sich dagegen entschieden haben, weil es nicht der richtige Zeitpunkt war. Man muss sich das gut überlegen, ist ja auch nicht ganz billig, so ein Kind. Nicht, dass ich dich in diese Richtung drängen will, aber ich meine nur: Es würde unser ganzes Leben auf den Kopf stellen. Du weißt doch, wie erschöpft und gestresst diese jungen Eltern immer sind.«

Weil ich nichts sage, schiebt er hinterher: »Aber wenn du das Kind trotzdem willst, mach ich das natürlich mit.«

Wenn du das Kind trotzdem willst, mach ich das natürlich mit?!

Ich weiß nicht, ob ich diesen Satz mit derselben Empörung hinausschleudere, mit der er mir durch den Kopf hallt. Ich weiß nur, dass alles an diesem Satz falsch und feige ist. Irgendetwas in mir hatte gehofft, dass Dorian sich freuen würde und mir Mut machen könnte; oder dass er zumindest den Mut gehabt hätte, mir ehrlich zu sagen, dass ihm ein Kind zu viel Verantwortung bedeutet und er es deshalb nicht will. Warum hat er immer von ihm und mir gesprochen, nie von uns?

Meine Augen beginnen zu jucken, ich wische mit der rechten Hand darüber. Nass zieht sie eine Spur durch mein Gesicht. Ich lasse das Handy fallen, rolle mich auf meine linke Seite und greife wieder nach dem fleckigen Kissen. Ich ziehe meine Knie an und umklammere es mit beiden Armen. Was für eine dumme Frau ich doch bin. So dumm, dumm, dumm, mich auf diesen Mann einzulassen.

Dumpf höre ich Dorians Stimme aus dem Telefon rufen.

»Kimmie? Bist du noch da?«

»Bist du enttäuscht von mir?«

»Hab ich was Falsches gesagt? Wenn ich was Falsches gesagt habe, tut es mir leid! Ich liebe dich doch! Sag doch was! Sag doch, was du von mir willst!«

SƠN

Saigon, 1979

An dem Morgen, an dem Sơn in die Freiheit aufbrechen wollte, wartete er mit Mai an einer Kreuzung, deren Straßen sich in alle vier Himmelsrichtungen ausbreiteten: Richtung Markt, Richtung Fluss, Richtung Flughafen, Richtung Grenze. Hinter ihnen stand eine drei Meter hohe Tafel, die mit einem lachenden Ho Chi Minh bemalt war. Weißhaarig, bärtig und in einen schlichten, weißen Tropenanzug gekleidet, breitete er seine Arme aus, um eine Schar glücklicher Kinder zu empfangen. »Onkel Ho liebt jeden Einzelnen von uns«, stand in roten Buchstaben darüber.

Die Kreuzung, die früher so wild und aufbrausend gewesen war, dass sich selbst die Mutigsten nur Schritt für Schritt über die Straße getraut hatten, wirkte nun so, als hätte ihr Puls aufgehört zu schlagen. Es war so still, dass Sơn sich einbildete, das Flimmern der Sonne zu hören. Schweigend stand er da, um kein Geräusch zu verpassen: das gelegentliche Brummen der alten Busse, die mit Menschen so vollgestopft waren, dass man meinen könnte, sie kippten gleich um. Das plötzliche Röhren der schweren Lastwagen, die viel zu wenig zu transportieren hatten, weil es kaum noch etwas zu verkaufen gab. Dazwischen: nichts. Die Zeit dehnte sich ins Unendliche.

Hinter ihnen lagen die enttäuschten Hoffnungen einer jungen Generation, die ihre Zukunft aufgegeben hatte, bevor sie begonnen hatte. Vor ihnen eine Reise, von der sie nicht wussten, ob sie zum Ziel führen würde, ins Gefängnis, oder in den Tod. Es war Sơns Mutter gewesen, die das Wort »Flucht« zum ersten Mal ausgesprochen hatte, aber auch er hatte seit der Nacht in der amerikanischen Botschaft ständig daran gedacht. Angespornt von den vielen Geschichten der Bootsflüchtlinge, die sich nach Hong Kong, Malaysia oder Singapur retteten oder auf hoher See von internationalen Schiffen aufgesammelt wurden, hatte er wieder und wieder geträumt, wie er aufs Meer hinausfahren und ins Ausland entkommen würde.

Als ihnen Fräulein Trà Mi vor drei Monaten ihre Abschlusszeugnisse gegeben hatte, war ein Viertel seiner Klassenkameraden schon verschwunden. Davon unbeirrt, hatte sie weiter von den Pflichten für das Vaterland gesprochen; hinterher hatte sie zugegeben, dass diese auch einen Einsatz in Kambodscha bedeuten könnten. Seit die Vietnamesen das Land Anfang des Jahres von Pol Pot befreit hatten, wachten sie als Besatzungsmacht über die ausgeblutete Nation. Mit spitzen Fingern hatte Sơn sein Zeugnis nach Hause getragen und dort zerrissen. In jener Nacht hatte er seine Mutter um etwas Gold gebeten.

Als sich die Dunkelheit über Saigon senkte, wurde Mai unruhig. Ihre Arme baumelten vor und zurück, sie ballte ihre Hände zu Fäusten und schlug sie gegeneinander.

Plopp, machte es, *plopp*.

»Warum hältst du nicht einfach ein Schild hoch: *Hallo Polizei: Diese beiden machen sich auf die Flucht – nehmt sie fest!*«, zischte Sơn.

»Welche Flucht? Ich glaube, die kommen gar nicht mehr. Wie lange stehen wir hier schon – seit zwei Stunden? Drei?«

»Meine Mutter kennt den Mann persönlich, er war einer ihrer Stammkunden. Sie hat schon eine Tafel Gold angezahlt.«

»Na und? Es kommt doch oft genug vor, dass die Schleuser das Geld einstecken und abhauen! Hiền Familie haben sie sogar zweimal abgezockt. Und Quang ist seit einem Jahr im Gefängnis, weil er geschnappt wurde.«

Je älter Mai geworden war, desto mehr war das Knabenhafte aus ihr herausgewachsen. Ihr Gesicht hatte sich in die Länge gestreckt und ließ ihre Augen groß und ihren Ausdruck stolz erscheinen. Ihre schulterlangen Haare wellten sich in losen Locken über den Kopf. Sơn konnte sich noch genau daran erinnern, wie er diese Verwandlung vor einem halben Jahr zum ersten Mal bemerkt hatte, als sie abends mal wieder an dem Teich mit dem Lotus-Pfeiler gesessen hatten und er ihr von seinen Fluchtgedanken erzählte.

Wie sich herausstellte, hatte auch sie darüber nachgedacht wegzulaufen. Ihr Vater wollte sie nach dem Schulabschluss zurück nach Hanoi schicken, wo sie bei einer strengen Tante wohnen sollte. Ihm gefiel nicht, wie sie sich verändert hatte, und er machte dafür ihre neuen Freunde verantwortlich, besonders Sơn. »Er weiß nicht, wie er mit mir umgehen soll, deswegen will er mich abgeben wie einen Hund«, hatte sie gesagt. »Ich bin aber kein Hund, und ich bin auch kein kleines Mädchen mehr. Wo auch immer du hingehst – ich komme mit!« Damals hatte sie all seine Bedenken über die Gefahren eines solchen Abenteuers beiseitegewischt und sofort zugestimmt, als er vorgeschlagen hatte, nach Amerika zu gehen: Sie wollte unbedingt einmal

Coca-Cola probieren. Jetzt sah Sơn, wie die Zweifel sie befielen.

»Gibt es sonst noch etwas Motivierendes, das du sagen willst?«, brummte er.

»Ich bin nur realistisch. Wir wissen doch beide, dass es beim ersten Mal oft nicht klappt. Manchmal klappt es beim zweiten und dritten Mal auch nicht. Wer ist dieser Typ überhaupt? Du sagst doch selbst immer, dass man niemandem trauen kann!«

Sơn fuhr sich durch die Haare. Er wusste, dass sie recht hatte; für jede glückliche Geschichte, die von einem geretteten Flüchtling handelte, gab es eine unglückliche Geschichte, in der ein anderer Flüchtling betrogen wurde, im Gefängnis landete oder im Meer ertrank. Vielleicht war es doch besser, nach Hause zu gehen und die ganze Sache noch einmal zu überdenken.

In dem Moment rollte eine Kolonne von drei Lastwagen an ihnen vorbei. Zwei hatten eine offene Ladefläche, der dritte eine Plane. Er hielt an, um sie bei laufendem Motor vorne in der Kabine einsteigen zu lassen. Neben dem Fahrer saß der Geschäftsmann, der bei Sơns Mutter früher oft Anzüge im westlichen Stil bestellt hatte: Herr Bảy, ein Mann mit hoher Stirn und einer Vorliebe für japanischen Whiskey. Seit der Krieg vorbei war, nutzte er sein Transportunternehmen, um Menschen aus dem Land zu schleusen; Sơns Mutter hatte etwas von »erstaunlich guten Kontakten zum Vietcong« geraunt.

Früher hatte der Mann gern Anekdoten über Politiker, Soldaten und Spione erzählt, die er in schillernden Farben beschrieb und mit einem überraschenden Talent für Pantomime nachahmte. Jetzt flüsterte er ihnen nur ein paar knappe Befehle zu: »Beeilt euch. Seid still. Nach hinten zu den Reissäcken.« Statt Sơns Frage nach dem Grund seiner Verspätung zu beantworten, streckte Herr Bảy nur die Hand aus, um von jedem zwei Tafeln Gold anzunehmen, die dünn wie Pappe und rechteckig wie Dominosteine waren. Nachdem er sie mit einer kleinen Waage abgewogen hatte, gab er eine dem Fahrer, der offenbar Kambodschaner war, die anderen drei verschwanden in einem kleinen Lederbeutel, den er um den Hals trug.

Durch eine Öffnung in der Fahrerkabine krochen sie nach hinten auf die Ladefläche und hockten sich mit angezogenen Knien auf den Boden. Rumpelnd schlängelte sich der Wagen durch die Innenstadt, bis er beschleunigte und auf eine Schnellstraße abbog. Ihre Köpfe schwankten hin und her, Sơns Gedanken überschlugen sich. Weil das Südchinesische Meer voll von Piraten war, hatte seine Mutter den Landweg empfohlen: die Route durch Kambodscha nach Thailand, wo die UNO ein paar Flüchtlingslager aufgebaut hatte. Wer es dorthin schaffte, hatte gute Chancen, in den Westen ausgeflogen zu werden. Ein Weg, der durch die Hölle führte, um sie ins Land von Coca Cola zu bringen.

»Glaubst du, dass die Fahrt durch Kambodscha sicher ist?«, hatte Sơn seine Mutter am Morgen gefragt.

»Ich glaube gar nichts«, hatte sie geantwortet. »Aber auf dem Meer sterben inzwischen zu viele Menschen.«

Sơn holte den schmalen Ring hervor, den sie ihm als Reserve mitgegeben hatte. Es war das letzte Gold, das ihr geblieben war, ihr Ehering. Er hatte ihn nur widerwillig angenommen und seiner Mutter gesagt, dass er ihn nie weggeben würde, komme, was wolle. Kurz ballte er seine Hand zur Faust, als wolle er ihn drücken, dann legte er das kühle Metall auf seine pochenden Augen. Eines Tages, wenn er in

Amerika lebte, würde er seine Mutter einfliegen und ihr den Ring zurückgeben. Schon sah er vor sich, wie sie vor einem weißen, eleganten Haus – *seinem* eleganten Haus – stehen und sich vor Freude und Überraschung die Hand auf den Mund schlagen würde. »Ich habe ihn für dich aufbewahrt«, würde er ihr sagen. »Selbst in der größten Gefahr habe ich ihn nicht aus der Hand gegeben.«

Der Wagen fuhr so scharf um eine Kurve, dass ihm der Ring herunterfiel und klirrend auf dem Boden landete. Schnell sammelte er ihn ein und verstaute ihn in der versteckten Tasche, die ihm seine Mutter gestern Nacht noch in die Hose eingenäht hatte.

*

Sie waren zu angespannt, um zu schlafen, und zu ausgelaugt, um zu sprechen. Während der Wagen Richtung Westen rollte, gaben sie sich träge ihrer Orientierungslosigkeit hin. In der Dunkelheit erschienen Sơn die, von denen er sich mit jedem Kilometer weiter entfernte: seine Mutter und Geschwister, Fräulein Trà Mi in ihrem roten *Áo dài*. In seinen Erinnerungen vermischte sich der Geruch des Benzins mit dem süßen Rauch der Räucherstäbchen, die trockene Luft des Wagens verwandelte sich in den würzigen Duft der Garküchen. Im Niemandsland zwischen Abfahrt und Ankunft spürte er zum ersten Mal, was ihm seine Heimat bedeutete. Schon jetzt vermisste er sie.

Sie hielten über Nacht, durften die Ladefläche aber nicht verlassen. Das Knacken eines Gewehrs weckte sie am nächsten Morgen. Herr Bảy war zu ihnen nach hinten gestiegen, aus verquollenen Augen sah er sie an.

»Ab hier müssen wir aufpassen«, flüsterte er. »Wir sind jetzt in Kambodscha, viele Wege sind vermint, und im Dschungel haben sich noch Khmer Rouge versteckt.«

»Haben wir die Grenze schon überquert?«, fragte Sơn. »Ich habe gar nichts mitbekommen.«

Der Schmuggler lachte geschmeichelt und zog eine beigefarbene Schachtel Zigaretten aus seiner Hosentasche. »Hero« stand darauf. »Schon mal gesehen? Ich nenne sie ›das Wundermittel aus Thailand‹.« Er verschwand wieder nach vorne.

Sie drosselten das Tempo, weil die Straße rissig und voller Löcher war. Durch einen Schlitz in der Plane sah Sơn, dass sie über einen sandigen, roten Boden fuhren, der an den Seiten in wuchernde Felder ausfranste. Schlammige Kanäle zogen sich durch weite Flächen mit hohen Gräsern und dichten Büschen. Weder Hütten noch Bauern waren zu sehen. Es war eine Landschaft aus verblichenem Gelb, Grün und Rot; seltsam verwildert, so, als ob jemand alle Menschen und Tiere aus ihr herausradiert hätte.

Immer wieder mussten sie anhalten, weil Soldaten Checkpoints errichtet hatten; jedes Mal zog Herr Bảy eine Stange seiner thailändischen Zigaretten aus einer Tüte, und sie durften ohne Kontrolle passieren. Sơn sah, dass die Helme der Soldaten die Form von Schildkrötenpanzern hatten und einen gelben Stern auf rotem Hintergrund zeigten. Das waren also die vietnamesischen Soldaten, die Kambodscha befreit hatten und nun nach den verbliebenen Khmer Rouge suchten. Die Männer, die ihre patriotische Pflicht taten, während er vor ihr floh.

Er kroch wieder in die Dunkelheit und dachte an die Veteranen, die er in Saigon hatte betteln sehen: Die Beine verstümmelt, humpelten sie auf Krücken aus Holz über die

Straßen. Die Minen der Roten Khmer, erzählten sie, seien so heimtückisch, dass sie einen nicht töteten, sondern nur verletzten. »Sie hassen uns Vietnamesen, weil wir Pol Pot vertrieben haben«, hatte einer Sơn erzählt. »Sie wollen, dass wir überleben, nach Hause kommen und unseren Familien zur Last fallen.«

Er spürte, wie Mais Kopf auf seine Schulter sank, und rückte an sie heran, damit sie es bequemer hatte. In einem leisen Singsang erzählte sie, dass sie schon immer davon geträumt habe, Vietnam zu verlassen.

»Wenn ich im Ausland bin, werde ich alle Regeln selber bestimmen«, murmelte sie. »Ich werde in einem Büro arbeiten. Ich werde in einem großen Haus wohnen und zwei Kinder und zwei Hunde haben. Und ich werde nie wieder Reis essen, nur noch Hamburger und Pommes Frites.«

»Aber du weißt doch gar nicht, ob dir das amerikanische Essen schmecken wird«, entgegnete er.

»Das wird es schon«, sagte sie unbekümmert. »Es gab Zeiten, da habe ich nichts anderes gegessen als Reis mit Salz. Kannst du dir vorstellen, wie es ist, wenn man das tagein, tagaus zu sich nimmt? Nachdem du es gegessen hast, sehnst du dich nach etwas, das eine Farbe hat. Warum sollte ich mir das in einem anderen Land auch antun? Ich kann mir dort doch aussuchen, was ich kochen will. Ich bin dann doch frei!«

Ihre Worte verloren sich in einem langsamen ruhigen Atmen. Er legte seinen Arm um ihre Schultern und stützte seinen Kopf auf ihren.

Plötzlich bremsten sie so heftig, dass Sơn Richtung Fahrerkabine geschleudert wurde. Der Hitze nach war es jetzt früher Nachmittag, sie mussten schon mehr als die halbe Strecke zurückgelegt haben und sich irgendwo im Landesinneren von Kambodscha befinden. Schüsse ertönten, eine Tür wurde aufgestoßen und der Fahrer herausgezerrt. Sơn hörte, dass einige Männer etwas auf Khmer riefen, zwei von ihnen zerrten Herrn Bảy aus der Kabine, zwei weitere rissen die Plane von hinten hoch und sprangen auf die Ladefläche, die Kalaschnikows schussbereit in ihren Händen.

Sơn sah, wie ihre Augen flackerten. Sie schienen aufgepumpt mit der Aggressivität von Menschen, für die das Dasein aus Kämpfen besteht. Er spürte einen brennenden Schmerz, als einer ihn an seinem Arm hochriss, nach hinten schleifte und nach draußen stieß. Er stolperte und fiel bäuchlings auf den Boden.

Eine Ratte rannte an seinem Gesicht vorbei und verschwand hinter dem militärischen Pick-up-Truck, mit dem die Männer ihnen den Weg versperrt hatten. Sie trugen schwarze Anzüge aus grobem Stoff und hatten rot-weiß karierte Tücher um ihre Hälse geschlungen, sie mussten zu den Khmer Rouge gehören. Ihre Haut war dunkler als die der Vietnamesen, ihre Körper waren etwas kleiner. Die Jüngeren, die im Kreis um die Gefangenen standen, konnten kaum älter als achtzehn Jahre sein, ihre Gesichter waren jedoch von einer Härte gezeichnet, die sie alt und verbraucht aussehen ließ. Die Älteren hatten sich um einen Mann gruppiert, der an dem Wagen lehnte und eine der thailändischen Zigaretten rauchte. Neben ihm stand ein junges Mädchen, das ihm wie aus dem Gesicht geschnitten war. Hinter ihnen konnte Sơn einen Wald erkennen, der Pfad hinein war von grauen Felsen gesäumt.

Er klaubte sich hoch und sah sich nach Mai um. Sie kniete auf dem Boden, ihr Gesicht war von Schmerzen verzerrt. Er griff sie am rechten Arm und zog sie hoch.

»Wir bleiben zusammen«, stieß er hervor. »Was auch immer passiert, ich bleibe bei dir!«

Auf ein Kopfnicken des Älteren – er schien der Anführer der Gruppe zu sein – zerrten drei Männer Herrn Bảy zu ihm. Mit zusammengefalteten Händen begann der, etwas auf Khmer zu sagen. Seine Stimme hatte einen flehenden Ton, doch seine wieder und wieder vorgetragenen Bitten halfen ihm nicht; der Anführer stieß seine Hände mit der Spitze seines Maschinengewehrs beiseite, zeigte damit auf die Hosentaschen, dann auf die Uhr. Mit schnellen Fingern durchsuchten seine Männer den Gefangenen; sie nahmen ihm die Uhr ab, zogen ein Bündel amerikanischer Dollarscheine aus seiner Hosentasche und fanden schließlich den Lederbeutel mit dem Gold. Sie ließen ihn vor seinen Augen hin und her baumeln; als sie es klirren hörten, lachten sie laut.

Der Anführer bellte ihnen einen neuen Befehl entgegen, nun griffen sie nach Sơn und Mai. Mit klopfendem Herzen dachte Sơn an den Ring seiner Mutter: Wie sollte er ihn nur beschützen? Er drehte sich um seine Achse, damit sie nicht sehen konnten, wie er den Ring hervorholte und in seine Hand legte. Dann ballte er sie zur Faust und krümmte sich nach vorne. Von den anderen unbeachtet, ließ er den Ring in seinen Mund fallen und balancierte ihn auf der Zunge.

Seite an Seite standen Mai und er neben dem Anführer der Khmer Rouge. Er hatte hohe Wangenknochen, seine Augen lagen in tiefen Höhlen versteckt. Mit dem Zeigefinger zeigte er auf Sơn, um etwas in seiner unverständlichen, glucksenden Sprache zu sagen. Während Sơn seinen Kopf senkte, schluckte er den Ring mit etwas Spucke herunter. Er spürte, wie das Metall seine Luftröhre versperrte, und hob sein Kinn, um es noch einmal zu versuchen. Er röchelte und hustete, der Anführer sprach eine Drohung aus. Sơn sah in seine Augen und schluckte noch einmal, er atmete langsam ein und langsam aus, dann richtete er sich auf.

*

Nachdem ihn der Anführer durchsucht und beschimpft hatte, befahl er Sơn, seine Sandalen auszuziehen und einem der Männer zu übergeben. Dann wandte er sich Mai zu. Mit seinen Fingern strich er ihr die verklebten Haare aus der Stirn. Ihr Gesicht war von Staub und Schweiß verschmiert; mit ihrer rechten Hand umklammerte sie ihr linkes Handgelenk. Er sagte etwas und befahl Herrn Bảy zu übersetzen.

»Er fragt, wie alt du bist«, Herr Bảy klang müde. Seine Stimme hatte ihre Spannung verloren, seine Augen wirkten leer.

Mai hob ihr Kinn in die Luft. Während sie ihm antwortete, sah sie den Anführer ruhig an.

»Sag ihm, dass ihn das einen Dreck angeht.«

Der Schmuggler schüttelte kaum sichtbar den Kopf. Obwohl er Vietnamesisch sprach, senkte er seine Stimme.

»Schluck deinen verdammten Stolz runter, Mädchen! Du bringst uns noch alle um.«

Mai schwieg.

Widerwillig wandte sich Herr Bảy dem Anführer zu und sagte einige Worte auf Khmer, die er mit entschuldigenden Gesten untermalte. Wieder flehte er ihn an; er zeigte auf die beiden, dann auf sich, dann faltete er seine Hände wie zum Gebet.

Der Anführer hob eine Augenbraue. Er schien belustigt. Den Blick auf Mai fixiert, richtete er sein Maschinengewehr auf Herrn Bảy. Ohne etwas zu sagen, drückte er ab. In Zeitlupe sah Sơn, wie sich die Kugel aus dem Lauf löste, in die Brust des Mannes einschlug, sein Hemd rot färbte und seinen Körper zusammensacken ließ. Mit einem dumpfen Aufprall landete er auf der staubigen Straße.

Sơn spürte, wie seine Hände feucht wurden und seine Beine wackelig. Langsam trat er zur Seite, um sich vor Mai zu stellen. Er stand nun zwischen ihr und dem Anführer; ein menschlicher Schutzschild, ein Junge voller Angst.

Mit gefalteten Händen sank er nach unten. Auf dem Boden kniend flehte er den Kambodschaner an.

»Bitte«, wisperte er, »lassen Sie uns gehen. Es war meine Idee, sie kann nichts dafür!«

Der Anführer stieß ihn zur Seite, als sei er ein Hund. Er griff Mai an ihren Haaren und schlug ihr so heftig ins Gesicht, dass sie zur Seite taumelte. »Du Scheißkerl!«, schrie sie. »Lass mich gefälligst los!« An ihren Haaren zog er sie zu dem Truck, Sơn sprang hinterher, doch die Männer stießen ihn zurück. Wieder prallte er auf die Erde. Mai wurde auf die Ladefläche gezerrt, das kambodschanische Mädchen setzte sich neben sie.

»Ich werde dich suchen«, rief Sơn, aber seine Stimme war voll Staub, ein erbärmliches Krächzen. Vom Boden aus sah er, wie der Wagen auf die Straße rumpelte und Richtung Wald fuhr; wie die Männer ihre Beute feierten und wie Mai zwischen ihnen saß, reglos wie eine Statue.

*

Auf bloßen Füßen lief Sơn die Straße in die andere Richtung hinunter, bis er in der Dunkelheit kaum noch sehen konnte und sein Mund trocken wie eine Wüste war. Er stieg die Böschung zu einem Feld hinab und tunkte seine Hände in einen schmalen, stinkenden Graben. Zäh floss das Wasser seine Arme herab. Er fühlte sich so leer, dass er am liebsten eingeschlafen wäre, um nie wieder aufzuwachen. Er hatte Mai versprochen zusammenzubleiben, aber darin versagt, sie zu beschützen. Er hatte ihr etwas von Freiheit erzählt und sie direkt in die Gefangenschaft geführt. Hätte er sie doch nie in seine Pläne eingeweiht! Wären sie doch an der Kreuzung umgekehrt!

Er wusch sich seine Tränen mit dem schlammigen Wasser aus dem Gesicht und schöpfte sich etwas Flüssigkeit in den Mund. Der Sand reizte seine Kehle. Er nahm noch einen weiteren Schluck und begann zu husten. Über ihm war der Himmel so schwarz, dass die Welt undurchdringlich schien.

Er erwachte, weil sich sein Magen zusammenzog, als würde jemand mit einer Faust daraufhämmern. Ein neuer Morgen war angebrochen, bleich und milchig zog er über das Feld. Einen Moment lang wusste Sơn nicht, wo er war; dann fiel ihm alles wieder ein: die Fahrt in dem Lastwagen, der Überfall, Mais starres Gesicht, als sie auf dem Pick-up saß. Stöhnend krümmte sich Sơn zusammen. Sein Inneres schien sich zu Stein verhärtet zu haben. Er ging in die Hocke und zog seine Hose herunter. Wässrig floss es aus ihm heraus, bis er etwas Hartes spürte, das seinen After versperrte.

Der Ring.

Er weinte, als er sich das Gesicht seiner Mutter vorstellte.

Er wusch sich und schleppte sich die Böschung zur Straße hinauf. Wenn er nur lange genug lief, würde er schon jemanden finden, der ihm helfen konnte, so sagte er sich das. Er lief, als die Sonne hoch am Himmel stand und der Boden unter seinen Sohlen brannte; als sie sich auf den Weg in die Dämmerung machte, lief er noch immer. Auf seinem Weg waren ihm zwei Lastwagen entgegengekommen, doch obwohl er wild mit den Armen gewedelt hatte, waren sie an ihm vorbeigerauscht, ohne ihr Tempo auch nur zu drosseln.

Seine Beine schmerzten. Sein Körper war ausgedörrt. Blickte er auf die Straße, sah er in ihrem roten Sand das Meer.

Plötzlich hörte er hinter sich das Surren von Pedalen. Er drehte sich um und sah einen Mann auf einem rostigen Fahrrad sitzen. Er war mager, grauhaarig und trug einen von diesen schildkrötenartigen Helmen der Vietcong-Soldaten. Hinten, auf seinem Gepäckträger, transportierte er einen Korb mit Drachenfrüchten und kleinen Bananen. In seinem Hunger kamen Sơn die Früchte so üppig und appetitlich vor, dass ihm fast schwindelig wurde. Er breitete seine Arme aus und stellte sich in den Weg. Der Fahrradfahrer bremste, und Sơn sagte die einzigen Worte, die er auf Khmer beherrschte:

»Phnom Penh?«

Der Fahrer zeigte mit ausholenden Armen auf den Horizont weit hinter ihm. Sơn legte eine Hand auf den Gepäckträger. Konnte der Mann ihn vielleicht mitnehmen?

Energisch schüttelte der Fahrradfahrer den Kopf. Er stemmte seinen rechten Fuß in das Pedal, um wieder loszufahren.

»Stopp! Bitte!«

Sơn faltete seine Hände und legte die Fingerspitzen an seine Stirn. Der Fahrradfahrer hob den Kopf. Er kniff die Augen zusammen, zeigte auf das Rad und machte mit seiner Linken die universelle Geste für Geld: Daumen gegen Zeigefinger reiben und hochhalten.

Sơn überlegte. Seine Goldmünzen hatte er dem Schmuggler gegeben; um dem Fahrradfahrer von dem Überfall zu erzählen, fehlten ihm die Sprachkenntnisse. Das Einzige, das er noch besaß, war der Ehering seiner Mutter.

Er sah sich um.

Vor ihm erstreckte sich eine endlose Straße, die im grauen Horizont verschwand. Über ihm wölbte sich der Himmel, in dem sich schwere Wolken sammelten. Und irgendwo in der Ferne hatten sie Mai verschleppt. Mai, die mit ihm überallhin gehen wollte.

Er schob den Ring auf seinen Zeigefinger und hielt seine Hand nach oben.

»Gold«, sagte Sơn.

Der Fahrradfahrer griff nach dem Ring und schnippte dagegen. Er steckte ihn in seinen halb geöffneten Mund und biss hinein. Seine Zähne knackten, als sie das Metall berührten.

*

Sơn erreichte Phnom Penh nach zwei Nächten, zwei Tagen und der gesamten Ration der kleinen Bananen. Die Sonne hatte seine Haut braun gebrannt, an den Checkpoints stellte er sich stumm. Wäre er nicht so kraftlos gewesen, hätte er sich erschrocken: Phnom Penh wirkte wie eine Geisterstadt, in die sich das Leben nur schleichend seinen Weg zurückbahnte. Überall sah er Ratten und Ruinen, die breiten Alleen waren von Barrikaden versperrt, die eleganten Villen der Innenstadt standen verwittert und leer. Mit gebeugten Schultern schlurften die Menschen über die Straßen. Ein sprachloser Terror ging von ihnen aus. Nie sah er jemanden lachen oder auch nur laut sprechen. Nie hob jemand den Blick vom Boden.

Er passierte einen Fluss, der ihn mit seinem hellbraunen Wasser an den Saigon-Fluss erinnerte, und radelte das Ufer unter dem Schatten von hohen Palmen hinunter. Nach einer Weile versperrte ihm ein verwahrloster Pavillon den Weg. Sein geschwungenes Dach war mit goldenen Ornamenten geschmückt, Straßenkinder lagen träge in seinem Schatten und vertrieben die Tauben. Auf der anderen Seite konnte Sơn einen prächtigen Palast mit gezwirbelten Türmen erkennen, mit seinen orangenen Dächern und den Götterfiguren wirkte er wie ein optischer Fehler inmitten der zerrissenen Stadt. Er stieg von seinem Fahrrad ab und schob es zu dem eisernen Gitter, das den Eingang versperrte. Als er davorstand, presste er sein Gesicht zwischen die Stäbe.

Plötzlich hörte Sơn jemanden Vietnamesisch sprechen. Es waren mehrere Stimmen; kräftiger und fröhlicher als alles, was er in den letzten Tagen gehört hatte. Er schloss seine Augen, um ihnen zuzuhören. Ihr Lachen klang für ihn wie Musik.

»Du hast schon wieder eine 2 Herz?! Wer hat die Karten denn so schlecht gemischt?!«

»Suchst du nach Entschuldigungen? Ich haue die großen Sachen einfach nicht so schnell raus wie du!«

Sơn drehte sich um. Am Ende der Palastmauer sah er drei vietnamesische Soldaten auf kleinen Plastikhockern sitzen. Sie hatten ihre Helme abgesetzt und sich weiße Tücher in den Nacken gelegt. In ihrer Mitte stand ein vierter Hocker, darauf lag ein Stapel Karten. Sie mussten *Tiến lên* spielen, das Kartenspiel, in dem die 2 die höchste Karte ist. Sein Lieblingsspiel.

Glücklich lief er auf die Männer zu.

»Darf ich mitmachen?«

Der Älteste von ihnen mischte gerade eine neue Runde. Unter seinem rechten Auge verlief eine helle Narbe. Er lachte, so kratzig, als würde ein Auspuffrohr husten.

»Hast du Geld für den Einsatz? Du siehst nicht so aus!«

Unter seinem Hocker sah Sơn eine Mütze, die voll bunter Scheine mit schlangenlinienförmigen Buchstaben war. Kambodschanisches Geld. Er nahm vier Drachenfrüchte aus seinem Korb und hielt sie dem Mann wie Opfergaben hin.

»Das ist alles, was ich habe.«

Die vietnamesischen Soldaten waren guter Stimmung, denn es war ihr letzter Tag in Kambodscha. Großzügig erbarmten sie sich. Sơn fand einen alten Eimer, drehte ihn um und setzte sich dazu. Das erste Spiel beendete er als Zweiter. Das zweite gewann er mit einem Paar roter Asse. Auch das dritte hätte er fast für sich entschieden, knapp wurde er in letzter Minute besiegt.

»Der Junge spielt nicht schlecht«, bemerkte ein dünner Soldat, der neben ihm saß.

In der vierten Runde ließ Sơn ihn gewinnen. In der sechsten unterlag er wieder in einem Zweikampf. Bei der achten setzten alle alles. Sie spielten so konzentriert, dass sie zu sprechen vergaßen. Schließlich legte der Älteste eine 2 Herz heraus, seinen Trumpf. Er hielt nur noch eine letzte Karte in seiner Hand. Gleich würde er den gesamten Einsatz gewinnen.

Der Dünne schmiss sein Blatt hin.

Sein Nachbar schwieg düster.

Sơn aber hatte vier 3en. Sie bildeten eine Art Joker, mit dem man eine 2 besiegen kann.

Langsam legte er sie auf den Hocker.

»Das kann niemand schlagen, oder?«

Der Älteste stieß den längsten Fluch aus, den Sơn je gehört hatte. Die anderen warfen ihm schlecht gelaunt ihre Scheine in den Schoß. Sorgfältig glättete er sie, um sie aufeinanderzulegen. Sein Geldbündel war so hoch wie der Spielkartenstapel. Sein Herz hüpfte.

»Und was willst du mit dem ganzen Geld?«, fragte der Älteste säuerlich. »In diesem Scheißland gibt's eh nichts zu kaufen.«

»Ich gebe es euch zurück«, antwortete Sơn. »Ich gebe euch alles, wenn ihr mich mitnehmt.«

Der Alte lachte wieder sein Auspuffrohr-Lachen.

»Einmal gewonnen und will schon einen Deal machen! Wer bist du überhaupt? Was treibst du hier?«

Er beugte sich vor und tippte Sơn mit seinem Zeigefinger an die Brust.

»Du siehst mir wie ein Flüchtling aus! Bist abgehauen, um dich vor dem Dienst zu drücken, was?! Hör mal zu, Junge: Wir fahren morgen zurück nach Saigon, und wir werden wegen dir bestimmt keine Umwege machen!«

Sơns Herz zog sich zusammen. Er hatte auf einen Ausweg gehofft, doch die Soldaten boten ihm nur den Weg zurück. Nach Hause, wo vor einer gefühlten Ewigkeit alles begonnen hatte.

Seine Finger fuhren über die Scheine und blätterten durch den Stapel. Vielleicht könnte er sich mit seinem kambodschanischen Geld in Phnom Penh durchschlagen und jemanden finden, der ihn nach Thailand mitnahm. Vielleicht würde diese Reise trotz allem zum Ziel führen.

Aber was war mit Mai?

Langsam zählte er die Hälfte seiner Scheine ab und legte sie in die Hand des ältesten Soldaten.

»Nach Saigon will ich auch. Ich muss dort zu meinem Bekannten, dem Chef des Geheimdienstes. Stellt mir keine Fragen, und bringt mich einfach dorthin.«

Er erhob sich und klopfte sich den Staub von der Hose.

»Das kriegt ihr jetzt, den Rest, wenn wir da sind!«

KIỀU

Die Kopfschmerzen, mit denen ich mich am vorletzten Abend aus dem Großfamiliendinner herausreden will, sind nicht vorgetäuscht. Seit dem Telefonat mit Dorian fühle ich mich wie auf Autopilot, alles rauscht an mir vorüber und ist ein bisschen egal. Ständig spule ich unser Gespräch ab und spüre aufs Neue die leise Hoffnung, die dumpfe Enttäuschung und die Leere, die darauf folgte. Fünfmal hat er mich seitdem angerufen, zwölfmal hat er mir geschrieben. Zum ersten Mal, seit wir uns kennen, habe ich nicht reagiert.

Ich fühle mich nun ständig schlapp und müde; meine Beine sind schwer, als seien sie mit Wasser gefüllt, meine Brust spannt, als sei mein BH zwei Nummern zu klein. Würden mich in Berlin nicht ein Beziehungsgespräch und eine Schwangerschaftsentscheidung erwarten, wäre ich schon wieder nach Hause geflogen. Ein Abend Ruhe täte mir wirklich gut.

»Wir sehen die Verwandten so selten, und du willst nicht mitkommen? Sie werden enttäuscht sein!«

Meine Mutter sitzt mir gegenüber, auf der schattigen Seite eines Gartencafés. Ihr ausladender Hut aus rosa Tüll verdeckt ihr Gesicht, doch ich kann mir ihre energische Miene auch so vorstellen. Es ist ein bisschen wie früher, wenn ich am

Wochenende auf eine Party gehen wollte und sie den Mund verzog.

»Es ist doch nur dieser eine Abend! Wenn wir morgen das Testament lesen, bin ich wieder dabei«, sage ich und ärgere mich über meine eigene Unterwürfigkeit. Warum bitte ich sie überhaupt um Erlaubnis? Dass man seine Bedürfnisse einer Gruppe unterordnen muss, kann ich schon nachvollziehen. Aber müssen wir denn wirklich *alles* gemeinsam machen? Die einzigen Momente, in denen ich bisher alleine war, waren die auf der Toilette.

»Deine Verwandten haben sich etwas Besonderes für dich überlegt«, kündigt sie an.

»Ach ja? Klingt ja gefährlich.«

Inzwischen fällt es mir deutlich leichter, mit meinen Onkeln und Tanten zu reden, mein Vietnamesisch geht mir etwas flüssiger von der Zunge. Dennoch scheue ich mich davor, mit ihnen persönliche Dinge zu besprechen. Seit dem Nachmittag bei Onkel Sơn haben wir weder ihn noch jemand anderen alleine getroffen; immer waren wir in der Großfamilie unterwegs, immer waren die Gespräche von Schmatzen und Zwischenrufen begleitet.

»Onkel Sơn kennt einen jungen Mann, der sehr nett ist«, erklärt meine Mutter und wirkt, als wolle sie mir ein Auto verkaufen. »Er hat sein eigenes IT-Geschäft und ist hier aufgewachsen. Er ist wie du, nur dass er natürlich viel besser Vietnamesisch spricht. Onkel Sơn bringt ihn heute Abend zum Essen mit.«

»Er will mich einem Mann vorstellen?!«

Ich weiß nicht, ob ich lachen oder weinen soll.

»Wieso?«, fragt sie und scheint authentisch erstaunt. »Für einen Vietnamesen ist er sehr groß! Soll ich dir ein Foto zeigen? Onkel Sơn hat es vorhin per WhatsApp herumgeschickt, sogar Tante Linh findet, dass er sehr gut aussieht!«

Sie greift nach ihrem Handy und beginnt, darauf herumzutippen. Auch sie hat sich im Laufe dieser Reise verändert; befeuert von den täglichen Kommentaren der Verwandten, scheint sie völlig vergessen zu haben, dass ich in all den Jahren meines Dating-Lebens noch keinen einzigen vietnamesischen Mann nach Hause gebracht habe. Die Jungen, die ich bei den Karaoke-Partys meiner Eltern traf, waren für mich wie Cousins. Sie waren nett und gut in der Schule, doch was sie verkörperten, war unattraktiv. Ich wollte deutsch und modern sein, nicht ausländisch und streberhaft. Ich wollte aufsteigen, um in einer Kultur anzukommen, die nicht meine war, aber meiner überlegen.

Verliebte ich mich in Männer, waren es Deutsche. Der erste hatte blonde Locken und spielte Gitarre, ein cooler Kiffer, der nicht verstand, warum ich mir von meinen Eltern so viele Dinge verbieten ließ. Der zweite war ein melancholischer Fotograf, der vor allem in die Idee unserer Romanze verliebt war, nicht in mich als Person. Der dritte war ein Ingenieur, der genau wusste, was er wollte, und mich mit seiner Gradlinigkeit irgendwann erdrückte. Der vierte ist Dorian. Dorian, der so talentiert und freiheitsliebend ist, dass er sich niemals für eine Familie aufopfern würde, auch nicht für eine Familie mit mir.

»Ich will nicht verkuppelt werden, schon gar nicht von Onkel Sơn!«, zische ich meiner Mutter zu.

»Sei doch froh, dass wir dir helfen!«

Sie nimmt ihren Hut ab und beginnt, sich etwas Luft zuzufächeln. Ihr Lippenstift hat die gleiche Farbe wie der Tüll, grell springt er mir ins Auge. Sie wechselt ins Vietnamesische.

»Du dachtest schon immer, dass du so wie die Deutschen bist, aber du wirst immer anders sein als sie. Wann wirst du das endlich begreifen? Sie haben ganz andere Werte als wir! Dorian meint es nicht ernst mit dir! Mit so einem Mann kannst du doch keine Kinder kriegen!«

»Wer sagt denn, dass ich Kinder kriegen *will*?«, rufe ich und ärgere mich, dass sie mal wieder meinen wunden Punkt getroffen hat. »Selbst wenn ich jetzt schwanger wäre, würde ich mir genau überlegen, ob ich das Baby behalte oder nicht.«

»So ein Quatsch! Bist du sechzehn? Nein! Bist du krank? Nein! Du hast einen Job und eine Familie, die dich unterstützt! Warum solltest du dir solche Gedanken machen? Es gibt nichts Schöneres für eine Frau, als eine eigene Familie zu gründen!«

Sie beugt sich über den Tisch und tätschelt mir die Wange, als sei ich ein störrisches Kind. Der Gedanke, dass mein Satz der Wahrheit entsprechen könnte, ist für sie so unvorstellbar, dass sie ihren Kopf nur kurz schüttelt und auf ihrem Handy weiter nach dem Foto von diesem Typen sucht. Ich spüre den Schwindel stärker werden und stoße den Gartenstuhl um, als ich mich ruckartig erhebe.

Sie hebt ihre linke Augenbraue.

»Was?«, spottet sie. »Schon wieder Kopfschmerzen?«

*

Ich rausche aus dem Café hinaus und nehme aus den Augenwinkeln wahr, wie andere Gäste ihre Gespräche unterbrechen und mir neugierig hinterhersehen. In der asiatischen Kultur gibt es ja die ständige Angst, sein Gesicht zu verlieren, aber jetzt wird mir klar, dass diese Formulierung irreführend ist: In einem Moment wie diesem verschwindet das Gesicht nicht; es leuchtet rot auf und zieht wie bei einem Feueralarm alle Aufmerksamkeit auf sich.

Ich stolpere durch das kleine Eingangstor und laufe in eine junge Frau hinein, die rauchend danebensteht. Ans Gitter gelehnt, hält sie ihr Gesicht in die Sonne, die Kippe hängt schräg in ihrem Mundwinkel.

»Alles gut bei dir?«, fragt sie.

Sie zieht eine Schachtel Zigaretten aus ihrer Hosentasche und hält sie mir hin. Ich zögere. Nichts kommt mir grausamer vor als Frauen, die während ihrer Schwangerschaft rauchen, trinken oder Drogen nehmen; vor meinem inneren Auge sehe ich, wie das Baby in meinem Bauch am giftigen Qualm erstickt.

Langsam nehme ich mir eine Kippe und stecke sie mir in den Mund. Die Flamme lodert hell auf, als sie sie mit einem silbernen Feuerzeug anzündet. Ich inhaliere tief und spüre, wie das Nikotin in meinem Kopf aufsteigt und sich mit dem Schwindel vermischt. Angenehm dämpft es meinen Ärger ab.

Scheiß drauf. Scheiß auf das alles hier.

»Wie kommt es eigentlich, dass es vor allem Frauen sind, die andere Frauen unter Druck setzen, um Kinder zu bekommen? Damit sie dasselbe Schicksal erleiden wie sie selbst?«

Überrumpelt von ihrer Direktheit, beginne ich zu husten. Blinzelnd sehe ich sie an: Sie muss ein paar Jahre älter sein als ich, ihre Haare sind in einem millimeterkurzen Pixie geschnitten, die Augen schwarz umrahmt. Sie hat vietnamesische Gesichtszüge und einen breiten amerikanischen Akzent. Wahrscheinlich eine Einwanderertochter wie ich.

»Ich saß am Tisch neben euch«, erklärt sie. »Die Diskussion war nicht zu überhören, sorry. Und sorry, dass ich immer so direkt bin. Dumme Angewohnheit von mir.«

Ihre Stimme ist überraschend tief, so tief, dass sie ihren kratzigen Sätzen etwas Wohliges gibt. Man möchte sich hineinlegen wie in ein warmes, weiches Bett.

»Ist schon okay«, antworte ich. »Mir sagen so viele Leute ihre Meinung, da kommt es auf eine Person mehr oder weniger auch nicht an.«

Ich schließe die Augen, um meine Übelkeit wegzuatmen. Träge denke ich über ihre Frage nach.

»Ich glaube, dass Mütter ihren Töchtern das mit dem Kinderkriegen so einreden, weil sie denken, dass es ihre Aufgabe ist. Sie denken, dass nur eine Mutter eine richtige Frau ist. Meine Mutter denkt jedenfalls so.«

»Ich habe das schon immer für eine dumme Ideologie gehalten.«

»Ach ja?«

»Natürlich! Warum sollte eine Frau nur dadurch ihre Erfüllung finden, dass sie einen Mann heiratet und sich von ihm schwängern lässt? Warum kann sie nicht einfach nur sie selbst sein? Denk doch mal darüber nach, wer deine Mutter war, *bevor* sie deine Mutter war. Wie sie als Individuum war, meine ich.«

Seit ich mich erinnern kann, hat meine Mutter der Familie alles untergeordnet: ihren Beruf, ihre Zeit, die Zuneigung, die sie zu vergeben hat. Alle paar Tage ruft sie mich an und erträgt meinen genervten Ton. Wenn wir uns verabreden, bringt sie große Tupperdosen mit vietnamesischem Essen mit, das ich jedes Mal erst abwehre, dann doch annehme und am nächsten Tag zum Abendessen erwärme; natürlich, ohne mich bei ihr zu bedanken. Als ich jünger war, habe ich ihre

Leidensfähigkeit nicht bemerkt. Als ich älter wurde, habe ich sie als Aufforderung verstanden. Wahrscheinlich bin ich deshalb so oft schroff zu ihr.

»Mein Vater hat mal erzählt, dass sie als Studentin sehr politisch war. Ich glaube, dass sie sich ziemlich verändert hat, nachdem sie meine Geschwister und mich auf die Welt gebracht hat. Ihr größter Wunsch ist, dass wir es zu etwas bringen im Leben; unser Glück ist ihr Glück. Ohne Kinder kann ich sie mir gar nicht vorstellen. Schlimm, oder?«

Noch während ich das erzähle, wundere ich mich über mich selbst. Normalerweise gebe ich anderen nur wenig von mir preis, eine Kollegin gestand mir einmal nach dem dritten Glas Wein, dass sie nie wisse, was ich denke, ich hätte so ein »asiatisches Pokerface«. Vor dieser Fremden aber lege ich alle Karten auf den Tisch.

»Du kommst doch auch aus einer vietnamesischen Familie«, füge ich hinzu, um mich vor ihr oder vielleicht auch mir abzusichern. »Du weißt ja, wie das so ist.«

»Jaja, die Kinder sollen es einmal besser haben als ihre Eltern«, seufzt sie. »Wie viele Leute hat dieser Satz schon erdrückt.«

»Hat er das?«

»Hat er das nicht?«

»Ich weiß nicht, ob er mich erdrückt.«

»Und warum stehst du jetzt hier, vor dieser Tür?«

Ich werfe die Zigarette auf den Boden und trete sie mit meinen Schuhen aus. Ich weiß nicht, was ich auf diese Frage antworten soll und ob sie mit ihrer Unverfrorenheit nicht doch zu weit geht. Sie sieht mir meine Verärgerung an und kneift die Augen zu einer Grimasse zusammen.

»Habe ich etwas Falsches gesagt?! Wenn das so weitergeht,

bewerbe ich mich für das Guinessbuch der Rekorde, als Frau, die in die meisten Fettnäpfchen tritt. Da sollte ich ganz gute Chancen haben, oder?«

Ich kann nicht anders, als zu lachen. Was für eine seltsame Person! Seltsam, aber interessant. Habe ich in den letzten Jahren auch nur einen Menschen getroffen, der imstande war, hinter das Pokerface zu schauen? Nein, wahrscheinlich nicht.

»Wer bist du eigentlich?«, frage ich.

»Ich heiße Lee. Mein echter Name ist Ly Ly, aber das war mir zu girly.«

»Ich heiße Kim. Mein echter Name ist Kiều, aber das ist mir zu vietnamesisch.«

Sie lacht.

»Kiều ist doch viel schöner! Alle heißen Kim!«

*

Lee öffnet die Beifahrertür eines grünen Cabrios und fragt: »Soll ich dich irgendwohin mitnehmen?« Mit seinen zerkratzten Ledersitzen und der Gangschaltung passt der Wagen so gar nicht in dieses Land, in dem alles neu oder aus Plastik ist. Ich nenne ihr die Adresse meines Motels und steige ein, weil mich irgendetwas an ihr reizt. Der Wind streicht mir kühl ins Gesicht, als wir die Bolsa Avenue hinunterfahren und meine Mutter mit ihren Erwartungen hinter uns lassen. Zum ersten Mal seit Tagen fühle ich mich wach.

Lee setzt sich eine Sonnenbrille auf, die breiten Gläser sitzen in ihrem schmalen Gesicht wie die schwarzen Augen einer Wespe. Sie beugt sich vor, um das Radio einzuschalten. Die Bässe wummern gegen den Fahrtwind an, eine Frau beginnt, auf Englisch zu rappen, dann wechselt sie ins Vietnamesische.

»Schon mal gehört?«, ruft Lee über die Musik hinweg. »Das ist eine Rapperin aus Vietnam. Sie hat für Obama gefreestylt, als er in Saigon war.«

»Ich hab von vietnamesischer Musik keine Ahnung«, rufe ich zurück. »Das Einzige, was ich kenne, sind diese Liebeslieder, die meine Eltern immer hören.«

»Dieser kitschige Scheiß?« Sie lacht. »Den spielen sie hier auch in allen Cafés. Ich nenne ihn ›den Sound der alten Generation‹. Früher, als mein Vater noch gelebt hat, hat er mit seinen Freunden am liebsten Kriegslieder gesungen. Wenn wir nach Vietnam gefahren sind, konnte er das Land kaum ertragen, weil es so anders war als in seiner Erinnerung. Kaum hatten wir das Hotel verlassen, hat er sich schon wieder beklagt, dass es so laut und dreckig war, außerdem hat er natürlich die Kommunisten gehasst. Irgendwann hatte ich genug von seinem Gejammer und bin alleine hingefahren, da habe ich diese Rapperin kennengelernt. Und ein paar Underground-Poeten. Die Gedichte waren ganz schön dada, aber so sollen Gedichte eben sein, oder?«

Ich halte meinen Kopf in den Wind und spüre, wie die Übelkeit verfliegt. Mit vietnamesischer Kultur verbinde ich alles Mögliche, nur nicht Rap oder Underground-Poesie. Mir gefällt, wie sie über die Generation unserer Eltern Witze macht, statt sich den Pflicht- und Schuldgefühlen hinzugeben, die jedes vietnamesische Kind anerzogen bekommt und lebenslang verinnerlicht. Als ich mein Telefon heraushole, um ein Foto zu machen, schiebt sie ihre Sonnenbrille hoch und sieht mich über die Linse meiner Handykamera an. Ihr linkes Auge ist etwas kleiner als das rechte. Es zuckt leicht.

»Sag mir Bescheid, bevor du das nächste Mal wieder hinfliegst. Dann empfehle ich dir ein paar Sachen, die Leute wie wir mögen.«

Sie sagt »wir« so, wie Fußballfans »heute spielen wir gegen Borussia Dortmund« sagen; voller Selbstverständlichkeit darüber, dass sie und ich zum selben Team gehören. Seltsam, wie sehr mich dieses kleine Wort berührt. »Wir« haben bisher nur wenige zu mir gesagt. Die meisten sagten »ihr«.

Wir erreichen mein hässliches Motel und halten vor der Einfahrt. Sie stellt den Motor ab.

»Da wären wir wohl«, bemerkt sie.

»Kurze Fahrt«, entgegne ich.

Ich löse meinen Gurt und merke, dass ich eigentlich nicht aussteigen und wieder auf mein Alleinsein zurückgeworfen werden will. Es ist alles so vertraut und gleichzeitig neu mit ihr; ich würde auch bis nach Mexiko fahren, um dieses Gefühl noch länger auszukosten. »War cool, dich kennenzulernen«, verabschiede ich mich. »Schade, dass ich morgen schon wieder nach Deutschland zurückfliege.«

»Morgen schon?«, wiederholt sie und startet den Motor erneut. »Dann musst du unbedingt noch einmal zum Meer.«

*

Die Fahrt zum Strand von Westminster ist lang oder kurz, ich weiß es nicht; ich spüre nur, wie sie neben mir sitzt und zu der Musik zu wippen beginnt. Sie ist Tänzerin – wie könnte es auch anders sein? –, man sieht es an ihrem sehnigen Körper und diesen gleitenden Bewegungen.

»Und was ist es, das *dich* erdrückt?«, frage ich, weil ihre

Direktheit alle Barrieren beiseiteräumt, auch meine Zurückhaltung gegenüber anderen Menschen.

Sie hält einen Moment inne, als sei sie eingefroren. Dann rollt sie ihren Kopf in meine Richtung. »Ich habe auch ein Problem mit meiner Mutter, aber es ist anders als deines. Obwohl, vielleicht ist es gar nicht so anders.«

Mit derselben Direktheit, mit der sie mich vorhin vor dem Café angesprochen hat, erzählt sie von ihrer ersten Liebe und dem verkorksten Dinner Talk, der darauf folgte. Sie hatte ihre Freundin schon mehrmals mit nach Hause gebracht, sie aber nur als Bekannte vorgestellt; nach einigen Monaten ging sie mit ihrer Mutter zu einem koreanischen Barbecue-Restaurant und outete sich. Zweimal fragte ihre Mutter nach, was sie mit »Beziehung« meine; dann stand sie auf, dankte dem Himmel, dass ihr Mann das nicht mehr erleben musste, und erwähnte das Thema nie wieder.

Lees Stimme verrät ihre Enttäuschung nicht, trotzdem sehe ich sie in dem starren Blick, mit dem sie die Straße anspricht.

»Und jetzt? Hat sie es inzwischen akzeptiert?«

»Wir machen es wie beim Militär: ›*Don't ask, don't tell.*‹ Wenn ich eine feste Freundin habe, nehme ich sie irgendwann zu meiner Mutter mit, weil ich finde, dass das dazugehört. Ansonsten schweigen wir. Du weißt ja, wie Asiaten sind.«

»Ich kann's mir vorstellen.«

Neugierig sehe ich sie an. Sie ist die erste lesbische Vietnamesin, die ich kennenlerne; zumindest die erste, die so freimütig darüber spricht. Homosexualität ist in Vietnam nicht verboten, aber an der Art, wie meine Eltern und ihre Freunde über Schwule witzeln, merke ich, wie fremd sie es finden.

»Datest du denn vor allem weiße Frauen oder asiatische?«

Während die Frage meinen Mund verlässt, kommt sie mir schon komisch vor. Zu meiner Erleichterung nimmt Lee sie mir nicht übel.

»Früher war ich nur mit weißen Frauen zusammen, ich glaube, ich fand das cooler. Dann hat sich was verändert. Auf meiner ersten Reise allein nach Vietnam habe ich eine Auslandsvietnamesin aus Frankreich kennengelernt. Zwei Jahre waren wir zusammen; es war fantastisch, wenn wir uns gesehen haben, und die Hölle, wenn nicht. Ich war echt verliebt in sie, aber irgendwann ging es nicht mehr.«

Sie dreht sich zu mir um.

»Und du? Irgendwelche Präferenzen in deinem Liebesleben? Lass mich raten: Du stehst nur auf weiße Jungs!«

Ich fühle mich ertappt und denke an Dorian und die Freunde, die ich vor ihm hatte. Erst will ich mich damit rechtfertigen, dass es in Deutschland ja nicht so wahnsinnig viele Vietnamesen gibt, sodass der Pool derer, in die man sich verlieben könnte, recht klein ist. Dann lasse ich es bleiben.

Kann man als Vietnamesin eigentlich Vorurteile gegen die eigenen Leute haben? Wahrscheinlich schon.

»Ich war noch nie mit einem Vietnamesen zusammen«, sage ich knapp. »Ich habe noch nicht einmal einen geküsst.«

Sie lacht.

»Dann verrate ich dir jetzt mal ein Geheimnis: Spucke ist Spucke!«

*

Am Meer gehört Lee zu den Leuten, die so tief wie möglich in das Wasser hineingehen wollen. Sie zieht ihre Baggy-Jeans aus und knotet ihr weißes T-Shirt unter der Brust zusammen, darunter windet sich ein Tattoo, das an einen dornigen Ast erinnert. Federnd läuft sie über den hellbraunen Strand, mit schweren Beinen folge ich ihr. Sie watet voran ins Meer und bleibt stehen, als das Wasser ihre Oberschenkel erreicht. Es ist ruhig jetzt, keine Menschen, keine Wellen; eine Stille, in der man glücklich ertrinken kann.

Ohne ihren Blick vom Ozean abzuwenden, sagt sie plötzlich: »Ich glaube, meine Mutter hofft, dass ich irgendwann zur Vernunft komme, einen Mann finde und Kinder kriege. Sie redet sich ein, dass das mit mir nur eine Phase ist.«

»Du darfst nicht denken, dass sie dich nicht akzeptiert, nur weil sie deine Homosexualität nicht akzeptiert«, erwidere ich und komme mir plötzlich sehr deutsch und pädagogisch vor.

Sie schaut mich von der Seite an.

»Ich rede es mir nicht ein, es ist so! Sie denkt, dass ich mein Leben vergeude. So viel hat sie geopfert für mich. Und wofür? Damit ich Frauen küsse?«

»Du bist zu hart zu dir. Und zu ihr auch!«

»Das ist leicht zu sagen und schwer zu ändern.«

»Ich habe auch eine Mutter. Sie ist auch nur ein Mensch. Es hat lange gedauert, bis ich das verstanden habe, aber jetzt verstehe ich es, meistens jedenfalls.«

Ich mache einen Schritt zur Seite, sodass ich dicht neben ihr stehe. Sie taucht ihre Hände in das Wasser und wäscht sie darin. Ihre Finger sind lang und schlank wie die einer Klavierspielerin. Als sie sich wieder aufrichtet, rieche ich das Salz auf ihrer Haut.

»Als Kind habe ich hier oft Sandburgen gebaut. Ich saß immer da hinten, fast bei den Palmen, weil meine Mutter im

Schatten bleiben wollte, um bloß nicht braun zu werden. Einmal habe ich drei Stunden lang eine Burg gebaut, dann kam ein dicker Junge und hat sie zertrampelt. Mann, hat meine Mutter den fertiggemacht!«

»War es ein weißer Junge?«

»Ist das wichtig?«

»Ja. Nein. Interessiert mich nur.«

»Es war ein vietnamesischer Junge. Trevor Trúc. Einen weißen Jungen zu beschimpfen hätte sie sich gar nicht getraut. Zu Trevor aber hat sie gesagt: Eines Tages wird dir auch jemand was kaputt machen, was dir wichtig ist.«

»Und?«

»Als er meine Ex-Freundin Jahre später zum Prom eingeladen hat, hat sie erst zugesagt und ihn dann an dem Abend stehen lassen, um mit mir hinzugehen.«

Ich stoße einen Pfiff aus, so viel Grausamkeit hätte ich ihr nicht zugetraut. Die untergehende Sonne hat den Himmel rot verfärbt, dunkel steht sie in der Dämmerung da. Ich spüre Lees Blick auf mir, mache einen Schritt nach links und stehe nun Seite an Seite mit ihr.

Die Geschichte meines Vaters

TEIL II

MINH

Hanoi, 1980

Minh musste lächeln, als er aus dem Flugzeugfenster auf den wolkenverhangenen, s-förmigen Umriss von Vietnam sah und sich daran erinnerte, wie er das Land vor zwölf Jahren mit seinen zwei Wörterbüchern und den zwei maßgeschneiderten Anzügen verlassen hatte. Ein Krieg, ein Machtwechsel und eine Hochzeit lagen zwischen seinem Abflug damals und seiner Ankunft heute. Damals war er ein Junge gewesen, der glaubte, eine schwarze Brille würde aus ihm einen Intellektuellen machen. Heute war er ein Mann, der wusste, dass es eine Revolution zu vollenden gab.

Er steckte seinen Pass der Sozialistischen Republik Vietnam in die Tasche des roten Flugzeugsitzes vor ihm und lehnte sich zurück. Die Stewardess mit den Sommersprossen ermahnte ihn, den Anschnallgurt umzulegen, der Kapitän kündigte auf Deutsch und Russisch die baldige Landung an. Achtzehn Stunden hatte der Flug von Ost-Berlin gedauert, etwas länger als geplant, denn zwischendurch waren sie in einen heftigen Sturm geraten, der die Maschine geschüttelt hatte, als sei sie eine Blechbüchse. Kinder hatten geweint, Erwachsene gestöhnt, und Hoa hatte »immerhin sterbe ich im Himmel!« gerufen und sich in eine Papiertüte erbrochen. Er war in seinem Leben nicht oft geflogen – nach Deutschland natürlich, dann einmal nach Mallorca und einmal nach Paris –, doch dieses war mit Abstand das schlimmste Erlebnis von allen gewesen.

Erleichtert dachte er daran, dass er in dreißig Minuten den Boden seiner Heimat betreten würde. Seit Monaten freute er sich auf diesen Moment. Er trug ein neues, kurzärmeliges Hemd, dessen Brusttasche mit seinen Initialen bestickt war, kurz vor seinem Abflug war er beim Friseur gewesen. Sein Koffer war voll mit Aspirin-Tabletten, Leibniz-Butterkeksen und Polohemden, die Hoa bei Karstadt im Sonderangebot gefunden hatte.

Obwohl er die Nachrichten über Vietnam aufmerksam verfolgte, hatte er keine genaue Vorstellung von dem, was ihn erwartete. Seit die Kommunisten das Land regierten, bekam er nur noch selten Briefe aus Saigon. Schrieb ihm seine Mutter, wählte sie einen Ton, der von irritierender Höflichkeit war. Ihre Nachrichten begannen mit »sehr geehrter Minh« und endeten mit »freundliche Grüße«. Immer wieder formulierte sie Sätze, in denen unausgesprochene Botschaften versteckt waren. »Der Familie geht es gut, das Geschäft läuft besser als früher«, hatte sie ihm einmal geschrieben. »Fast so gut wie bei unserem alten Nachbarn, Herrn Giang. Erinnerst du dich?« Giang, das wusste Minh noch gut, hatte sein Haus aufgrund von Spielschulden verloren und war dann in die Obdachlosigkeit abgerutscht. Was ihm seine Mutter mit diesem Beispiel sagen wollte, konnte er nur erahnen. War es möglich, dass die neue Regierung die Post mitlas? Sie schien davon auszugehen.

Dachte er an seine Familie, war das Bild verschwommen. Es lag nicht nur an der kodierten Kommunikation seiner Mutter; er selbst erzählte ihr auch nicht genau, was er in Berlin so machte. Was nützte es schon, wenn er ihr von seinem politischen Engagement berichtete? Sie würde ihn eh nicht verstehen. Ihre geografische Distanz hatte sich in emotionale Distanz verwandelt, je länger Minh in Deutschland war, desto unwirklicher schien ihm sein altes Leben in Vietnam. Dass sich zu Hause viel verändert hatte, war klar. Aber was? Er hatte viele Aufsätze über die Revolution gelesen und nicht wenige selbst verfasst – wie sie das Leben der Menschen veränderte, die ihm am nächsten standen, konnte er sich dennoch nicht vorstellen.

Der Interflug 990 landete mit fünfundsiebzig Minuten Verspätung auf dem Flughafen Noi Bai in Hanoi. Aus dem Fenster sah er, dass die Sonne die Felder ausgedörrt hatte und der Himmel von einer hellen Mattigkeit war. Einzig das Rot der vietnamesischen Fahne leuchtete kräftig, um sie zu begrüßen.

Das Terminalgebäude glich einer hastig zusammengezimmerten Baracke, das Rollfeld lag zerrissen vor ihnen. Sie waren allein auf dem Flugfeld, weder andere Maschinen noch Menschen waren zu sehen. Trotzdem durften sie nicht aufstehen. Endlich sah er eine dünne Frau mit einem Kegelhut aus Stroh zu ihrem Flugzeug eilen, hinter sich zog sie einen großen Holzklotz auf Rollen. Sie verschwand unter dem linken Flügel, um unter den Bauch der Maschine zu laufen, zwanzig Minuten später tauchte sie ohne Klotz wieder auf. Offenbar hatte sie die Räder des Flugzeugs damit fixiert. Blinzelnd sah er ihrer gebückten Figur hinterher. Wenn Flughäfen ein Gradmesser für die Modernität eines Landes waren – und er war überzeugt, dass es so war –, dann musste die Sozialistische Republik Vietnam auf einer ähnlichen Stufe wie Kuba stehen.

*

»Ich glaube, dass dieser Besuch nicht nur schön werden wird«, sagte Hoa, als sie am Abend in dem Restaurant ihres Hotels saßen, das »Der Sieg« hieß und in jedem Raum mit einem Porträt von Ho Chi Minh dekoriert war. Man sah dem Gebäude an seinen Stuckverzierungen und den gefliesten Böden an, dass es in der französischen Kolonialzeit gebaut worden war, doch seitdem schien es kein einziges Mal renoviert worden zu sein. An den Wänden war die Farbe abgeblättert, das Holz der Tische und Stühle war abgeschabt, der Deckenventilator rostete. Obwohl es nach internationalen Standards nicht mehr als einen Stern verdient hätte, kostete es fünfzig Dollar pro Tag. Alle Auslandsvietnamesen mussten hier mindestens eine Nacht verbringen, die Regierung brauchte dringend Devisen.

Das Restaurant im Erdgeschoss war ihnen als bestes Lokal der Stadt empfohlen worden, trotzdem waren sie die einzigen Gäste. Obwohl das Menü ausschließlich westliche Gerichte aufführte – schließlich aßen hier vor allem Besucher aus der Sowjetunion, der DDR oder Frankreich –, bestellte Minh zwei Schalen *Phở*. Das Gericht stammte aus Nordvietnam, er hatte oft gehört, dass sie es in Hanoi besonders kräftig kochten, und sich seit Tagen auf das Essen gefreut. Erwartungsvoll rührte er in der Suppe, zu seiner Überraschung fand sich kein einziges Stück Fleisch darin. Er würzte die Brühe mit etwas Fischsauce und Peperoni: Sie schmeckte wie Wasser. Außerdem waren die Bandnudeln so mehlig, als seien sie nicht aus Reis, sondern etwas anderem gemacht.

Hoa verzog das Gesicht.

»Schmeckt ja fürchterlich! Das muss die schlechteste *Phở* sein, die ich je gegessen habe!«

Minh winkte den Kellner heran, der an der Theke neben

drei anderen jungen Männern lehnte und die Zeit träge an sich vorbeifließen ließ. Aufgescheucht schlappte er zu ihnen herüber.

»Brauchen Sie noch was?«

Anklagend zeigte Minh auf die dampfende Brühe.

»In der Suppe fehlt das Fleisch.«

»Wie meinen Sie das?«

»Ich wollte meine *Phở* mit Rindfleisch. Können Sie sie noch mal in die Küche bringen und das Fleisch dazutun lassen?«

Der Kellner wischte sich die Hände an seinen Hosen ab. Er musste Mitte zwanzig sein, nur einige Jahre jünger als Minh, doch er wirkte unbeholfen wie ein Teenager. Seinem Akzent nach stammte er aus einem der Dörfer um Hanoi herum. Ein Bauernjunge, dachte Minh.

»Sie wollen Fleisch essen?«, fragte der Kellner nach.

»Ja, das habe ich doch schon zweimal gesagt!«

Langsam wurde Minh ärgerlich. Wie unprofessionell die Leute hier waren. In Deutschland wäre ihm so etwas nicht passiert!

»Wir haben kein Fleisch«, gab der Kellner zu.

»Was soll das heißen?«

»Wir kochen die Suppe heute ohne Fleisch.«

»Aber es ist doch eine *Phở*!«, rief Minh, der seine Enttäuschung nicht länger verbergen konnte. »Seit wann isst man die denn vegetarisch?« Er fing sich wieder und versuchte, einen versöhnlichen Ton anzuschlagen. Natürlich liefen die Dinge hier nicht so glatt wie in Deutschland. Er sollte es nicht anders erwarten.

»Wenn ihr kein Rind habt, nehme ich auch Huhn.«

Der Kellner sah sich nach seinen Kollegen um, doch keiner

kam ihm zu Hilfe. Mit dem Handrücken fuhr er sich über die Stirn.

»Sie kommen aus dem Ausland, nicht wahr?«

»Ja, und? Trotzdem kann ich eine echte von einer falschen *Phở* unterscheiden!«

»Im Ausland können Sie bestimmt überall Fleisch bekommen. Aber hier in Hanoi ist es schwer.«

Er senkte seine Stimme und beugte sich zu ihnen vor.

»Gestern hatten wir eine Delegation aus Moskau hier. Jetzt ist die Fleischration für die Woche schon aufgebraucht.«

»Die sowjetische Delegation hat alles aufgegessen?«, fragte Minh ungläubig.

»Ja, sie kommen hier öfter vorbei! Sie helfen unserem Land beim Wiederaufbau. Dafür bringen sie ordentlich Appetit auf unser Essen und andere Köstlichkeiten unserer Heimat mit.«

Er kicherte. Minh beschloss, den Hinweis zu ignorieren.

»Und wie sieht ihre Hilfe genau aus?«

Er hatte gelesen, dass die Kommunistische Partei Vietnams ihre Wirtschaftspolitik an dem sowjetischen Vorbild ausrichtete. Viele der Ideen für den Aufbau der Schwerindustrie waren von Moskau abgeguckt und genau deshalb von westlichen Kritikern als ineffizient, veraltet oder sogar schädlich bezeichnet worden.

Der Kellner zuckte die Schultern.

»Da fragen Sie mich was! Ich rede mit denen doch nicht über Politik, ich rede mit ihnen über Gerichte. Ich weiß, dass sie gerne gebratene Kartoffeln mit Rindfleisch essen; was sie machen, weiß ich nicht. Ist doch auch nicht so wichtig, oder?«

*

Am nächsten Morgen stiegen Minh und Hoa in einen Zug, der das Land von oben nach unten durchquerte und sie in dreißig Stunden nach Saigon bringen sollte. Der Mitarbeiter des Innenministeriums, der sie zum Bahnhof begleitete, schärfte ihnen bei der Abfahrt ein, dass sie es jetzt »Ho-Chi-Minh-Stadt« nennen sollten.

Sie erreichten ihr Ziel nach einer langen, holprigen und vor allem heißen Fahrt. Als sie in Saigon zwei Fahrradtaxis nahmen – in das erste *Xích lô* stellten sie ihre Koffer, in das zweite setzten sie sich selbst –, erkannte Minh seine Heimatstadt kaum wieder. Die Hotels und Restaurants im Zentrum waren verbarrikadiert, die Garküchen und Straßenhändler verschwunden. Weder Schilder noch Straßenlaternen erhellten den Abend; nachdem die Sonne untergegangen war, sah er nur Grau.

Dort, wo früher Kinder herumgelaufen waren und Erwachsene mit großmäuligen Sprüchen Karten gespielt hatten, huschten nun Menschen mit verbrauchten Gesichtern vorbei. Die Frauen trugen schlichte Hausanzüge, die Männer Hemden, aus denen das Weiß herausgewaschen war. Rechts und links rollten sie auf Fahrrädern an ihnen vorbei, manche waren mit schweren Säcken beladen, andere transportierten die ganze Familie. Der Geruch von Staub hatte den von Benzin ersetzt. Das Kreisen der Pedale das Dröhnen der Hupen. Saigon, das Minh als strahlende Tänzerin in Erinnerung hatte, wirkte wie ein müdes Hausmütterchen auf ihn.

Ihre Rikschas bogen in eine Nebenstraße ein, um dann gleich wieder links einzuschlagen. Er erkannte die französischen Fassaden und üppigen Tamarindenbäume, die die Erinnerungen seiner Kindheit säumten. Doch auch die Straße der Freiheit hatte sich verändert. Jemand hatte ihren neuen

Namen mit roter Farbe auf die Fensterfront des geschlossenen Café Brodard geschrieben: *Đường Đồng Khởi*, Straße des Aufstands. Obwohl Minh den kämpferischen Klang eigentlich mochte, kam er ihm nur schwer über die Lippen. Wenn er anderen von seiner Jugend erzählt hatte, hatte er immer von der Straße der Freiheit gesprochen; einen anderen Namen zu benutzen kam ihm wie ein Verrat an seiner Vergangenheit vor.

Als sie vor dem Haus seiner Familie hielten, kam eine junge Frau auf sie zugelaufen. Gurrend fiel sie ihm um den Hals.

»Linh!«, rief er. »Wie schön du geworden bist!«

Er umarmte sie und hatte das Gefühl, ins Leere zu fassen. Sie musste jetzt sechsundzwanzig sein, war aber schmal wie ein Mädchen. Ihre Haare hatte sie mit einem roten Schießgummi zu einem dicken Zopf zusammengebunden, sie trug ein *Áo bà ba*, einen Anzug für Zuhause und draußen, den sie wahrscheinlich selbst genäht hatte: Die schwarze Hose war weit geschnitten, das blaugraue Hemd kragenlos und leicht tailliert. Sie wirkte schlicht, aber sorgfältig gekleidet. Nachdem sie Hoa begrüßt hatte, griff sie nach seiner Hand und zog ihn in das Haus hinein. Die grünen Gitter waren rechts und links zur Seite geschoben und gaben den Blick auf einen leer geräumten Laden frei. Die Regale, in denen früher schimmernde Stoffballen gelegen hatten, waren von einer Staubschicht bedeckt. Die Ständer, an denen die maßgeschneiderten Kleider und Anzüge gehangen hatten, waren verschwunden.

Nur eine Schaufensterpuppe lehnte nackt und arbeitslos in einer Ecke. Auf einem Zettel, den ihr jemand auf den Plastikbauch geklebt hatte, stand »Zu verkaufen«.

»Ist das etwa Minh?«

Seine Mutter trippelte ihnen aus der Küche entgegen, als er sie sah, trat er einen Schritt zurück. In seinen Gedanken hatte er das Bild einer eleganten, geschäftstüchtigen Frau bewahrt, die gerne *Áo dài* trug und sich zu besonderen Anlässen Locken legte. Nun waren ihre Haare von grauen Strähnen durchzogen, ihr Gesicht wirkte müde, die Haut an ihren Fingern hatte Risse bekommen. Auch sie trug einen Hausanzug von relativ guter Qualität, doch unter dem braunen Hemd und der schwarzen Hose wirkten ihre Arme und Beine kantig auf ihn.

Minh wollte auf sie zugehen und sie umarmen, spürte aber eine seltsame Angst, sie zu zerdrücken. Nachdem sie ihm mit einem wortlosen Lächeln die Schulter getätschelt hatte, musterte sie ihn von oben bis unten.

»Da schickt man seinen Sohn ins Ausland, und dann kommt er ganz dünn zurück! Isst du da drüben etwa nicht ordentlich?!« Sie kniff ihm in die Wange.

Er nahm ihre Kritik mit Erleichterung zur Kenntnis. Offenbar war sie noch die Alte.

Seine Mutter wandte sich nun Hoa zu, die sich mit ihrer Kleidung besondere Mühe gegeben hatte und einen weißen, fließenden Rock mit bunten Blumen trug. Ihre Augen hatte sie mit hellem Lidschatten geschminkt, ihre Lippen schimmerten rosa. Zu einer berühmten Schneiderin wie seiner Mutter, hatte Hoa gesagt, konnte sie doch nicht in Jeans und T-Shirt gehen. Nun schien sie sich in ihrer schönen Aufmachung unwohl zu fühlen.

»Du bist also die Frau, die mein Sohn in Deutschland geheiratet hat!«, stellte seine Mutter fest.

Die Worte »ohne meine Erlaubnis« musste sie nicht aussprechen, alle Anwesenden verstanden sie auch so. Als Minh

Hoa vor einem Jahr geheiratet hatte, hatte er seine Pläne zwar nicht geheim gehalten, aber er hatte seine Mutter vorher auch nicht um Erlaubnis gefragt, nicht direkt jedenfalls. Weil ihre erste Reaktion auf die Beziehung so negativ ausgefallen war, hatte er Hoa in seinen Briefen, die er ihr ohnehin nur sporadisch schrieb, nicht mehr erwähnt. Eine Woche vor der Hochzeit hatte er dann ein Telegramm geschickt, in dem er kurz und ultimativ mitteilte, dass er am vietnamesischen Neujahr heiraten werde. Seine Mutter hatte spät und gewunden geantwortet (»*Wenn das Kind weit weg ist, trifft es Entscheidungen, die eine Mutter nicht beeinflussen kann*«), und er hatte beschlossen, diesen Satz als halbherzigen Segen zu interpretieren. Nun war er nicht mehr sicher, ob seine Einschätzung richtig gewesen war.

»Findest du ihn wirklich so dünn?«, fragte Hoa in einem zaghaften Versuch, vor ihrer Schwiegermutter nicht sofort zu kapitulieren. »Wenn ich Zeit habe, gehe ich einkaufen und koche etwas Schönes für ihn. Aber Deutschland ist nicht Vietnam, man muss weit fahren, um die richtigen Kräuter zu bekommen. An den meisten Tagen schaffe ich es einfach nicht, ich arbeite auch und komme erst abends nach Hause.«

»Ist dir dein Beruf etwa wichtiger als dein Mann?«, erwiderte seine Mutter. »Ich musste das Geschäft leiten, weil Minhs Vater im Kriegseinsatz war. Es ging nicht anders, ich musste die Familie durchbringen. Aber du bist mit einem Arzt verheiratet, du musst doch nicht den ganzen Tag arbeiten gehen. Als Frau solltest du dich um deinen Mann kümmern und über Kinder nachdenken. Du bist doch schon dreißig, oder?«

*

Am nächsten Tag erwachte Minh spät, weil sein Körper noch nicht auf vietnamesische Zeit umgeschaltet hatte. Es dauerte einen Moment, bis er begriff, dass er sich in seinem alten Zimmer in Saigon befand. Obwohl die Regierung gewechselt hatte, die Straße anders hieß und sowohl sein Vater als auch sein Bruder verschwunden waren, war sein Bett noch dasselbe. Erst jetzt wurde ihm klar, wie sehr er sein Zuhause vermisst hatte.

Ob seine alten Bücher noch da waren?

Nachdem John aus diesem Zimmer ausgezogen war, war Sơn hier eingezogen, das wusste Minh aus den Briefen. Irgendwo in diesem Raum musste er den Schuhkarton versteckt haben. Minh stand auf und sah unter dem Bett nach, seine Hand tastete sich durch die Dunkelheit unter dem Lattenrost, fand jedoch nichts außer Staub. Die Wandregale waren leer, und der kleine Tisch neben dem Bett hatte keine Schublade, wo der Karton hineingepasst hätte. Blieb nur noch der Kleiderschrank. Er öffnete die Türen und räumte alle T-Shirts und Hosen aus, die er gestern Abend eingeräumt hatte. Nichts. Er öffnete alle Fächer und tastete ihre Böden ab. Die Bücher blieben verschwunden.

Er seufzte. Auf der Fahrt hierher hatte er Hoa von dem alten Tagebuch erzählt, das er in seiner Jugend geführt hatte. Er wusste nicht mehr, was er hineingeschrieben hatte, hätte es aber zu gerne noch einmal nachgelesen.

Enttäuscht rief Minh nach seiner Mutter. Er wollte ihr etwas zeigen, das er eine Woche zuvor in Berlin gekauft und hierher mitgebracht hatte: einen Arztkittel mit langen Ärmeln und Stehkragen. Der Stoff war aus einer leichten Baumwolle, die mit Seide gemischt war und leicht schimmerte. Minh hatte ihn zufällig in einem Fachgeschäft am

Savignyplatz entdeckt; er war für einen Augenspezialisten aus Singapur geschneidert worden, der vor Antritt seiner Stelle aber einen Unfall erlitten hatte und in seine Heimat zurückgekehrt war. Da der Kittel sehr schmal geschnitten war, hatte er keinem anderen Kunden gepasst. An Minh aber saß er perfekt, so dass dem Verkäufer ein »Sie sehen ja aus wie ein richtiger Professor!« herausgerutscht war.

Minh nahm den Kittel aus seinem Koffer heraus und hielt ihn gegen das Licht, sodass das Weiß seine Augen fast blendete.

»Und? Was denkst du?«, fragte er.

»Er ist schön«, antwortete seine Mutter zögerlich. »Fast zu schön, um ihn zu tragen.« Langsam strich sie über den seidigen Stoff. »Wieso hast du ihn mitgebracht?«

»Ich will ihn aufbewahren für später. Nächstes Jahr bin ich mit meinem Facharzt fertig, dann komme ich zurück!«

Seine Mutter sah ihn überrascht an. Hatte sie etwa vergessen, dass er nach Vietnam zurückkehren wollte? Er ärgerte sich, sie nicht schon früher besucht zu haben, doch es war für Hoa unmöglich gewesen, ein Visum zu bekommen. Aufgrund eines bürokratischen Fehlers hatte die neue vietnamesische Regierung Hoas Status als »Landesverräterin« von der alten Regierung einfach übernommen; erst nach der Intervention des ostdeutschen Entwicklungsministers hatte sich das Missverständnis aufgeklärt.

»Du willst wieder in Vietnam leben?«, fragte seine Mutter.

»Natürlich! Wir machen doch eine Klinik auf!«

Vorsichtig drapierte er den Kittel auf dem einzigen Bügel, den er in seinem alten Schrank gefunden hatte. Weiß und wartend hing er nun da. Ein Versprechen, das nur noch eingelöst werden musste. Minh sank auf sein Bett, und seine

Mutter setzte sich neben ihn, sodass ihre Schulter seine berührte.

»Die Lage in Vietnam ist sehr schwierig, viel schwieriger, als du dir vorstellen kannst.« Sie sprach behutsam, Wort für Wort tastete sie sich voran. »Dein Vater ist immer noch im Umerziehungslager, wann er zurückkommt, weiß nur der Himmel. Sơn ist auf der Flucht, zum zweiten Mal. Seit die Kommunisten an der Macht sind, gibt es nicht genug zu essen; die Rationen sind viel zu klein, und meistens werden sie nicht mal voll ausgegeben. Wenn wir den Reis einen Tag nicht strecken müssen, bin ich schon froh. Kannst du dir das vorstellen? Wir leben wie Bettler. Manchmal wünsche ich mir fast den Krieg zurück.«

Sie hatte ganz leise geredet, so als verrate sie ihm ein Geheimnis. Ihre Augenlider waren faltig geworden, beim Blinzeln sah es aus, als weine sie unsichtbare Tränen. Er dachte an ihre seltsamen Briefe und ahnte, wie viel sie ihm verschwiegen hatte, um ihn zu schützen.

»Ich wusste nicht, wie schwer ihr es habt, du hast es mir nie gesagt …«, er hielt inne, weil seine Stimme zu bröckeln begann. Dort, wo dieses Gespräch hinführte, warteten nur Enttäuschungen auf ihn. Er setzte seine Brille ab, putzte die Gläser mit dem Zipfel seines T-Shirts und setzte sie wieder auf. Ein Räuspern, dann begann er erneut. »Vietnam befindet sich im revolutionären Umbruch, es ist kein Wunder, dass die ersten Jahre schwierig sind.«

Er straffte seinen Rücken und drehte ihr sein Gesicht zu. »Ich bin sicher, dass es in Zukunft besser wird. Es bleibt eine gute Idee, ein Krankenhaus zu eröffnen. Wir dürfen den Plan nicht aufgeben!«

»Und von welchem Geld willst du das finanzieren? Die

französische Bank hat zugemacht, unsere Ersparnisse sind alle weg.«

Sie streckte ihm ihre linke Hand entgegen.

»Siehst du das? Nicht mal mein Ring ist mir geblieben.«

Er beugte sich zu ihr vor.

»*Wir* können uns darum kümmern, Mutter! Hoa arbeitet in Deutschland bei einer Bank, sie kann die französische Bank kontaktieren und eine Entschädigung einfordern. Außerdem haben wir jetzt eigene Ersparnisse. Ich verdiene genug, mach dir keine Sorgen darum.«

Langsam schüttelte sie den Kopf.

»Das Land, das wir kannten, existiert nicht mehr. Wir haben alles verloren. Alles, was unsere Familie erreicht hat, ist weg. Wach auf, Minh!«

Ächzend erhob sie sich, um wieder nach unten zu gehen. Während ihre Schritte auf der Treppe hallten, breitete sich in ihm ein Gefühl aus, das er schon lange nicht mehr empfunden hatte: Trotz. Wollte ihm seine Mutter etwa verbieten, zurückzukommen und eine Klinik zu eröffnen? Wie kam sie dazu, ihn wie einen kleinen Jungen zu behandeln? Vietnam brauchte Leute wie ihn, jetzt mehr denn je. Er würde seinen Beitrag schon leisten, ob sie wollte oder nicht.

*

Die Polizeiwache, auf der sich Minh und Hoa als Besucher anmelden mussten, war in einem fensterlosen Gebäude voller Einschusslöcher untergebracht. Das Deckenlicht flackerte, als sie durch die Gänge irrten und vier Menschen, die sich nicht zuständig fühlten, nach der Registrierungsstelle fragten. Endlich reichte ihnen ein Polizist ein Formular, das sie im Warteraum ausfüllen sollten. Er würde gleich kommen und es abholen, rief er ihnen nach. Alles mussten sie darin angeben: die Dauer ihres Aufenthaltes, die Namen aller Bekannten, die sie besuchen wollten, deren Adressen, Berufe sowie etwaige Kontakte, die die Antragsteller mit den Geheimdiensten des kapitalistischen Auslands hatten.

Obwohl Minh die letzte Frage seltsam fand – natürlich war er kein Spion, aber wenn er einer wäre, würde er es ja wohl kaum zugeben –, füllte er das Formular gewissenhaft und mit großen Druckbuchstaben aus. Am liebsten hätte er noch angegeben, dass er in Berlin einen Verein für vietnamesische Studenten gegründet hatte, die nach ihrer Ausbildung zurückkehren würden, um den Aufbau des Landes zu unterstützen. Wenn er gekonnt hätte, hätte er »Wir sind stolz auf die Revolution und verstehen uns als Patrioten!« geschrieben. Aber es gab kein Feld für eigene Kommentare, und das Formular war so eng bedruckt, dass kein Platz übrig blieb.

Der Raum war so stickig, dass sie an ihren Plastikstühlen klebten. Ein Ventilator war nicht zu sehen, also rollte Minh seine Papiere zusammen und fächelte sich damit Luft zu. Eine Stunde saßen sie da und warteten, dann anderthalb, schließlich zwei.

»Wollten Sie diese Dokumente nicht abholen?«, fragte Minh, als er den Polizisten endlich auf dem Gang neben dem Klo gefunden hatte. Er saß auf einem roten Hocker, hatte das eine Bein über das andere geschlagen und las Zeitung.

»Haben Sie denn alles ausgefüllt?«, fragte der Mann, ohne seinen Blick zu heben.

»Vor zwei Stunden, wie gewünscht! Wir dachten schon, es gibt irgendein Problem.«

Minh wedelte mit seinen Papieren herum, traute sich aber nicht, den Beamten zu kritisieren. Er wollte keinen Ärger.

Der Polizist blätterte eine Seite um.

»Die Bearbeitung ihres Antrags ist sehr aufwendig. Wenn Sie in Eile sind, muss ich sehen, was ich für Sie tun kann.«

»Wie meinen Sie das?«

Der Mann sah auf und legte seinen Kopf schräg nach hinten, als wolle er sagen: *»Sie wissen schon, was ich meine.«*

Minh war irritiert. Die Kommunisten hatten wieder und wieder versprochen, dass sie die Korruption beenden würden. Und nun wollte dieser Typ Geld von ihm?

»Ich halte mich an die Regeln«, presste er hervor. »Und ich erwarte auch von Ihnen, dass Sie unsere Anträge ordnungsgemäß bearbeiten.«

Der Polizist zuckte die Schultern.

»Sie können auch gerne weiter warten, wenn Sie wollen. Wir haben bis vier Uhr auf, falls Ihr Antrag heute nicht drankommt, müssen Sie morgen wiederkommen. Überlegen Sie es sich. Und können Sie bitte zur Seite treten? Ich muss mal aufs Klo.«

*

Als Minh einige Tage später in Unterhemd und Shorts nach unten in das Wohnzimmer kam, sah er Hoa neben einer älteren Frau auf dem Fliesenboden sitzen. Ihre lederne Haut hatte einen ähnlichen Braunton wie ihr Hemd, sie hatte Hoa den Rücken zugewandt und ließ sich von ihr die weißen Haare herausziehen. Als er hereintrat, sahen beide auf, und er erkannte, dass sie die gleiche flache Nase und das gleiche runde Gesicht hatten.

»Minh?« Die Frau erhob sich, nahm seine Rechte in ihre Hände und presste sie zusammen. »Was für ein waches Gesicht du hast!« Mit rissigen Fingern strich sie über seine Wange.

»Meine Mutter hat nachts um zwei den Bus in Ham Tan genommen, um hierherzukommen«, erklärte Hoa. »Um sechs stand sie unten vor der Tür und hat geklopft.«

Hoa hatte eigentlich vorgehabt, für ein paar Tage zu ihrer Familie zu fahren, doch Minhs Mutter hatte es ihr verboten. Eine verheiratete Frau wohne bei der Familie ihres Mannes und helfe im Haushalt mit, hatte sie gesagt. Hoa war bitter enttäuscht gewesen, hatte sich aber gefügt. Offenbar hatte sie dann doch noch einen Weg gefunden, um das Verbot zu umgehen.

Minhs Mutter kam mit vier Gläsern Tee herein. Obwohl sie der Besucherin gegenüber höflich war, spürte er, dass sie ihr nicht passte. Die Zwillinge hatten ihm erzählt, dass ein Ehepaar aus der Nachbarschaft ein paarmal zu Besuch gekommen war: Sie hatten eine zwanzigjährige Tochter, die sie mit einem Auslandsvietnamesen verheiraten wollten. Die Familie besaß ein Haus neben der alten Nationalversammlung, aus unerklärlichen Gründen hatten sie es vor der Enteignung bewahren können.

Hoas Mutter, das war auf den ersten Blick zu sehen, besaß hingegen gar nichts. Sie hatte früher als Lehrerin in Hue gearbeitet, lebte nun aber mit Hoas acht Geschwistern in der Sonderwirtschaftszone. Dort schlugen sie sich mit dem Anbau von Obst und Gemüse durch, das sie auf dem Markt verkauften. Als Geschenk hatte sie vier Stauden kleiner Bananen mitgebracht.

»Das Leben bei Ihnen muss hart sein«, sagte Minhs Mutter,

»ich habe gehört, dass der Boden da oben sehr unfruchtbar ist.« Sie gab der Frau einen Tee, stellte die anderen beiden Gläser neben Minh und Hoa auf dem Boden ab und setzte sich im Schneidersitz dazu.

»Da haben Sie leider recht«, antwortete Hoas Mutter. »Wir versuchen es gerade mit Maniok und Süßkartoffeln, die scheinen dort besser zu wachsen. Aber es bleibt schwierig. Das einzig Gute ist, dass die Armut alle gleichmacht. Man versucht, sich gegenseitig zu helfen. Wenn ich eine gute Ernte habe, bringe ich unserer Nachbarin ein paar Früchte mit; sie leiht den Kindern dafür ihr Fahrrad, damit sie nicht zur Schule laufen müssen. Drei Stunden hin und drei Stunden zurück sind ja nicht gerade wenig …«

Sie trank ihren Tee wie einen kostbaren Wein, und Minh dachte mit einem schlechtem Gewissen daran, wie oft Hoa und er in Berlin ins Kino gingen oder in dem japanischen Bistro auf der Kantstraße aßen. Es war recht günstig, um die fünfzehn Mark für zwei Personen, wenn sie sich die Cola teilten. Aber fünfzehn Mark waren ein Fahrrad, waren ein Kind weniger, das den halben Tag zur Schule laufen musste. Er sah Hoa an und wusste, dass sie in ihrem Kopf dieselbe Rechnung gemacht hatte. Mit ihrem Handrücken wischte sie sich über die Augen.

»In Saigon ist die Stimmung auch miserabel«, seufzte seine Mutter. »Die halbe Stadt versucht zu fliehen.«

»An Flucht kann unsere Familie nicht mal denken. Wir haben weder das Geld noch die Beziehungen dafür.«

»Es ist bewundernswert, dass ihr das Beste aus einer sehr schwierigen Situation machen wollt«, warf Minh ein. »Vielleicht ist es klüger, hier zu bleiben, statt um jeden Preis ins Ausland zu wollen.«

Seine Mutter sah ihn irritiert an, ihre rechte Augenbraue zuckte. Mit übertriebener Höflichkeit wandte sie sich Hoas Mutter zu und sprach über seinen Kopf hinweg, als sei er nicht da.

»Wissen Sie, Schwester, es gibt viele Leute, die von außen auf unser Land schauen, aber die Dinge nicht verstehen. Mein Mann ist seit fünf Jahren im Umerziehungslager eingesperrt, weil er ein politischer Gegner ist. Mein zweiter Sohn ist seit einem Jahr auf der Flucht, weil er es hier nicht mehr ausgehalten hat. Meine anderen Kinder haben keine Aussicht zu studieren, weil sie in Sippenhaft genommen werden. Wie soll eine Familie wie unsere aus so einer Situation irgendetwas machen? Wir haben keine Zukunft hier. Wer anders denkt, ist entweder naiv oder zu verblendet, um die Wahrheit zu sehen.«

Minh spürte seinen Kopf heiß werden. Warum sagte ihm seine Mutter nicht direkt, was sie dachte? Warum musste sie ihn vor anderen demütigen?

Hoa sah ihn stumm an. *Lass es gut sein*, sagte ihr Blick.

»Jeder hier, der noch etwas aus seinem Leben machen will, versucht zu fliehen«, setzte seine Mutter nach. »Wenn die Straßenlaternen Beine hätten, würden selbst sie davonrennen!«

Na schön, dachte Minh. Auf seinem Hosenboden drehte er sich zur Seite, um nun ebenfalls Hoas Mutter anzusprechen.

»Gut, dass Menschen keine Straßenlaternen sind, denn sonst würde in diesem Land ja schnell das Licht ausgehen!«, sagte er schneidend. »Vietnam muss jetzt lernen, auf eigenen Füßen zu stehen, um frei und demokratisch zu werden. Wer glaubt, dass das über Nacht geschieht, hat eine seltsame Vorstellung von Politik. Wir Auslandsvietnamesen haben Zugang zu Informationen, die hier nicht zu bekommen sind; viele von uns glauben, dass der Weg steinig, aber richtig ist. Von außen kann man das vielleicht klarer sehen als von innen. In Deutschland gibt es dazu ein Sprichwort: ›Man sieht den Wald vor lauter Bäumen nicht.‹«

»Soso«, entgegnete seine Mutter giftig. »*Das* ist es also, was sie dir in Deutschland erzählen. Die Gerüchte über euch haben es schon bis nach Vietnam geschafft. Ein Bekannter hat von seinem Bekannten gehört, dass du auf einer Demonstration der Kommunisten warst. Mein ältester Sohn, auf einer *Demonstration*!«

Sie erhob sich vom Boden und begann, die Teegläser wieder einzusammeln. Mit einem aufgesetzten Lächeln dankte sie Hoas Mutter für die Bananen und teilte ihr mit, dass sie sie gerne zum Übernachten eingeladen hätte, aber leider kein Bett zur Verfügung habe. Diese nahm die Abfuhr würdevoll entgegen. Als Minh ihr demonstrativ fünfzig Dollar in die Hand drücken wollte, schüttelte sie nur stumm ihren Kopf.

*

Eines Abends bat seine Mutter Minh, sie zu einem Bekannten zu begleiten. Er sei ein Mann mit guten Verbindungen, sagte sie, es gebe neue Nachrichten von Sơn. Als sie eine Rikscha zu seinem Haus im dritten Bezirk nahmen, sah sie sich immer wieder um. Kurz vor dem Ziel bat sie den Fahrer, an einer Ecke zu halten, an der Zuggleise die Straße kreuzten.

»Es ist besser, wenn niemand mitbekommt, dass er Besuch aus dem Ausland bekommt«, sagte sie mit gesenkter Stimme,

»er arbeitet für die Sicherheit.« Minh war überrascht, dass sie einen kommunistischen Geheimdienstmann freiwillig besuchte, aber sie musste wohl ihre Gründe haben.

Es war das erste Mal seit Tagen, dass sie zu zweit waren. Aber auch jetzt fragte Minh seine Mutter nicht, von wem sie die Informationen von der Demonstration hatte, und sie fragte ihn nicht, warum er dorthin gegangen war. Stillschweigend waren sie eine Waffenruhe eingegangen, um den Frieden während seines Besuchs zu wahren. Es war besser zu schweigen als zu streiten.

Seine Mutter bog in eine schmale Seitengasse ab, die lauter Winkel schlug und sie zu einer weißen Villa mit hohen Säulen führte. Als sie den schmalen Weg zur Eingangstür entlangliefen, sah Minh zwei Schweine, die in einem zusammengezimmerten Verschlag im Garten zu leben schienen. Eine ältere Frau mit einem krummen Rücken begrüßte sie an der Tür und kündigte an, dass Herr Công in seinem Arbeitszimmer schon auf sie warte.

Hinter einem Schreibtisch aus dunklem Massivholz thronte ein Mann in einer grünen Uniform. Seitlich zum Tisch sitzend, hatte er das rechte Bein über das linke geschlagen und starrte eine Wandkarte mit den Verwaltungsbezirken von Ho-Chi-Minh-Stadt an. Seine Haare klebten in kleinen Wellen auf der Stirn, er schien in Gedanken weit weg zu sein. Minh war sich nicht sicher, ob Herr Công sie gesehen hatte; er wollte sich schon räuspern, da begann der Mann zu sprechen.

»Als ich im Norden lebte, habe ich meiner Frau immer von Häusern wie diesem erzählt. Wenn der Krieg erst mal vorbei ist, habe ich ihr gesagt, werde ich mit dir in meine Heimatstadt gehen und sie dir zeigen. Unsere Kinder werden eine normale Schule besuchen, wir werden ein neues Land aufbauen. So viele Jahre habe ich ihr von diesem neuen Leben erzählt …«

An der Wand hinter ihm hing eine gerahmte Urkunde, auf der er für seine Verdienste um den Aufbau der Stadt gewürdigt wurde. Darüber hing ein Foto, das offenbar schon etwas älter war: Es zeigte Ho Chi Minh, der in einem Bambusstuhl in einem Garten saß und eine Brille trug; seitlich abgeschnitten war Herr Công zu sehen, der ihm einige Papiere reichte. Minh war beeindruckt: Er war noch nie jemandem begegnet, der den berühmten Kommunistenführer getroffen hatte.

Herr Công griff nach einer Bierdose, die auf einem Stapel Unterlagen stand, und nahm einen Schluck.

»Wollt ihr auch?«

Minh schüttelte den Kopf. Seine Mutter setzte sich auf einen Stuhl und faltete die Hände in ihrem Schoß zusammen.

»Sie hatten angedeutet, dass die Situation schwierig ist. Ist alles in Ordnung bei Ihnen?«, fragte sie.

»Ordnung, Unordnung, was sind das schon für Kategorien!« Er warf seine Hände in die Luft. »In einer Revolution zählt nur das eine. Wisst ihr, was das ist?«

Er beugte sich vor.

»Der Weg nach vorne.«

Er lehnte sich zurück.

»Und alles, was nicht nach vorne geht, wird zur Seite gedrängt. Alte Ideen, alte Versprechen, alte südvietnamesische Kader wie ich. Es gibt noch viele Opfer im Namen der Revolution zu bringen, glaube nie, dass du schon genug verloren hast!«

Minh war die Situation unangenehm, mit einem Ausbruch

wie diesem hatte er nicht gerechnet. Am liebsten hätte er sich höflich, aber schnell wieder verabschiedet, doch der Blick seiner Mutter disziplinierte ihn. Er setzte sich auf den Stuhl neben ihrem und sah, dass etwas auf dem Schreibtisch lag: ein Foto von Sơn mit einer jungen Frau, deren Haare ungewöhnlich lockig waren. Mit hängenden Armen standen die beiden auf einer Lichtung, hinter ihnen waren Strohhütten und ein Strom von Menschen zu sehen. In der Ferne zeichnete sich der Umriss einer Bergkette ab; obwohl die Landschaft der gebirgigen Gegend in Zentralvietnam ähnelte, musste das Foto irgendwo anders aufgenommen worden sein.

Herr Công bemerkte seinen Blick und reichte ihm das Bild herüber. Dort, wo es sich wellte, malte das Licht der Deckenlampe einen hellen, glänzenden Strich. Minh nahm das Foto in beide Hände und sah es sich genauer an. Zwölf Jahre hatte er seinen Bruder nicht gesehen, vor zwei Jahren hatten sie sich zuletzt geschrieben. Sơns Augen sahen ihm trotzig entgegen, seine Haare waren struppig geworden. Er trug ein ausgewaschenes weißes T-Shirt und hellblaue Shorts, die ihm eine Nummer zu groß waren. Seine Haut war dunkel und uneben geworden, so als hätte sie zu viel Staub und Sonne abbekommen. Er wirkte viel älter, als Minh ihn in Erinnerung hatte. Älter und rauer.

»Woher kennen Sie meinen Bruder?«, fragte er Herrn Công.

»Sơn? Der ist mit meiner Tochter zur Schule gegangen. Ich weiß nicht, ob er ihr Fluch ist oder ihr Segen! Nachdem sie mit ihm nach Kambodscha geflohen ist und dort verschleppt wurde, kam er zu mir. Ich war fuchsteufelswild und wollte ihn am liebsten verhaften. Oder verprügeln. Oder erst verprügeln und dann verhaften lassen! Aber der Junge ist ein Schlawiner, er hat mich so lange bekniet, ihm bei seiner Suche nach Mai zu helfen, dass ich irgendwann weich geworden bin. Ich habe ihm zwei Leute mitgeschickt, die mit ihm zurück nach Kambodscha gefahren sind. Nach zwei Wochen haben sie sie tatsächlich gefunden. Zum Glück haben wir so gute Kontakte zu der vietnamesischen Armee vor Ort, die konnte uns helfen …« Geistesabwesend kratzte sich Herr Công im Gesicht. »Hatte ja nicht ahnen können, dass Mai und Sơn gleich dableiben!«

»Sie sind in Kambodscha geblieben?«

Minh dachte an die Bilder, die er aus den Nachrichten kannte. Die Berge der Totenschädel hatten ihn an die Fotos aus Auschwitz erinnert. Wenn er gewusst hätte, dass sein Bruder in dieser Hölle lebte, hätte er versucht, ihn nach Deutschland zu holen. Irgendwie.

»Ich kann es dir nicht genau sagen, Junge. Ich glaube, sie waren eine Weile in Phnom Penh, dann sind sie zur Grenze gefahren und haben es nach mehreren Anläufen nach Thailand geschafft. Aber es war ja nicht gerade so, dass mir Mai von unterwegs eine Postkarte mit ihrer Reiseroute schicken konnte. Ich habe hier allen gesagt, sie sei tot!«

»Tot? Wieso haben Sie denn das gesagt?«

»Na hör mal! Ich bin in der Partei! Wir sperren Leute ein, die fliehen. Wie sieht das denn aus, wenn das eigene Kind abhaut?«

Mit spitzen Fingern drehte er seine Dose.

»Wenn das jemand mitbekommen hätte …«

Herr Công blinzelte, und als er seine Augen wieder öffnete, sah Minh, dass sie feucht waren. Er hatte noch nie einen Mann weinen sehen und wusste nicht, wie er reagieren sollte, also griff er zum nächstbesten Dokument und strich die Eselsohren glatt. Es war der Fünfjahresplan der Kommunistischen Partei, verabschiedet auf dem IV. Parteitag im Dezember 1976. *Die sozialistische Revolution in unserem Land ist ein Prozess von übergreifendem, tiefem und anhaltendem revolutionären Wandel. Bis zum Jahre 1980 soll die sozialistische Umgestaltung Südvietnams im Wesentlichen vollzogen sein …*

Seine Mutter legte dem Mann eine Hand auf den Arm, um ihn zu beruhigen. Sie sprach mit ihm sanft, als sei er ein Kind.

»Sie hatten gesagt, dass einer Ihrer Bekannten die beiden in einem Flüchtlingslager in Thailand getroffen hat. Dort wurde dieses Bild aufgenommen, oder? Geht es ihnen gut?«

Herr Công fing sich wieder und legte ein zweites Foto vor ihnen auf den Tisch: Zu sehen war eine Schlange von mehr als hundert Menschen, die sich um ein langgezogenes Gebäude wand, das aus Wellblech, Plastikplanen und dicken Bambusrohren zusammengezimmert war. Die Kinder trugen weder Hemden noch Schuhe, manche der Erwachsenen hatten Plastikeimer dabei.

»Das ist das Bad«, erläuterte Herr Công und tippte mit seinem Finger darauf. »Zehn Toiletten für insgesamt zehntausend Menschen! Der Gestank soll so schlimm sein, dass meinem Kontaktmann ganz übel wurde, als er das Foto gemacht hat.«

In düsteren Tönen beschrieb er eine anarchische Welt, in der das Wasser so knapp war, dass sich einige Frauen dafür verkauften und die Männer einander verprügelten. Eine Welt, in der die Wärter mit der Allmacht von Göttern über die Flüchtlinge herrschten und ihnen das wenige nahmen, das sie besaßen: ihr letztes Gold, ihren verwundeten Stolz.

»Und wissen Sie, wer die Schlimmsten sind?!«, rief er. »Wer am meisten Spaß daran hat, die Frauen zu vergewaltigen und die Männer zu schlagen? Es sind nicht die thailändischen Wärter. Es sind die Vietnamesen, die sie als Aufpasser angeheuert haben! Unsere eigenen Leute!«

Er sprach voll Abscheu und Wut, immer wieder unterbrach er sich, um Atem zu holen. Auf Minh wirkte es, als würde Herr Công an seinen eigenen Worten ersticken.

»Ist es das, wofür wir gekämpft haben? Damit unsere Landsleute in anderen Ländern ihre vietnamesischen Brüder und Schwestern missbrauchen? Haben wir dafür unser Blut vergossen?«

Seine Hände zitterten, das Hemd seiner Uniform hatte er inzwischen aufgeknöpft, sodass sein Unterhemd zu sehen war. Er öffnete seinen Mund, um weiterzusprechen, schloss ihn dann aber wieder und verfiel in Schweigen.

»Ich kann verstehen, dass Sie sich Sorgen machen«, sagte Minh schließlich. »Das tun wir auch. Wissen Sie denn, wie lange die beiden in diesem Flüchtlingslager bleiben müssen? Vielleicht können wir sie dort unterstützen.«

»Unterstützen? Das ist leicht gesagt! Sơn hat ein paarmal versucht, einem Verwandten in Deutschland zu schreiben. Aber der hat einfach nicht geantwortet, kann man sich das vorstellen?«

Er schüttelte den Kopf.

»Diese Auslandsvietnamesen sind schon seltsam. Kaum sind sie weg, vergessen sie ihre eigenen Brüder.«

Minh griff ihn am Arm.

»Was erzählen Sie da? Sơn hat nur einen Verwandten, der in Deutschland lebt, und das bin ich!«

»Du bist der Deutsche?«

»Ja! Aber ich habe nie einen Brief bekommen! Sind Sie sicher, dass die Geschichte stimmt?«

»So sicher, wie ich hier sitze! Sơn hat es meinem Kontakt zweimal erzählt: *›Mein Bruder sitzt in seinem deutschen Wohnheim und überlässt mich der Wildnis!‹* So was denkt man sich doch nicht aus!«

»Aber ich lebe nicht mehr im Wohnheim! Nach unserer Hochzeit sind wir in eine eigene Wohnung gezogen.«

Minh fiel in seinen Stuhl zurück. Die Schuld überrollte ihn mit der Wucht einer Lawine. Weil er zu feige gewesen war, mit seiner Familie über seine Ehe zu sprechen, wussten sie nichts von seiner neuen Wohnung. Und weil sie nichts von seiner Wohnung wussten, hatte Sơn seinen Brief an die falsche Adresse geschickt. Hätte er seiner Mutter doch nur die Wahrheit gesagt! Hätte er ihr doch öfter geschrieben!

»Ich wusste nicht, dass er Hilfe brauchte. Wenn ich das gewusst hätte, hätte ich doch etwas getan! Es war ein Missverständnis! Ein dummes, schreckliches Missverständnis!«

Aus roten Augen sah Herr Công ihn an.

»Und das sollen wir dir glauben?«

»Warum sollte ich bei so etwas lügen?!«

Hilflos sah er seine Mutter an. Ihre Augen hatten die Farbe von trübem Wasser angenommen. Enttäuschung schwamm darin. Er zupfte sie am Arm, aber sie zog ihn weg.

»Wieso bist du nicht selbst auf die Idee gekommen, deinen Bruder nach Deutschland zu holen?«, fragte sie langsam. »Warum musste er sich überhaupt auf die Flucht begeben? Warst du mit deiner Frau zu sehr mit anderen Dingen beschäftigt, um an deine eigene Familie zu denken?«

»Aber ihr habt doch nie etwas gesagt!«, rief Minh. »Du hast doch immer geschrieben, dass es euch gut geht!«

Noch während er diese Sätze aussprach, wurde ihm klar, wie lächerlich sie klangen. Natürlich hatte er geahnt, dass irgendetwas nicht stimmte. Natürlich überraschte es ihn nicht, dass auch sein Bruder ins Ausland wollte. Es war für Minh schlicht einfacher gewesen, die Dinge *nicht* so genau zu wissen. So wie er in Deutschland irgendwann auf den Geschmack von Wurst und Käse gekommen war, so war er auch auf den Geschmack der Freiheit gekommen, die ihm das Leben im Ausland bot. In seinem Unwissen war er frei gewesen von den Pflichten und Erwartungen der eigenen Familie. Frei, nur an sich zu denken.

Herr Côngs Lippen spitzten sich und formten ein Wort, das er nicht auszusprechen brauchte.

Verräter.

*

Den Rest seines Urlaubs verbrachte Minh damit, möglichst viele Freunde zu treffen, um möglichst wenig Zeit zu Hause zu verbringen. Immer, wenn er das Gesicht seiner Mutter anschaute, meinte er darin dieses schreckliche Wort zu sehen. Sie sprach es nie aus, aber es hallte wie ein Echo in seinem Kopf. Er, der von seiner Familie mit einer Mission in die Welt geschickt worden war, hatte sie auf seinem Weg dorthin verraten. Er fühlte sich schuldig, wusste aber nicht, wie er das Thema ansprechen sollte. Ging er abends aus, klagte seine Mutter, dass er nie zu Hause war. Blieb er abends daheim, schwiegen sie sich beim Essen an.

Nur einmal, als er zusammen mit Hoa von einem dreitägigen Besuch bei ihrer Familie zurückkehrte, brach der Ärger aus seiner Mutter heraus. In einem Akt der besonderen Grausamkeit ließ sie ihre Wut jedoch nicht an ihm aus, sondern an seiner Frau. Ihr fünfzehnminütiger Vortrag zu den Pflichten und Aufgaben einer Schwiegertochter begann noch vor dem Hauseingang, sodass alle Nachbarn ihn gut verstehen konnten. Hoa, rief sie, gehöre nun der Familie ihres Mannes und dürfe nicht tagelang ohne Erlaubnis wegfahren, um irgendwelche Verwandten zu besuchen. Eine gute Schwiegertochter kenne ihren Platz und sei den Älteren treu. Im Ausland habe sie das wahrscheinlich vergessen, aber letztendlich verdanke sie alles – und sie betonte das Wort *»alles«* – der Familie, die so viel in Minh investiert habe.

Mit roten Gesichtern schlichen sie beide nach oben. Minh fühlte sich in seiner eigenen Familie so fremd. »Nur noch eine Woche«, tröstete er Hoa. »Eine Woche, dann können wir nach Hause fliegen.«

*

Am Tag seiner Abreise versuchte Minh endlich, mit seiner Mutter zu reden. Sie saß in dem Bambusstuhl neben dem Balkon und sah in den gähnenden Nachmittag hinein. Ihre Finger strichen über das Foto von Sơn und Mai: Gestern war sie noch einmal bei Herrn Công gewesen, er hatte es ihr geschenkt. Minh legte ihr von hinten eine Hand auf die Schulter und spürte, wie sie hochschreckte. Zwölf Jahre war er weg gewesen. Wann würden sie sich das nächste Mal sehen?

»Ich habe noch mal nachgedacht. Über das Gespräch von neulich. Die Sache mit Sơn«, sagte er vorsichtig.

»Was ist mit Sơn?«

»Wenn ich nach Berlin zurückkomme, könnte ich einen Antrag auf Familienzusammenführung stellen. Es ist nicht einfach, aber ich könnte es versuchen.«

Sie sah ihn an.

»Und das fällt dir erst jetzt ein?«

Er stellte seinen Koffer ab und setzte sich auf den Boden. Wie ein Kind kauerte er neben seiner Mutter.

»Ich hatte immer gedacht, dass ich nach Vietnam zurückkomme, und nicht, dass ich meine Familie nach Deutschland hole. Wir hatten einen Plan, erinnerst du dich? Ich habe daran nicht gezweifelt, ich dachte immer, dass wir *hier* etwas aufbauen, nicht drüben im Ausland. Ich wusste nicht, dass ihr eure Meinung geändert habt, ihr habt es mir nie gesagt. Aber wenn es das ist, was ihr euch wünscht, dann werde ich es versuchen.«

Am liebsten hätte er hinzugefügt: *»Ich bin doch der älteste Sohn. Ich will doch das Richtige tun.«*

Er traute sich nicht.

Seine Mutter blieb regunglos.

»Wir brauchen deine Hilfe nicht, um ins Ausland zu gehen. Es gibt jetzt einen anderen Weg.«

»Was meinst du damit?«

»Letztens war John in dem Flüchtlingslager von Sơn zu Besuch. Er arbeitet inzwischen für die Amerikanische Botschaft in Thailand. Er hat gesagt, dass er ihn in die USA bringen wird.«

»Auf John kann man sich nicht verlassen!«

»Auf dich auch nicht!«

Der Satz traf ihn wie eine Ohrfeige. Sein Kopf fiel zur Seite und fühlte sich heiß und schwer an.

»Es war ein Missverständnis!«, rief er.

»Ich will deine Entschuldigungen nicht mehr hören!«, rief sie.

Minh schloss seine Augen, um seine Mutter nicht ansehen zu müssen. Was hatte er hier eigentlich zu finden gehofft: eine Familie, die nur auf seine Rückkehr wartete? Eine Heimat, die so warm war wie seine Hoffnungen und Ideale? Vietnam, das wurde ihm nun klar, existierte einmal in seiner Erinnerung und einmal in der Realität. Das eine hatte mit dem anderen nur wenig zu tun.

Seine Knie knackten, als er sich wieder erhob.

»Wenn du meine Hilfe doch willst, schreib mir. Ich lege dir meine neue Adresse auf den Tisch.«

Er wandte sich ab und hörte, wie sie sich hinter ihm erhob. Unten warteten Linh und die Zwillinge schon im Hauseingang, Hoa saß auf ihrem großen Koffer. Seine Geschwister umarmten ihn mit traurigen Augen, seine Mutter stand hölzern vor ihm und hob ihre Hand zum Gruß. Nach einigem Zögern öffnete er noch einmal seinen Koffer, holte seinen weißen Arztkittel heraus und übergab ihn an Linh.

Sie nahm den Kittel in die Hand, strich verzaubert über den weichen Stoff und legte ihr Gesicht hinein. Dann zeigte sie auf die nackte Schaufensterpuppe, die den leeren Laden bewachte.

»*Darf ich*?«, sagte ihr Blick.

Er zuckte die Schultern. »*Mach, was du willst.*«

Vorsichtig, als würde sie eine Königin einkleiden, legte sie der Puppe den Kittel um die Schultern. Konzentriert machte sie die weißen Knöpfe zu. Als die Knopfleiste den Bauchnabel erreicht hatte, entfernte sie den Aufkleber und pappte ihn auf ihre Hand. Sie strich den Stoff glatt und trat einen Schritt zurück, um den Anblick zu begutachten. Der Kittel war an der Brust etwas eng, saß sonst aber so, als sei er für die Puppe maßgeschneidert worden.

Mit einem Gurren reckte Linh ihren Daumen in die Höhe, dann trat sie noch einmal an die Puppe heran und klebte den Aufkleber auf die Brusttasche.

»Zu verkaufen«.

KIỀU

Am letzten Tag weckt mich mein Körper so früh, als habe er schon auf deutsche Zeit umgeschaltet. Mein Herz klopft, als würde es sich beeilen, den Tag zu beginnen. Vom anderen Bett dringt das Schnarchen meiner Eltern herüber, leise richte ich mich auf und taste mich mit den Händen voran durch die Dunkelheit.

Heute muss ich ihnen noch einmal Gesellschaft leisten, wenn sie das Testament im Kreis der Familie verlesen. Morgen fliege ich in mein altes Leben zurück.

Ich öffne die Tür, laufe die Außentreppe hinunter, überquere den Parkplatz und drücke die Pforte auf, die zum Poolbereich führt. Der Tag hat die Nacht noch nicht abgelöst, er liegt vor mir in dunkler Stille. Es ist, als ob die Menschen in ihren Betten, die Autos auf ihren Parkplätzen und die Straßen vor dem Motel ewig in diesem Moment verharren würden, geduldig gefangen wie in einer Fotografie. Wehmut überkommt mich. Fünfzehn Jahre habe ich mit meinen Verwandten nicht gesprochen. Wann werden wir uns wiedersehen?

Trotz der Sprachschwierigkeiten sind mir unsere seltsamen Familienrituale in diesen zwei Wochen wichtig geworden. Nähe entsteht offenbar auch durch Routine. Distanz dadurch, dass man sich nicht sieht und die Lücke mit Phantombildern füllt. Wenn ich nach Berlin zurückkomme, wird mir etwas fehlen, das da vorher nicht war.

Ich ziehe mir das Nachthemd über den Kopf und spüre, wie sich die Luft warm auf meine Haut legt. Mit einem Köpper springe ich in den Pool hinein. Meine Hände teilen das Wasser, während ich untertauche und mich von meinen Beinen in einer Welle voranstoßen lasse. Ich gleite schwerelos, ohne den Widerstand eines Badeanzugs oder die hemmende Präsenz anderer Menschen im Pool. Zum ersten Mal auf dieser Reise bin ich allein. Keine Eltern, die darauf warten, mit mir irgendwohin zu fahren, keine Verwandten, die sich über die Wahl des richtigen Restaurants bekriegen, keine Fragen, Verpflichtungen oder Vorschläge, zu denen ich Ja sagen, schweigen oder mich sonst wie verhalten muss. Es ist so kalt, dass sich mein Inneres warm anfühlt. Ich schwimme, bis das Kribbeln unter der Haut nicht mehr zu ertragen ist.

Im Dunkeln lege ich mich auf eine Sonnenliege, stelle meine Beine auf und denke an den Ausflug ans Meer. Alles sehe ich noch einmal vor mir: die giftige Zigarette, die mir Lee entgegenhielt, das Tattoo unter ihrer Brust, ihre Schritte im Sand. Als ich ihr von Dorians Reaktion auf die Schwangerschaft erzählte und ausführlich meine Zweifel an unserer Zukunft beschrieb, schwieg sie erst, dann stemmte sie ihre Hände in die Hüfte. »Suchst du nach jemandem, der dir die Last der Entscheidung abnimmt?«, fragte sie mich. »Das geht nicht. Das *kann* ich nicht. Hör doch mal auf, dich dauernd nach anderen zu richten!«

Gestern hatte ich sie auf der Heimfahrt demonstrativ angeschwiegen und mich an der Motel-Einfahrt nur unverbindlich verabschiedet, absichtlich ignorierend, wie sie mich ansah und nach Worten suchte, um die Verletzung rückgängig zu machen. Heute überkommt mich die Reue wie das Grollen eines aufziehenden Gewitters. Natürlich wollte ich diese Antwort nicht hören. Falsch war sie nicht.

Auf meiner Liege strecke ich mich aus. Ich überlege mir fünf wortreiche Varianten, mit denen ich mich gesichtswahrend bei ihr melden kann, ärgere mich dann aber, dass ich schon wieder meine innere Abwehr hochfahre. Vielleicht ist der direkteste Weg der beste.

»Fliege um Mitternacht – sehen wir uns noch?«

*

Am Nachmittag fahren wir mit gepackten Koffern zum Haus von Tante Linh. Es steht in einer beigefarbenen Reihenhaussiedlung mit trägen Palmen und einem Pool, in dem ich mexikanische Kinder schwimmen sehe. Es hat die Nummer 68 und sieht aus wie jedes andere. Wir klingeln.

Keine Reaktion.

Meine Mutter dreht am Türknauf: abgeschlossen.

Ich entdecke ein halb geöffnetes Fenster und dahinter Tante Linh. Auf einem Ledersofa sitzend, scheint sie fernzusehen. Ob andere im Raum sind, ist nicht zu erkennen.

Ich klopfe gegen die Scheibe.

»Mach die Tür auf. Wir sind da!«

Wild wedele ich mit meinen Armen herum.

Tante Linh beugt sich vor und nimmt die Fernbedienung in die Hand, um den Sender zu wechseln. Ihr Gesicht ist von einer weißen, cremigen Maske bedeckt, die an den getrockneten Stellen feine Risse produziert. Sie sieht aus wie eine Figur aus einer Peking-Oper. Ein Wesen aus einer anderen Welt.

»Sie kann uns nicht hören«, stellt meine Mutter überflüssigerweise fest.

»Sollen wir etwas hineinwerfen?«, fragt mein Vater. »Vielleicht einen Stein?«

Er federt in die Knie und nimmt einen kleinen grauen Kiesel in die Hand. Prüfend wiegt er ihn in seiner Rechten.

»Ich ziele auf die Fernbedienung!«

Er macht einen Schritt zur Seite und positioniert sich vor dem Spalt des gekippten Fensters. Mit zusammengekniffenen Augen streckt er seinen linken Zeigefinger Richtung Wohnzimmer aus. Das rechte Bein zurückgestellt, steht er in der Pose eines Bogenschützen da.

»Eins«, er schüttelt sein rechtes Handgelenk, »zwei«, seine Stimme wird lauter, »drei!«. Mit einem kleinen Schrei schmettert er den Stein in das Wohnzimmer hinein. Der Kiesel prallt auf der Fernbedienung ab und springt in das Wasserglas, das auf dem Tisch steht.

Plopp. Tante Linh schaut auf.

Mit ihrem Finger tippt sie sich an die Stirn.

Ihre Rechte umschließt einen imaginären Knauf und dreht ihn nach rechts. Sie schüttelt den Kopf: »*So nicht!*« Sie setzt wieder an, ihr Daumen drückt einen Knopf in der Mitte, dann erst dreht sie daran. Linker Daumen nach oben.

Ich bewundere, wie sie es immer schafft, ohne Worte so viel zu sagen.

*

Nachdem alle eingetroffen sind, stellt Tante Linh einen riesigen Fonduetopf auf den Tisch, unter den sie eine kleine Gasflamme platziert. Platten mit Gemüse, Fleisch und Tofu werden aus der Küche gebracht. Wir bugsieren die Zutaten häppchenweise in kleine, goldene Körbchen und halten sie in die Brühe, um sie gar werden zu lassen. Dann rollen wir sie mit Nudeln und Kräutern in Reispapier. Es schmeckt köstlich, ein zufriedenes Grunzen geht durch die Runde. Onkel Sơn erwähnt dreimal, dass meine Tanten seit heute Morgen in der Küche gestanden haben, um den Feuertopf vorzubereiten.

Mit einem wohligen Gefühl im Magen machen wir den Abwasch, um anschließend auf dem Wohnzimmersofa zu entspannen. Da wir noch auf den Anwalt warten müssen, schauen wir Fox News mit Untertiteln. Um sechs wollte er mit dem Testament vorbeikommen; als es klingelt, ist es fast sieben.

Onkel Sơn springt auf, um einen schwarzen Amerikaner hereinzuführen, dem er ständig auf die Schulter klopft. Er trägt die irre Kombination aus Anzug, Aktenkoffer und einem roten Baseball Cap, auf dem links eine USA-Flagge eingestickt ist. Obwohl er bestimmt Ende sechzig ist, spannt sein schwarzes Jackett an den Oberarmen. Wahrscheinlich war er mal Sportler.

»John?! Kann es wirklich sein?«

Die Stimme meines Vaters überschlägt sich.

»Wie lange ist es her? Fünfzig Jahre?«

Er steht auf und taumelt auf den Mann zu, als habe er einen verlorenen Bruder gefunden. Sie klopfen einander auf ihre Rücken, fallen einander ins Wort.

John ist offenbar ein langjähriger Freund der Familie. Meine Verwandten sind entspannt mit ihm, nicht so beflissen, wie sie es in Anwesenheit von anderen Amerikanern oft sind, was man auch daran merkt, dass ihr Englisch einen weicheren Tonfall annimmt. Er scheint sie kennengelernt zu haben, als er als Soldat in Vietnam stationiert war. Einige Jahre nach dem Krieg hat er Onkel Sơn das Visum für Amerika verschafft. Stolz erzählt er meinem Vater, dass er nach seiner Zeit in der Armee Jura studiert und schließlich eine Anwaltskanzlei eröffnet hat.

»Als wir uns in Vietnam zum ersten Mal begegnet sind, habe ich schon darüber nachgedacht. Erinnerst du dich?«, fragt er. »Es war nur ein Gedankenspiel, kein ernsthafter Plan. Aber manchmal überrascht man sich im Leben selbst.«

Er stellt seinen Aktenkoffer ab, macht eine Pause und räuspert sich, als würde er hiermit den offiziellen Teil eröffnen.

»Tja, und als Anwalt habe ich eure Mutter auf das Thema Testament angesprochen, als bei ihr Alzheimer festgestellt wurde. Sie hatte nicht viel zu vererben, die Sache war schnell erledigt. Aber sie wollte euch einen Brief hinterlassen und hat mich gebeten, ihn nach ihrem Tod an Minh zu übergeben. Sie hat gesagt: *›Er soll ihn den anderen vorlesen, er ist doch der älteste Sohn‹*«.

John klappt seine Tasche auf, zieht einen großen Umschlag heraus und legt ihn auf den Couchtisch in der Mitte. Gelb und gepolstert liegt er da. Mit einem Lächeln wendet er sich meinem Vater zu.

»Sie hatte sich so gewünscht, dass du einmal nach Amerika kommst. Jetzt bist du tatsächlich hier. Zum ersten Mal, oder?«

Er überreicht ihm den Umschlag wie bei einer feierlichen Zeremonie. Ich warte nur darauf, dass er meinem Vater auch noch zu seiner erfolgreichen Karriere, seiner langen Ehe oder der Wiedervereinigung mit seinen Geschwistern gratuliert, aber er nickt ihm nur zu und tritt zur Seite. Mein Vater öffnet den Brief, zieht vier dünne, eng beschriebene Seiten heraus und beginnt, auf Vietnamesisch laut vorzulesen.

Mein lieber Minh,
als Du uns vor vielen Jahren in Saigon besucht hast, warst Du ein Mann mit einer Frau, einem Studium und einer Hoffnung für das falsche Land. Du warst so voll von Idealen, dass mir die eigene Enttäuschung umso stärker auffiel. Wir hatten unsere Heimat verloren. Du wolltest das nicht begreifen. Als Kind wusstest Du das Richtige vom Falschen zu unterscheiden, doch als Erwachsener bist Du den Kommunisten zugelaufen. Hatte Dich Deutschland verdorben? Warst du zu lange weg gewesen?
Nach Deinem Besuch in Saigon hast Du aufgehört, mit mir zu reden; warum, hast Du mir nie gesagt. Kam Post von Dir, war es immer ein Scheck. Jedes Mal habe ich nachgeschaut, ob Du noch etwas anderes mitgeschickt hattest – einen kleinen Brief oder ein Foto –, doch es war nie etwas dabei. Keine Auskunft über Dein Leben außer der Tatsache, dass Du jedes Jahr Tausende von Dollar für uns zur Seite legen konntest. Mein ältester Sohn war ein Arzt geworden, der es nie versäumte, seiner Mutter Geld zu schicken. Das war viel, aber gleichzeitig sehr wenig.
Je vergesslicher ich werde, desto öfter muss ich an Dich denken. Manchmal erlebe ich die Vergangenheit, als würde sie heute geschehen. Die Jahre in Vietnam vermischen sich mit den Jahren in Amerika, Dein Besuch mit Deinem Schweigen. Oft fällt es mir schwer zu unterscheiden, was echt und was Erinnerung ist. Die Ärzte nennen es Alzheimer. An den Gesichtern Deiner Geschwister

kann ich sehen, dass sie an meinem Zustand verzweifeln. Aber für mich hat er etwas ans Licht gebracht, das lange im Dunkeln lag.

Nachdem Sơn in Amerika angekommen war, stellte er einen Antrag auf Familienzusammenführung für alle. Schon nach einem Jahr hielten wir die Papiere in unseren Händen. Er hatte irgendjemanden dazu überredet, uns eine Sondergenehmigung zu geben – andere Familien mussten zehnmal so lange warten. Ich beantragte meinen jährlichen Besuch bei Eurem Vater, er war inzwischen in ein Umerziehungslager hoch im Norden verlegt worden. Zwei Tage fuhr ich mit dem Bus in die Berge, als ich endlich bei ihm war, habe ich ihn erst nicht erkannt. Seine Arme und Beine waren dünn wie Äste, er konnte nicht mehr als vierzig Kilo gewogen haben. Seine Augen glänzten fiebrig, ständig hustete er. Er war krank, sehr krank, doch als ich ihn nach seinem Zustand fragte, schüttelte er nur stumm den Kopf. Ein paar Schritte weiter stand einer der Wärter und beobachtete uns. Die Tüte mit den Reiskuchen und Vitamintabletten hatte er mir vor dem Gespräch abgenommen.

Ich flüsterte: »Wir haben unsere Papiere bekommen!«, aber Euer Vater sah mich nur regungslos an. Ich nahm seine Hand: »Sơn wartet auf uns!«, aber er hustete nur. Dann endlich antwortete er: »Ich bin jetzt ein Totengräber. Weißt du, was das heißt?«

Mit seiner heiseren Stimme erzählte er, dass er einer besonderen Gruppe zugeteilt worden war: Sie mussten die Knochen der gefallenen nordvietnamesischen Soldaten finden und ausgraben. Ihre einzigen Hilfsmittel waren dahingekritzelte Karten und rostige Schaufeln. Die Arbeit war sehr anstrengend, sie bekamen nicht genug zu essen und hatten nachts so wenig Platz zum Schlafen, dass sie sich versetzt nebeneinanderlegen mussten wie Sardinen. Manche der Gefangenen wurden krank und starben, weil es weder Ärzte noch Medikamente gab. Andere verschwanden. Wieder andere glaubten, dass sie das Lager nie verlassen würden. »Ich stehe jeden Tag auf und rechne damit, dass es der letzte sein könnte«, berichtete er. »Ich schlafe jede Nacht ein und träume von Knochen.«

Als der Wärter nach einer halben Stunde an unseren Tisch kam, um das Gespräch zu beenden, erhob sich Euer Vater langsam und sagte: »Sơn ist ein guter Junge, das ist er immer schon gewesen.« Er folgte dem Mann zum Ausgang, drehte sich noch mal um und rief: »Wartet nicht auf mich!« Dann war er weg.

Auf der Fahrt nach Hause fühlte ich mich so taub, als hätte ich eine Beerdigung besucht. Ich brauchte einen Tag, um es mir einzugestehen, aber wahrscheinlich würde Euer Vater dieses Lager nie verlassen und mit uns nach Amerika fliegen. Was sollten wir nun tun? Ihn zurücklassen? Oder in Vietnam bleiben und auf die Chance verzichten, im Ausland neu anzufangen?

Ich hatte Saigon schon fast erreicht, da drehte ich noch einmal um und nahm den Bus nach Hue. Dort wohnte eine entfernte Cousine, die ich darum bat, einmal im Jahr nach Eurem Vater zu sehen. Ich versprach ihr, Geld aus Amerika zu schicken, damit sie nicht nur für ihn, sondern auch für ihre eigene Familie sorgen könnte. »Was wirst du deinen Kindern sagen?«, fragte sie. »Wie sollen sie ein neues Leben beginnen, wenn sie wissen, dass sie dafür ihren kranken Vater im Stich lassen müssen?«

Zurück in Saigon, erzählte ich Deinen Geschwistern, dass Euer Vater im Umerziehungslager gestorben sei. »Er hat sich gegen seine Wärter aufgelehnt, da haben sie ihn dazu eingeteilt, ein Minenfeld zu säubern«, log ich. Eine Woche lang haben sie geweint. Dann sind wir nach Amerika geflogen. Ich habe gesehen, wie sie in Kalifornien Auto fahren gelernt haben und ihr Studium begannen, wie sie diese fremde Sprache immer besser beherrschten und neue Freunde nach Hause brachten. Nach etwas mehr als zwei Jahren schrieb mir die Cousine, dass Euer Vater im Umerziehungslager an Malaria gestorben sei. Ich stellte ein neues Foto auf dem Ahnenaltar auf und fragte mich, ob ich Euch endlich die Wahrheit erzählen sollte. Ich wusste nicht, wie, also ließ ich es bleiben.

Nun aber ist die Vergangenheit zu mir zurückgekehrt, als wäre sie nie weg gewesen. Die Lüge von damals sucht mich heim wie ein Geist, der in meinem Kopf herumspukt und mich mit Fragen quält: War es falsch, Euch zu erzählen, Euer Vater sei tot? Oder war es richtig, Euch vor der Wahrheit zu schützen? Ich habe viel darüber nachgedacht, ohne eine Antwort zu finden.

Du, Minh, hast die Dinge früher immer mit Deinem Verstand betrachtet, ohne Dich von Gefühlen verwirren zu lassen. Vielleicht wirst Du Deinen Geschwistern erklären können, dass ich es nur gut mit ihnen meinte. Ihr solltet es einmal besser haben als wir. Wie wäre das mit der Wahrheit möglich gewesen?

Bitte macht Euch keine Vorwürfe. Jetzt ist Euer Vater ja nicht mehr allein.

Eure Mutter

Mein Vater verstummt. Die eng beschriebenen Seiten gleiten ihm aus der Hand und segeln auf das Parkett. Seufzend legen sie sich aufeinander. Ich sehe in die starren Gesichter meiner Verwandten und denke an die Schwarz-Weiß-Aufnahmen aus dem Vietnamkrieg: kahle Landstriche, in die Bomben riesige Krater gesprengt haben. Leere voller Schutt und Stein.

»Alles okay?«, fragt John in die Stille hinein.

Mein Vater sinkt in seinem Ledersessel zurück und schließt die Augen. Er spricht mehr zu sich als zu den anderen. »Hätte ich ihr schreiben sollen? Ich dachte, sie will es so …«

Niemand antwortet.

Es ist jetzt alles etwas unangenehm – der Brief, der Besuch, die Wahrheit –, und meine Verwandten verfallen in nervöse Geschäftigkeit. Tante Linh sammelt die Seiten auf und liest. Onkel Sơn fragt, wie spät es eigentlich sei. Tante Hồng schlägt vor, Nachtisch essen zu gehen. Meine Mutter entgegnet: *Wir müssen eigentlich bald los, zum Flughafen.* John klappt seinen Aktenkoffer zu. Tante Hồng erzählt von einem neuen Laden mit *Chè*-Dessert. Meine Mutter lenkt ein, vielleicht müsse man diese letzte Gelegenheit ergreifen. Onkel Hùng verdreht die Augen, der *Chè* sei dort zu süß. Tante Hồng korrigiert spitz: *Ich meine den neuen Laden in der Nähe der Bella Terra Mall, nicht den, wo du immer hingehst.* Tante Linh wischt sich die Tränen aus den Augen. John verschwindet mit einem dahingemurmelten Abschiedsgruß. Onkel Sơn klappert mit seinem Autoschlüssel und ruft, dass wir jetzt endlich gehen sollten, wohin auch immer.

Mein Handy piept, eine Nachricht von Lee.

»Okay – wo?«

Meine Mutter sieht mich an, hilfesuchend wie eine Ertrinkende, die ein Rettungsschiff erblickt.

»Was sollen wir jetzt tun? Sag du doch mal!«

Sie verstummen.

Plötzlich wird mir klar, dass ich die Einzige bin, die heute nicht enttäuscht wurde: Ich habe meine Großmutter kaum gekannt und nie geliebt, ich frage mich nicht, ob ich von ihr belogen oder verraten wurde. Während meine Verwandten erschlagen in ihren Sitzen hängen, bin ich hellwach und unbekümmert, um nicht zu sagen: fasziniert von diesem lange verborgenen Familiengeheimnis. Weil ich aber weiß, wie unpassend diese Gefühle sind, setze ich mein betroffenstes Gesicht auf und versuche, möglichst tief und langsam zu sprechen.

»Ich denke, dass *Chè* das Beste ist, um so einen Schock zu verdauen.« Ich schüttele den Kopf. »Meine Güte, wer hätte das bloß gedacht!«

*

Unter *Chè 75* hatte ich mir ein billiges Lokal mit liebloser Inneneinrichtung vorgestellt, doch kurz darauf betreten wir ein Café, in dem man auch ein koreanisches Pop-Video drehen könnte: Die Wände sind strahlend weiß und mit Leuchtröhren versetzt, die Plastikstühle lila und pink, die zwanzigjährigen Verkäuferinnen haben weiß gepuderte Gesichter und blondierte Haare. Die Vitrine beleuchtet lauter unglaublich appetitliche, Instagram-taugliche Becher mit süßen Bohnen, bunten Tapiokaperlen und Kokosmilch; weil meine Mutter nicht glauben kann, dass sie sieben Dollar pro Portion verlangen, bestellen wir zwei Bananendesserts für sieben Leute.

»Unglaublich«, sagt mein Vater, als er eine rosafarbene

Sitzecke herunterrutscht, um auf der linken Seite Platz zu nehmen.

»Nicht wahr?«, antwortet Onkel Sơn, der sich neben ihn setzt.

»Hättest du das gedacht?«

»Dass sie uns so etwas Wichtiges verheimlichen würde?«

»Dass sie alles in einem Abschiedsbrief beichten würde!«

»Hätte ich nie für möglich gehalten!« Onkel Sơn seufzt. »Aber welcher Sohn traut seiner Mutter schon zu, dass sie den Vater für tot erklärt? Auf die Idee muss man erst mal kommen!«

»Ich fürchte, ich habe da so eine Ahnung.«

Mein Vater führt den Löffel zum Mund, hält inne und lässt ihn wieder sinken. Das weiße Plastik verschwindet in hellgrauem Glibber. Ohne zu essen, reicht er den Becher an Onkel Sơn weiter, der ihn wortlos an mich weitergibt. Ich mochte *Chè* schon immer, doch heute kommt mir der Geschmack geradezu himmlisch vor. Auf meiner Zunge spüre ich den Kontrast zwischen zerhackten Erdnüssen, sämiger Kokosmilch und weichen Bananen, dieses wunderbare Wechselspiel von Geschmack und Textur. Ich esse so gierig, als würde ich seit zwei Wochen fasten. Mein Onkel sieht mich erstaunt an.

»Seit ich den Brief gelesen habe, frage ich mich, ob ich meine eigene Mutter gekannt habe«, murmelt mein Vater.

»So geht's mir auch. Und ich war hier, mit ihr! Wir haben jahrelang zusammen in einer kleinen Wohnung gelebt!«

»Hast du etwas geahnt?«

»Nein, nie. Ich weiß noch, wie sie das Bild von Vater auf dem Ahnenaltar ausgetauscht hat. Das alte war ein Foto von ihm in Uniform, das neue stammte von ihrer Hochzeit.

Damals stand ich davor und habe gebetet. Jetzt kommt mir das seltsam vor. Meinst du, ein Gebet verliert seine Kraft, wenn der Tote zwei Jahre länger lebte als bekannt? Andererseits war er dann ja wirklich tot, wahrscheinlich hat er mein Gebet also trotzdem gehört.«

Mein Onkel fährt sich durch die Haare, doch mein Vater geht auf seine Frage nicht ein. Eigentlich habe ich ihn immer nur dann beten sehen, wenn wir mit anderen einen Tempel besucht haben und es anstößig gewesen wäre, es nicht zu tun. Ich nehme an, er glaubt an die toten Ahnen genauso wenig, wie ich es tue. *»Bei der Religion«*, hat er immer gesagt, *»hatte der Marx schon recht, egal, was man sonst von ihm hält.«*

»Ich kann nicht glauben, dass uns Mutter seinen wahren Zustand verschwiegen hat«, sagt er und schüttelt den Kopf.

»Ich schon«, antwortet Onkel Sơn gedankenverloren. »Nachdem Saigon gefallen war, hatte ich ein paar seltsame Erlebnisse mit ihm. Schon damals war er nicht mehr der Alte. Er saß nur noch zu Hause in seinem Bambusstuhl und hat kein Wort mehr gesagt.«

»Klingt so, als hätte er ein Trauma gehabt.«

Onkel Sơn zuckt die Schultern.

»Kann sein, in Vietnam hatten wir nicht die richtigen Worte dafür. Ich kann mir jedenfalls vorstellen, dass er nach den Jahren im Umerziehungslager ein gebrochener Mann war.«

»Manche Patienten werden nie wieder gesund, das erlebe ich als Arzt jeden Tag. Die Angehörigen sind natürlich immer sehr emotional, aber manchmal ist es besser, wenn man die Sache rational betrachtet. Wenn mir Mutter davon erzählt hätte, hätte ich ihre Entscheidung wahrscheinlich schon verstanden.«

»Wahrscheinlich hättest du das.«

»Du nicht?« Mein Vater hebt sein Kinn. »Sie hat es doch für die Familie getan. Für uns, ihre Kinder.«

Ermattet fällt Onkel Sơn auf der rosafarbenen Sitzbank zurück. Er schließt seine Augen, als wolle er schlafen.

»Der Gedanke, dass Vater ganz alleine zurückgeblieben ist, ist trotzdem schlimm. Während wir hier Burger essen gegangen sind, musste er Knochen suchen gehen. Wie kann ein Mensch das wissen und ertragen? Wie konnte *sie* das ertragen?«

Er schüttelt seinen Kopf, ohne die Augen zu öffnen.

»Wie konnte sie nur? Sag es mir, Minh!«

Mein Vater sieht seinen Bruder an, dann seine Hände.

»Sie hätte diese Lüge doch nicht ihr Leben lang mit sich herumtragen müssen. Irgendwann waren wir doch keine Kinder mehr. Hätten wir die Wahrheit wirklich nicht verkraftet …?«

Er wirkt verloren wie ein Junge, der sich im Wald verirrt hat und nach dem Weg zurück sucht. Noch nie habe ich ihn so ratlos gesehen. Ich erhebe mich, umrunde den Tisch und lege ihm meine Hand auf sein Haar.

»Papa«, sage ich sanft und auf Deutsch. »Du hast doch selbst jahrelang nicht mit deiner Mutter gesprochen. Du hast mir doch auch verschwiegen, was der Grund dafür war. Siehst du es denn wirklich nicht?«

*

Ich entdecke Lees schmale Figur auf dem Weg zur Toilette, einsam sitzt sie an einem Tisch auf der Terrasse. Sie trägt ein weißes Tanktop und eine schwarze, weite Jogginghose, das linke Bein auf den Stuhl gestellt, wippt sie mit dem rechten herum. Ihr Gesicht ist ungeschminkt, nur ihre Augen sind dunkel umrahmt. Als sie mich umarmt, atme ich tief ein. Sie riecht nach frischer Dusche, ihre Haare sind noch nass.

»Wie schön, dich zu sehen«, sagt sie warm. »Wie war dein letzter Tag? Irgendwelche Familiendramen zum Abschied?«

Ich setze mich auf den Stuhl gegenüber.

»Ich habe heute erfahren, dass meine Großmutter eine ziemlich krasse Frau war.«

»Wirklich? Ich *liebe* krasse Frauen. Erzähl mir alles!«

Ich erzähle ihr von Johns Besuch und der vierseitigen Beichte, von den quälenden Fragen meiner Großmutter und den Vorwürfen, die sich mein Vater nun macht. Zehn Minuten sind vergangen, und ich habe all unsere Familiengeheimnisse vor Lee ausgebreitet und wie auf einem Markt angeboten. Warum, das weiß ich selbst nicht genau.

»Was für eine Lüge!«, stellt sie fest. »Bewundernswert kaltblütig!«

»Ich finde ›*Lüge*‹ zu hart«, entgegne ich. »Natürlich, ihr Verhalten war furchtbar. Aber auf eine brutale Weise hat sie es nur gut gemeint.«

»Wie würdest du es denn nennen?«

»Ich weiß nicht. ›*Schweigen*‹ vielleicht?«

Sie beugt sich vor.

»›*Schweigen*‹ ist natürlich ein viel schöneres Wort. Aber ist das nicht auch schon wieder verlogen?«

Ihre Mundwinkel zucken amüsiert, sie verschränkt ihre Arme. Die Fingernägel sind schwarz lackiert, es sieht aus, als hätte sie Krallen.

Ich seufze absichtlich laut.

Sie kneift ihre Augen zusammen.

»Hab ich schon wieder was Falsches gesagt? Tut mir leid.

Eigentlich wollte ich dich nur darauf hinweisen, dass du deine Familie beschützt. Das ist gut von dir. Gut, aber auch kompliziert. Du bist wahrscheinlich vietnamesischer, als du denkst.«

Weil ich nicht weiß, was ich darauf antworten soll, hebe ich meinen Rucksack auf meinen Schoß und krame darin herum. Einen Moment überlege ich, ob ich ihr wirklich ein weiteres Familiengeheimnis anvertrauen kann, dann sage ich mir, dass sie wahrscheinlich der einzige Mensch auf der Welt ist, der mir bei dieser Sache helfen kann. Ich ziehe das schwarze Notizbuch heraus, das ich im Schlafzimmer meines Onkels gefunden habe, und überreiche es ihr mit beiden Händen.

»Ich glaube, das hat einmal meinem Vater gehört. Ich wollte dich fragen, ob du mir sagen kannst, was er geschrieben hat. Ich kann Vietnamesisch doch nicht lesen.«

Sie lacht, erleichtert.

»Die Journalistin, die Analphabetin ist, wie süß.«

Sie schlägt das Buch auf und beginnt, darin herumzublättern. Ihre Lippen bewegen sich lautlos. Auf einer der letzten Seiten bleibt sie schließlich hängen. Mit ihrem Zeigefinger fährt sie die Zeilen eines Eintrags ab, laut beginnt sie zu lesen.

»Ich habe keine Angst vor dem Ausland, aber diese letzte Zeit zu Hause ist wahrscheinlich wie der Moment vor dem Tod, in dem man noch mal das eigene Leben betrachtet und feststellt, wie sehr man daran hängt.«

Sie sieht auf.

»Ganz schön dramatisch, dein Vater!«

»Echt? Eigentlich ist er sehr nüchtern.«

Ich stehe auf, stelle mich hinter ihren Stuhl und schaue auf die Seite. Die Worte sind in lateinischen Buchstaben geschrieben, doch sie haben lauter Akzente, die ich nicht deuten kann.

»Vielleicht war dein Vater früher anders«, überlegt sie laut. »Das hier hat er 1968 geschrieben, offenbar war er damals Abiturient. Ich habe jetzt nur ein paar Seiten überflogen, aber er scheint ziemlich heftige Sachen erlebt zu haben.«

»Ach ja, was denn?«

Sie beginnt wieder zu blättern, und ich beuge mich zu ihr hinunter, um mitzuscannen. Sie liest mir eine Geschichte über John, den Amerikaner, vor, dann eine andere über die Nacht der *Tết*-Offensive. Satz für Satz tauchen wir in die Vergangenheit ab, bis die Gegenwart verschwommen ist. Ich weiß nicht, ob es an ihrer Nähe oder an den Tagebucheinträgen meines Vaters liegt, aber als ihre Stimme schließlich verebbt, will ich, dass sie nie aufhört, mit mir zu sprechen.

Langsam klappt sie das Notizbuch zu. Ihre Finger streichen über den Deckel.

»Du solltest die Geschichte deiner Familie aufschreiben.«

»Ich?«, erwidere ich und weiche zurück. »Ich weiß doch kaum etwas über meine Familie! Ich bin doch eine Außenseiterin in diesem Gebilde. Außerdem spreche ich die Sprache so schlecht. Die Vorstellung, dass ausgerechnet ich meine Verwandten interviewen müsste, ist lächerlich!«

Ich merke, dass ich hektisch klinge. Defensiv.

Sie guckt mich wieder so amüsiert an und legt mir ihre Hand auf die Wange. Ihre Lippen flüstern in mein Ohr, laut höre ich sie atmen.

»Wovor hast du Angst? Davor, dass du etwas findest, das dich selber erklärt?«

*

Der Abschied von meinen Verwandten ist verhaspelt, weil wir nun viel zu spät dran sind und sie in ihrer Panik endlos darüber diskutieren, wer uns zum Flughafen fährt und wie wir die verlorene Zeit wettmachen. Meine Mutter brodelt wie ein Vulkan; obwohl sie selber selten pünktlich ist, verflucht sie die »total chaotische« Familie meines Vaters. Endlich einigen sie sich darauf, dass Onkel Sơn den Mietwagen zum Flughafen fährt und ihn dort abgibt, während wir schon einchecken. Verwirrt und wortlos stehe ich Tante Linh gegenüber, eine schnelle Umarmung ohne Körperkontakt, schon werde ich Richtung Auto geschoben.

In dem schwarzen Chevrolet rasen wir durch die Nacht, während Onkel Sơn eine Million Flüche über »diese langsamen Weiber vor uns« ausstößt. Die roten Lichter der Autos vermischen sich mit den gelben Fenstern der Hochhäuser, hell ziehen sie an uns vorüber.

Ich denke an Dorian, der angekündigt hat, mich in Berlin-Tegel abzuholen. Wahrscheinlich wird er mich mit diesem weichen Lächeln begrüßen, dem ich mich nie entziehen kann. In Gedanken sehe ich, wie ich die Tür zu unserer Berliner Altbauwohnung aufschließe, er meinen Koffer ins Schlafzimmer trägt und wir beide nebeneinander auf dem abgeschabten Ledersofa im Wohnzimmer Platz nehmen.

Wird er mit dem Reden anfangen oder ich?

Wir bremsen abrupt, wie um meine Gedanken zu stoppen. Ich sehe die weißen Buchstaben vor dem gläsernen Flughafengebäude leuchten: TOM BRADLEY INTERNATIONAL. Die Uhr zeigt 23:14 Uhr. In weniger als einer Stunde geht unser Flug.

»Beeilt euch!«, drängt Onkel Sơn.

Er lässt den Motor laufen und springt nach draußen, um

die Koffer zu entladen. Ein großer Koffer für meine Eltern, ein weißer Trolley für mich, eine Tasche mit Blumenmuster für meine Mutter, ein blauer Trolley für meinen Vater.

»Lass den doch hier!«, schimpft meine Mutter. »Da waren doch die Geschenke drin, der ist doch jetzt leer!«

»Den brauche ich noch«, widerspricht mein Vater. »Er ist doch nicht schwer.«

Ich hebe den Trolley an, und er ist tatsächlich ganz leicht. Leicht, aber nicht leer. Etwas Klobiges liegt darin. Es poltert.

Seine Bücher.

»Danke, Sơn!«, ruft er.

Ich renne voran, weil wir in diesem Flughafengebäude wieder die englischsprachige Welt betreten haben und ich mich darin schnell bewegen kann. Lufthansa-Schalter, Bag-Drop, Security-Schlange, Vordrängeln. Wir rennen über den Terminal, vorbei an den vergitterten Duty-Free-Geschäften und den Cafés, die nun verlassen sind. Endlose Reihen grauer Stühle breiten sich vor uns aus, darauf Reisende, die schlafen, mit ihren Handys spielen oder leise miteinander reden. Endlich finde ich Gate 30 und sprinte darauf zu: Die Schlange hat sich schon in ihr Ende ausgedünnt, eine Stewardess checkt die Tickets eines jungen Paars. Sie trägt diesen Knoten, in dem die Haare immer so schön glatt aussehen, dazu ein dunkelblaues Kostüm und Pumps. Alles an ihr ist makellos. Groß, deutsch und einschüchternd.

»Noch jemand nach Frankfurt? *Last call for Frankfurt*!«

»Sorry, can you wait, please? My parents …«

Keuchend stehe ich vor ihr. Ich hole tief Luft und wechsle ins Deutsche. Seit ich klein bin, bilde ich mir ein, dass mich die Leute dann besser behandeln.

»Meine Eltern müssen noch auf diesen Flieger! Sie sind gleich da!«

Sie schaut auf ihre Uhr, die schmal und golden ist. Ihre Lippen kräuseln sich.

»Sie sind aber spät dran! Boarding beginnt eigentlich dreißig Minuten vor Abflug!«

Wartend stehen wir nebeneinander, bis ich meine Eltern endlich sehe. Meine Mutter hat den Kopf nach vorne geneigt, wie immer, wenn sie sich beeilt, mein Vater zieht im Laufschritt seinen blauen Trolley hinter sich her. Ich rufe ihnen etwas zu laut »*hierher!*« entgegen und renne auf sie zu, um sie an ihren Ellbogen zu greifen und nach vorne zu schieben. Hektisch strecke ich der Stewardess die Bordkarten entgegen.

»Das sind nur zwei«, sagt sie säuerlich. »Für Herrn Minh Nguyễn und für Frau Hoa Nguyễn. Ich nehme an, das sind Sie?«

Sie schaut meine Eltern an, dann mich.

»Und was ist mit Ihnen?«

Ich umklammere meine Bordkarte mit beiden Händen. 15 A, Fensterplatz. Meine Fahrkarte in mein altes, deutsches Leben.

»Was ist denn los mit dir?«, ermahnt mich meine Mutter. »Beeil dich!«

Ich trete einen Schritt zurück.

»Wir müssen jetzt das Boarding beenden«, die Stewardess tippt auf ihre Uhr, »geben Sie mir bitte Ihr Ticket!«

Ich denke an meine Wohnung in Berlin und meine Verwandten in Kalifornien, an die neun Zeitzonen, die uns voneinander trennen. Ich denke an Lees Fragen und das Meer, das mein ungelebtes Ich an Land gespült hat.

»Ich bleibe hier«, sage ich.

Mein Vater reißt seine Augen auf: »Du bleibst hier?!

Meine Mutter zieht mich am Arm: »Was soll der Quatsch?! Wir müssen jetzt los, komm endlich!«

Ich trete noch einen Schritt zurück, falte die Bordkarte zusammen und überreiche sie ihr. Meine Mutter sieht mich so ungläubig an, dass es mir fast schon wieder leidtut, ihr diesen Schock zu bescheren. Ich beuge mich vor und küsse erst sie auf die Wange, dann meinen Vater. Sperrig lassen sie sich von mir umarmen.

»Wartet nicht auf mich!«

Mit einem Klaps auf die Schulter schiebe ich sie Richtung Fluggastbrücke. Angetrieben von der Stewardess stolpern sie die Gangway hinunter. Ich winke ihnen hinterher, bis sie mit ihren Koffern verschwunden sind. Endlich frei.

*

In der Abflughalle entdecke ich den letzten Laden, der noch geöffnet hat: einen Starbucks. Ich krame mein Portemonnaie aus meinem Rucksack heraus und ziehe einen Zehn-Dollar-Schein hervor. Weil ich einen Heißhunger nach Eis verspüre, bestelle ich mir einen Mocha Frappuccino mit Sahne und Oreo-Keks. Schon beim Gedanken an die Mischung aus dem weichen Eis, der süßen Sahne und dem knusprigen Keks spüre ich es in meinem Bauch warm werden. Zur Beruhigung lege ich meine linke Hand darauf.

Der Mann an der Kasse hat schwarze Haare und heißt Tom Lê. Träge tippt er den Betrag ein, dann holt er einen Pappbecher und einen schwarzen Edding hervor. Ohne aufzusehen, fragt er nach meinem Namen.

»Ich heiße Kiều«, antworte ich.

Er hebt seinen Blick, seine Augen verengen sich. Ich ahne es schon, gleich kommt die Frage.

Er lehnt sich über die Theke. Der Stift ist gezückt.

»Willst du Kuhmilch, Mandel oder Soja?«

DANKE

Dieses Buch gäbe es nicht ohne die Erinnerungen und Geschichten, die andere so großzügig mit mir geteilt haben. In Kalifornien: meine Tanten Lan und Hương sowie meine Onkel Đính, Quang und Vinh. In Vietnam: meine Tante Hoa und mein Onkel Lộc sowie der Schriftsteller Bảo Ninh, die Journalisten Huy Đức und Trương Mai Lan, der Buchautor Nguyễn Xuân Xanh, der Geschäftsmann Cao Thanh Sơn und der Kriegsfotograf Hoàng Văn Cường. In Deutschland: mein Onkel Bình sowie die Vietnam-Experten Gerhard Will und Jörg Wischermann. In Kambodscha: der Menschenrechtsaktivist Youk Chhang und der Politikwissenschaftler Nou Van. Ihnen allen möchte ich dafür danken, dass sie mir die ferne, verrückte Zeit des Vietnamkrieges nähergebracht haben.

Dieses Buch wäre viel schlechter ohne die Fragen und Vorschläge, die mir dabei geholfen haben, meine Stimme und Geschichte zu finden. Martina Klüver, meine Lektorin, hat diesen Text so leidenschaftlich behandelt, als sei er ihr eigener; sanft, aber unerbittlich hat sie mich auf jeden überflüssigen Satz und jede Ungereimtheit aufmerksam gemacht. Regina Kammerer, die Verlagsleiterin, hat an diesen Roman geglaubt, bevor er einer war, und ihn an ein wunderbares

Team bei btb übergeben. Alfio Furnari hat mich von der Idee bis zum Feinschliff auf eine Weise motiviert und inspiriert, die weit über seine *Job Description* als Literaturagent hinausging. Fabian Dannenberg, Malte Henk und Mathieu von Rohr waren meine ersten Leser und haben mir mit ihrer Kritik und ihrem Enthusiasmus geholfen, die Geschichte in die richtige Richtung zu lenken. Vũ Minh Anh hat in Saigon eine Werkstatt-Lesung veranstaltet, die mir so viel Schwung gegeben hat, dass mir das Schreiben danach (etwas) leichter fiel. Daryl Lindsey hat mit mir nach den passenden Worten gesucht, um dem Text auch im Englischen den richtigen Ton zu geben. Ihnen allen möchte ich dafür danken, dass sie mir dabei geholfen haben, aus einer Idee einen Roman zu machen. Noch immer kann ich es nicht ganz glauben.

Oft kam mir die Arbeit an diesem Buch vor wie eine endlose Reise durch unbekanntes Terrain. Vier Jahre lang haben mich andere dabei begleitet, ertragen und ermutigt. Danke an Cora, Nico und vor allem Jochen, die sich all meine Ideen angehört haben und die an unzähligen Sonn- und Urlaubstagen alleine ausgegangen sind, weil ich zu Hause schreiben musste. Danke an Thi und Đăng, deren Geschichte hier mit erzählt wird, obwohl sie doch so vieles anders sehen als ich. Mein besonderer Dank gilt meinen Eltern: fürs Übersetzen, fürs Gegenlesen, fürs Babysitten, fürs Kochen. Was für ein Geschenk, eine Phamilie zu haben.

MIX
Papier | Fördert
gute Waldnutzung
FSC® C014496

Penguin Random House Verlagsgruppe FSC® N001967

1. Auflage
Genehmigte Taschenbuchausgabe März 2023

in der Penguin Random House Verlagsgruppe GmbH,
Neumarkter Str. 28, 81673 München
Umschlaggestaltung: semper smile, München
unter Verwendung einer Illustration von © Jan Steins
Druck und Einband: GGP Media GmbH, Pößneck
KLÜ · Herstellung: sc

Printed in Germany
ISBN 978-3-442-77291-9

www.btb-verlag.de
www.facebook.com/btbverlag